천사
혈성

장담 新무협 장편 소설
FANTASTIC ORIENTAL HEROES

천사혈성 4

장담 新무협 판타지 소설

초판 1쇄 찍은 날 § 2007년 10월 10일
초판 1쇄 펴낸 날 § 2007년 10월 20일

지은이 § 장담
펴낸이 § 서경석

편집장 § 문혜영
편집책임 § 서지현
편집 § 유혜림

펴낸곳 § 도서출판 청어람
등록번호 § 제1081-1-89호
등록일자 § 1999. 5. 31
어람번호 § 제2-1310호

주소 § 경기도 부천시 원미구 심곡1동 350-1 남성B/D 3F (우) 420-011
전화 § 032-656-4452 팩스 § 032-656-4453
http://www.chungeoram.com
E-mail § eoram99@chollian.net

ⓒ 장담, 2007

ISBN 978-89-251-0949-7 04810
ISBN 978-89-251-0862-9 (세트)

天死血星

4

암중혈류(暗中血流)

천사혈성

장담 新무협 판타지 소설

FANTASTIC ORIENTAL HEROES

千秀芳景深更掩中窣 雨間蜜差現玫
草開玫延天下 漢兴知知默念 界 斯

一天師盟裡 長座前再拜
道吉廣爲傳
星大政元四月 日弟子趙孟頫敬

도서출판 청람

目次

第一章
촉산(蜀山)의 연(緣)

日弟子趙孟頫敬書至大改元四月

道吉廣爲傳

長壁前再評禮一天師與

草閣板近天下　經此和名張家界

千秋芳景深　掩中霄　兩間容美現改

쿠르르릉! 번쩍!

쏴아아아아!

천지가 울음을 터뜨리더니 천둥번개를 동반한 폭우가 쏟아지기 시작했다.

미처 광원현에 도착하기도 전이었다.

아침부터 조금씩 내리던 비가 폭우가 바뀐 지 두 시진, 누런 황톳물이 삽시간에 거대한 계곡을 삼켜 버렸다.

딛고 선 땅이 흔들리고, 계곡 물의 울부짖음이 귀청을 울렸다.

집채만 한 바위조차 견디지 못하고 떠밀려 굴러가고, 아름드리 나무들이 잡초처럼 뽑혀 둥둥 떠내려가는 광경에 보는 사람들은 간담이 다 서늘해졌다.

그것은 마치 분노한 황룡이 세상을 쓸어버리기 위해 달려가는 것만 같았다.

도저히 앞으로 나아갈 수 없는 상황.

비도 쉽게 그칠 것 같지가 않았다. 설령 그친다 해도 바로 넘기에는 너무도 험한 곳이 촉로의 잔도(棧道)였다.

게다가 어둠이 몰려오는지 빗줄기를 쏟아 붓고 있는 먹구름이 더욱 검게 물들어간다.

"아무래도 마을이 있는 곳까지 내려가서 밤을 보내야 할 것 같소."

소대붕이 흠뻑 젖은 몸으로 넌덜머리가 난다는 듯 고개를 흔들었다. 그러자 궁사한이 산 아래를 내려다보며 말했다.

"아래쪽에 화전을 일구던 흔적이 보였습니다. 그 근처를 잘 살펴보면 화전민촌이 있을지도 모르겠습니다."

운남의 산골 오지에서 태어난 그는 깊은 산골의 특성을 누구보다도 잘 알고 있었다.

그의 말이 일리있다 생각했는지 소대붕이 반색했다.

"그래요?"

마을이 있다면 먹을 것도 있다는 말이 아닌가.

점심도 먹지 못한 그로선 따뜻한 죽 한 그릇을 먹을 수 있다면 당장 간이라도 빼주고 싶은 심정이었다.

"전 공자, 일단 가봅시다."

비가 지겨운 것은 너 나 할 것 없이 모두가 마찬가지였다.

"궁 형이 앞장서시오."

"알겠습니다."

호랑이에게 쫓기는 사람들처럼 일행은 전력을 다해 아래쪽으로 몸을 날렸다.

궁사한이 앞장선 지 반 시진.

다행히 어두워지기 전에 작은 마을 하나를 발견할 수 있었다.

산자락의 완만한 경사에 옹기종기 지어져 있는 집은 모두 합해봐야 삼십여 호도 되어 보이지 않았다.

마을의 중심에는 거대한 고목 나무가 천 년의 세월을 버티고 서 있었는데, 쏟아지는 비 때문인지 마치 마을의 수호신인 것처럼 보이기까지 했다.

어쨌든 궁사한의 말대로 작은 마을 하나를 발견하자, 일행은 빗속에서도 밝은 표정을 지었다.

하지만 모두가 그런 것은 아니었다.

마을이 가까워질수록 전무심의 표정은 굳어만 갔다.

'이상하군. 이런 산골에서 저토록 강한 기운이 느껴지다니.'

기이한 일이 아닐 수 없었다.

자신이 느낀 것은 결코 대자연의 기운이 아니었다. 사람의 기운, 그것도 대단한 공력을 지닌 자의 기운이었다.

그의 감각은 거짓을 말하지 않는다. 그렇다면 저곳에 그를 긴장시킬 만한 기운을 지닌 자가 있다는 말.

그렇다고 가지 않을 수도 없는 일이었다.

'일단 가서 확인해 보는 수밖에.'

잠시 후, 일행은 거대한 고목에서 삼십여 장 떨어진 곳에 도착했다.

마을은 생각 외로 조용했다.

이상한 일이었다. 외지인이 여섯이나 나타났는데도 나와보는 사람 하나 없다니.

폭우 때문이라면 더 말이 되지 않았다.

농사를 짓는 사람들은 비가 오면 더 신경을 쓰는 것이 당연한 일이 아닌가 말이다.

"여기서부터는 제가 앞장서지요."

전무심이 앞으로 나섰다.

갑자기 그가 앞으로 나서자 사람들이 의아한 눈으로 그를 바라보았다.

전무심이 다시 말했다.

"함부로 행동하지 말고 제 말에 따라주시기 바랍니다."

점입가경이다.

말뜻도 그렇고, 표정도 마치 생사대적을 만나러 가는 듯하다.

사람들은 자신들도 모르게 표정을 굳혔다. 그들의 얼굴에 만연했던 조금 전의 밝은 표정은 어느새 씻은 듯이 사라져 있었다.

"뭐 이상한 점이라도 있소?"

답답한지 소대붕이 물었다.

"일단 살펴보고 말씀드리지요."

전무심은 짧게 답하고 마을의 한가운데를 향해 걸어갔다.

일행은 고삐 잡힌 망아지처럼 그 뒤를 따랐다.

전무심의 걸음이 멈춘 곳은 일반 집을 서너 개 합친 크기보다 더 커 보이는 집 앞이었다.

멀리서 볼 때만 해도 커다란 고목 나무 가지에 가려져 있어 잘 보이지 않았는데, 막상 앞에 가서 보니 예상했던 것보다 훨씬 넓은 집이었다.

게다가 다른 집의 벽은 대충 나무와 황토를 섞어 만든 벽이었지만, 그 집의 벽만큼은 황토를 이용해 돌을 차곡차곡 쌓아 올려서 매우 튼튼하게 보였다.

또한 그 집은 마당도 없고, 담도 대문도 없는 화전민촌의 일반적인 집과는 완연히 달랐다. 빙 둘러 쌓아 올린 담과 통나무를 엮어 만든 대문이 접근하는 사람들의 발길을 가로막고 있었던 것이다.

다행히 대문은 전무심의 눈높이도 되지 않아서 안을 바라보는 데 그리 큰 지장은 없었다.

굵은 빗줄기는 멈출 줄을 모르고 계속 쏟아졌다. 그런데도 전무심은 통나무로 만든 대문 앞에 서서 움직이지 않았다.

'스물셋. 대단하군. 모두가 일류 이상의 고수들…….'

커다란 집 안에 있는 사람은 스물세 명이었다.

그들 중 두엇은 전무심의 감각에도 쉽게 잡히지 않을 정도였다.

만일 초감각이 아니었다면 전무심은 안에 있는 사람의 숫자를 스물로 세었을지도 몰랐다.

'뭐 하는 자들일까?'

그렇게 전무심이 대문 앞에서 걸음을 멈춘 지 한참이 지났을 때였다.

커다란 집의 방문이 열리더니 한 사람이 밖으로 나왔다.

화전민이라 하기에는 너무 말쑥한 옷차림을 하고 있어 묘한 느낌을 주는 자였다.

나이는 서른 정도나 되었을까?

그리 크지 않은 키에 평범한 몸매이면서도, 차분히 가라앉은 눈에 실린 힘은 그가 결코 평범한 농사꾼이 아니라는 것을 말해주고 있었다.

그는 전무심을 거쳐 비를 피하기 위해 고목 아래 서 있는 사람들을 둘러보고는 천천히 문 쪽으로 다가왔다.

이미 전무심 일행의 존재를 알고 있는 듯했다.

"이런 벽촌에는 어인 일로 오셨소?"

나직했지만 은은히 우러나는 힘이 담긴 목소리였다.

"비가 거세서 좀 쉬어가려 왔습니다."

전무심이 간단히 답했다.

그러자 장한의 눈에 의혹이 스쳐 지나갔다.

"정말… 원하는 것이 그것뿐이오?"

다른 꿍꿍이가 있지 않느냐는 뜻이 담긴 물음이다.

이런 벽촌에 무인들이 다른 뜻으로 올 이유가 뭐가 있을까.

거꾸로 생각하면, 이곳에 그럴 만한 뭔가가 있다는 말이었다.

그러나 전무심은 별다른 내색을 하지 않고 태연히 되물었다.

"아니면 우리가 뭘 원해서 왔겠습니까?"

순간 장한의 눈빛이 짧게 흔들렸다.

하지 않아야 할 말을 했다는 걸 그제야 느낀 듯 자책하는 눈빛이었다.

못 본 척 전무심이 말을 이었다.

그의 눈은 장한을 보는 듯했지만, 사실은 장한의 귀밑을 지나쳐 방문 쪽을 바라보고 있었다.

"따뜻한 음식을 먹을 수 있다면 더 좋겠지요."

장한의 이마가 꿈틀거렸다.

"그건 좀 힘들 것 같소. 여기는 객잔이……."

바로 그때였다. 방 안에서 중후한 목소리가 들려왔다.

"중암, 그분들을 별채로 모시거라."

장한이 움찔 놀란 표정으로 안쪽을 바라보았다.

"어르신……."

"그리고 너는 평산 댁에게 음식을 좀 준비하라 이르거라."

거침없이 이어지는 명령이었다.

어쩔 수 없음을 알았는지 장한은 안쪽을 향해 허리를 숙였다.

"알겠습니다, 어르신."

그러고는 전무심을 노려보았다.

"문은 열려 있소. 들어오시오."

말이 별채지 단순히 독립된 방에 지나지 않았다. 그래도 안으로 들어가니 밖에서 보기보다 제법 넓었다.

사람들은 비를 피해 온기가 도는 방에 들어간 것만으로도 기분이 좋은지 금방 얼굴들이 펴졌다.

그러더니 빗물을 털어내고, 운기해서 옷을 말리고… 모두가 부산을 떨며 난리법석을 쳤다.

어느 정도 상황이 진정되자 성질 급한 구대심이 참지 못하고 물었다.

"전 공자, 대체 왜 그렇게 조심스럽게 행동하신 겁니까?"

전무심은 구대심의 물음에 고개를 저었다.

"이곳은 단순한 화전민촌이 아닙니다. 아니, 화전민촌일지는 몰라도 주민들은 일반 화전민이 아닙니다."

"예?"

"절정에 달한 무예의 고수가 평범한 화전민일 리는 없지 않겠습니까?"

"……!"

그제야 뭔가를 느낀 듯 사람들은 굳은 눈으로 전무심을 바라보았다.

"하면 위험하지 않겠습니까? 설마 신마성의 무사들은 아니겠지요?"

궁수한이 굳은 표정으로 풀어놓았던 도를 집어 들었다.

다른 사람들도 슬며시 손을 뻗어 자신들의 무기를 챙겼다.

그들을 향해 전무심이 말했다.

"경계는 하나, 적대하지 않는 걸로 봐서 신마성의 무사들은 아닌 것 같습니다. 좌우간 조금 더 두고 보도록 합시다. 일단은 쉬는 게 먼저니까."

사람들이 집어 들었던 무기를 다시 내려놓았다.

그때 밖에서 조금 전에 보았던 장한의 목소리가 들렸다.

"어르신께서 손님을 뵙자고 하시오."

커다란 방에는 중후한 인상의 노인이 두 개의 찻잔을 앞에 놓고 앉아 있었다. 다른 사람들은 보이지 않았다.

기다란 백미, 백염을 보기 좋게 늘어뜨린 노인은 전무심이 들어가자 두 개의 찻잔에 차를 따랐다.

맑은 향기가 은은히 콧속으로 스며들었다.

"내가 직접 딴 차라네."

전무심은 노인의 맞은편에 앉으며 다향을 음미했다.

차를 잘 모르는 그였지만, 다향이 스미자 기분이 맑아지는 기분이 들었다.

"솔직히 차를 잘 모릅니다만, 향이 좋군요."

"좋다니 다행이군."

노인은 밝은 웃음을 지으며 찻잔을 들었다.

마주 찻잔을 들어 입술을 가볍게 축인 전무심이 지나가듯이 물었다.

"다른 분들은 모두 돌아가셨나 보군요."

한 모금 차를 마신 노인이 내려놓던 손을 멈칫했다.

"알고 있었나?"

"마을에 사시는 분들인가요?"

"그렇다네."

노인은 태연히 대답하며 찻잔을 내려놓고는 눈을 들어 전무심을 바라보았다.

고요히 가라앉은 눈빛. 마치 깊은 곳에 숨겨진 뭔가를 찾으려는 듯한 눈빛이었다.

어느 순간, 그의 입에서 탄식처럼 나직한 목소리가 흘러나왔다.

"알 수가 없군, 알 수가 없어."

"무엇을 말입니까?"

"칠십 가까이 살다 보니 나름대로 세상사에 대해 안다고 생각했는데, 자네를 보니 지금까지 헛살지 않았나 하는 생각이 드는구먼."

"알고 모르고가 무슨 소용이겠습니까? 안다고 행복한 것도 아니고, 모른다고 불행한 것도 아닌데 말입니다."

"허, 허허……. 하하하! 맞네, 맞아."

노인이 대소를 터뜨렸다. 조금도 사심이 느껴지지 않는 맑은 웃음이었다.

전무심은 노인의 대소가 잦아들기를 기다려 입을 열었다.

"돌아가신 분들이 쓸데없는 생각을 안 하셨으면 좋겠군요."

노인이 여전히 웃는 얼굴로 고개를 저었다.

"그렇게 어리석은 사람들은 아닐세."

"때론 의외의 일도 일어나는 법이지요. 저는 어느 경우에도 함부로 단정 짓지 않습니다."

"흠, 자네는 그들이 무슨 짓을 저지를지 모른다 생각하나 보군."

"아직은 아닙니다만, 그런 생각을 지닌 사람이 개중에 있는 것 같아 안타까울 뿐입니다."

"안타깝다?"

의아해하는 노인을 응시하며 전무심이 고저없는 무심한 목소리로 말했다.

"예, 안타깝지요. 그분들이 쓸데없는 일을 벌이면 저도 손을 쓸 수밖에 없습니다. 이토록 평온한 마을이 피로 뒤덮인다면 어찌 안타깝지 않겠습니까?"

순간 노인의 얼굴에서 웃음이 사라졌다.

노인은 전무심을 뚫어지게 바라보더니 눈이 마주친 지 얼마 되지 않아 백미를 가늘게 떨었다. 마치 못 볼 것을 본 것 같은 표정이었다.

갑자기 노인이 밖을 향해 나직이 물었다.

"중암, 밖에 있느냐?"

밖에서는 아무런 대답도 들려오지 않았다.

"효연, 중암을 데려오너라."

방에는 두 개의 문이 있었다. 전무심이 들어온 곳의 반대쪽에 있던 방문 밖에서 대답이 들려왔다.

"예, 어르신."

노인은 뭔가를 묻고 싶은 듯 입을 반쯤 열더니, 다시 입을 닫고 천천히 몸을 일으켰다.

그러고는 옆으로 다섯 자 정도를 움직였다.

"그럴 만한 실력이 있는지 말로 듣기보다 직접 보고 싶군."

전무심도 천천히 자리에서 일어서서 좌측으로 두어 걸음을 옮겼다. 노인이 뭘 원하는지 알기 때문이었다.

아니, 어쩌면 자신이 먼저 원했는지도 몰랐다. 아니라면 결코 도발적인 말로 노인을 자극하지 않았을 터였다.

전무심은 가만히 서서 두 손에 구전암황기를 끌어올렸다.

노인도 전무심의 몸에서 이는 기운을 느꼈는지 숨을 크게 들이켰다.

두 사람 사이를 흐르던 대기가 갑자기 겁에 질린 듯 잘게 떨었다.

그러던 어느 순간이었다.

두 사람에게서 퍼져 나간 기운이 일 장 둘레로 무형의 막을 형성하며 두 사람을 감쌌다. 마치 그렇게 하기로 약속이라도 한 듯했다.

자신의 뜻을 알아차린 전무심이 기꺼운지 노인의 얼굴에 만족한 표정이 떠올랐다.

전무심이 말했다.

"쉬게 해주셨는데 집까지 부술 수는 없지요."

그와 동시였다.

"시작해 볼까?"

한마디 내뱉은 노인이 느릿하니 두 손을 들어 올리고는, 전무심을 향해 원을 그리듯 손을 휘저었다.

일순간 두 사람 사이의 대기가 비틀렸다.

전무심은 가슴이 답답해질 정도의 기운이 몰려오자 마주 손을 들어 허공을 찔렀다.

구전암황기가 실린 천강벽월이었다.

권에서 장으로, 장에서 지로!

일수유의 순간, 허공에 구멍이 숭숭 뚫리고,

둥! 둥! 둥!

북 치는 듯한 소리가 연속적으로 방 안에 울려 퍼졌다.

순간 눈을 부라린 노인이 한 걸음 물러서며 손바닥을 세 번 휘저었다.

스윽!

전무심은 노인이 물러선 만큼 앞으로 나서며 일 권을 비틀어 쳐냈다.

노인의 장력이 만들어낸 세 겹의 방어막에 천강벽월이 쐐기처럼 틀어박혔다.

바로 그때였다!

노인의 손바닥이 위아래로 저어지고, 찰나간에 전무심이 쳐낸 쐐기 같은 일 권이 노인의 두 손 사이에서 터져 버렸다.

퍽!

모래바닥을 후려치는 듯한 둔탁한 소음.

대기가 산산이 부서지며 일그러진다.

옆에 있던 다탁과 다탁 위의 찻잔도 가루로 변해 스러진다.

가공할 기운의 충돌이 일시지간 두 사람 사이의 모든 것을 무(無)로 돌려 버렸다.

만일 무형의 막으로 일 장 둘레를 감싸지 않았다면 지붕이 터져 나가고 집이 무너졌을 것이었다.

동시에 뒤로 물러선 두 사람의 표정에 놀람이 숨김없이 드러났다.

전무심의 무심하던 두 눈도 살짝 치켜떠졌다.

'도천기나 천귀혈마보다 강하다. 그것도 월등히!'

하지만 그의 놀람은 노인의 놀람에 비하면 아무것도 아니었다.

노인의 두 눈은 경악으로 부릅떠져 있었다.

자신이 육성의 공력을 쓰고도 이익을 보지 못했다는 것이 믿을 수 없다는 눈빛이었다.

"헛소리가 아니었군."

전무심은 그 말을 듣지 못한 듯 눈을 가늘게 좁혔다.

단 두어 번의 공방에 불과했지만, 그는 노인의 강함을 실감

할 수 있었다.

'강하긴 하나 절대의 힘은 아니다.'

그때 노인이 신중한 목소리로 말했다.

"한번 더 해볼까?"

전무심은 아무런 말도 없이 칠성의 내공으로 천라혈왕공을 운기했다.

혈맥을 타고 광룡처럼 치달리는 가공할 기운에 옷자락이 터질 듯이 부풀었다.

두 손에서 은은히 피어오르는 붉은 기운.

그 광경에 노인의 표정이 딱딱하게 굳었다.

하얀 안개로 덮인 쌍장을 가슴으로 치켜 올리며 노인은 전무심을 직시했다.

"시작하지!"

순간이었다. 전무심이 먼저 노인을 향해 한 걸음 다가가며 장(掌)을 내뻗었다.

찰나, 세 배는 커진 전무심의 손이 노인의 전신을 덮쳤다.

노인은 뻗어오는 전무심의 우수를 향해 한순간에 십 장을 후려갈겼다.

콰과과과광!

진기로 감쌌는데도 방 안이 터져 나갈 것만 같았다.

금방이라도 찢겨질 것처럼 부풀어 오른 장포. 사방으로 뻗친 머리카락.

쿵. 쿵. 쿵!

끝내 침중하게 굳은 얼굴로 세 걸음을 물러선 노인의 눈빛이 거세게 흔들린다.

'구성의 공력을 끌어올리고도 밀리다니……!'

반면에 그 자리에 서서 고요히 앞을 바라보는 전무심이다.

"실망시켜 드리지는 않은 것 같아 다행이군요."

"으음……."

낮게 신음을 흘린 노인이 씁쓸한 표정으로 고개를 저었다.

"오히려 내가 실망시켜 준 것 같군."

"별말씀을."

그때 밖에서 중암이란 자의 목소리가 들려왔다.

"어르신, 부르셨습니까?"

"그래, 아직도 집으로 돌아가지 않은 사람이 있느냐?"

"그게……."

"쓸데없는 생각 말고 모두 집으로 돌려보내라. 지금 즉시."

"…예, 어르신."

별원이 십여 명의 사람에게 포위당한 것은 전무심이 가고 얼마 되지 않아서였다.

하나같이 강한 자들이었다. 자신들 중 누구 하나 승리를 장담할 수 없을 정도로.

그러더니 잠시 후, 한 사람이 방문을 열고 물었다.

"무슨 일로 이곳에 온 것이오?"

서른 전후의 나이로 보이는 자였다. 태양혈도 밋밋하고 별다른 기운은 감지되지 않았지만, 그래서 더 강하게 느껴지는 자였다.

소대붕이 긴장을 늦추지 않고 앞으로 나섰다.

"비가 오니까 쉬러 왔지, 뭐 하러 왔겠나? 한데 왜 우리를 핍 박하려 하는 것이지? 그럴 거면 차라리 받지를 말 것이지."

"어르신이 아니었다면 당연히 받지 않았을 것이오. 그러니 손님 대접을 받으려거든 솔직히 말해주시오. 강호의 무사들이 왜 이런 첩첩산중에 들어왔는지."

구대심이 짜증나는 말투로 대답했다.

"우리는 성도의 비룡표국 사람들이오. 비를 피해서 왔다니 까 왜 사람 말을 믿지 않는 것이오?"

"비룡표국?"

"그렇소. 우리는 전 공자와 함께 섬서로 넘어가던 길이었을 뿐이오."

그 말에 장한의 눈빛이 찰나간 번뜩였다.

"어르신의 방에 들어간 사람 말이오?"

구대심이 그런 장한을 향해 비꼬듯이 말했다.

"맞소. 아마 당신들이 아무리 강하다 해도 우리를 건드려서 좋을 건 없을 것이오."

"꽤 자신만만하군."

기분이 상했는지 장한이 싸늘한 표정으로 방 안을 둘러보았 다.

순간 아무런 기운도 느껴지지 않던 그의 몸에서 가슴 서늘한 기운이 흘러나왔다. 동시에 강력한 기운이 별채를 둘러싸기 시작했다.

소대붕이 구대심을 한 번 노려보고는 장한을 향해 고개를 돌렸다.

"싸우겠다면 마다하지 않겠네. 하나 그대들도 죽음을 각오해야 할 것이야."

"죽음이라……. 훗! 두고 보면 알겠지."

장한의 우수가 옆구리의 기다란 검병을 잡았다.

일순간, 팽팽한 긴장감에 방 안의 공기가 터질 것처럼 부풀어 올랐다.

순간 궁사한이 앞으로 나섰다.

"내가 상대해 주지."

장한의 입가로 가느다란 살소가 맺혔다.

"누구든 상관없어."

일촉즉발의 상황!

딸깍! 츠르르릉.

각자의 무기들이 금방이라도 이빨을 드러내고 튀어나올 것만 같았다.

바로 그때였다.

"비강, 나와라. 어르신의 명이시다."

장한, 연비강은 한 치쯤 튀어나온 검병을 밀어 넣고 궁사한을 노려보며 씩 웃었다.

"운이 좋았군."

"글쎄, 누가 운이 좋았는지 판단하기에는 너무 이른 것 같군."

뒤돌아서려던 연비강의 입술이 비틀렸다.

"언제고 기회가 된다면 확실하게 알게 해주지."

철컹!

도를 집어넣은 궁사한이 나직이 말했다.

"그것도 좋지. 하지만 각오해야 될 거야."

연비강이 나가자 그들은 별채를 감쌀 때만큼이나 소리없이 물러갔다.

그제야 전신을 욱죄던 기운도 거짓말처럼 사라졌다.

잔뜩 긴장하고 있던 사람들은 들었던 무기를 내려놓고 안도의 숨을 내쉬었다.

"후우, 대체 저자들, 뭡니까?"

쪼르륵 방문으로 다가간 구대심이 밖을 흘끔거리며 물었다.

"곧 전 공자가 오실 겁니다. 그럼 알 수 있겠지요."

궁사한의 침중한 말에 모두가 고개를 끄덕였다.

"새끼들, 더럽게 무게 잡고 겁주고 있어. 죽으려고……."

뒤늦게 기가 살아난 구대심의 말에 소대붕이 눈을 부라렸다.

"구 표두, 한 번만 더 함부로 입을 놀리면 촉산 잔도에서 던져 버릴 테니까 그리 알아!"

"장초량이라 하네."

노인이 갑자기 이름을 밝히자 전무심의 눈에 서서히 놀람이 떠올랐다.

'이 노인이 백은(伯隱) 장초량?'

강호의 수많은 기인이사 중 모습을 드러내지 않았으면서도 지인들을 통해 이름만 알려진 초절정의 고수들이 있었다.

호사가들은 그들을 일컬어 은자팔현(隱者八賢)이라 칭하고 만나보기를 소원했다.

백은 장초량, 그 역시 은자팔현 중 하나로 처음에는 계은(溪隱)이라 불렸다.

그러나 그가 화산의 전대장로인 운허자와의 비무에서 승부를 가리지 못했다는 것이 알려지자 사람들은 그를 은자팔현 중 첫째로 칭하기를 주저하지 않았다.

백은(伯隱)이라는 이름은 그래서 생겨난 것이었다.

"백은이라 불리시는 장 노사께서 이런 외진 곳에 계실 줄은 몰랐군요."

"허허허, 부끄러운 이름이지."

"후학을 가르치고 계셨나 보군요."

"후학이라… 그렇다고도 봐야겠지."

자조의 표정에 깃든 짙은 회한(悔恨). 다른 이유가 있다는 말처럼 들린다.

아니나 다를까, 한참을 기다리자 그가 말을 이었다.

"한때 의기가 너무 앞서 두 친구와 함께 잘못을 저지른 적이 있었네. 이곳의 사람들은 대부분이 그때의 일로 인해 피해를 입은 사람들의 후손이라네."

장초량은 그 말만 하고 입을 닫았다.

전무심도 더 이상 묻지 않았다.

"한데 나야말로 자네의 사문이 궁금하군."

오히려 장초량이 잔뜩 호기심 어린 눈으로 물었다.

"거기에 대해선 말씀드릴 수 없으니 이해해 주시기 바랍니다."

전무심이 거부하자 장초량은 가만히 전무심을 응시했다.

바람 한 점 없는 호수가 거기에 있었다. 한데 자신이 조금 전에 보았던 그 무언가는 어디에고 보이지 않았다.

그가 조심스럽게 물었다.

"자네… 혹시 천사지안에 대해 들어본 적이 있는가?"

찰나였다. 전무심의 눈매가 파르르 떨리는가 싶더니 눈 한 번 깜박이기도 전에 무심히 가라앉았다.

또 천사지안에 대해 아는 사람을 만났다.

기이한 기분. 여전히 가슴이 뛰었다. 그러나 전만큼 충격적이지는 않았다.

"알고 있었나 보군."

"일전에 들은 적이 있습니다."

어느새 만 장 심해처럼 가라앉아 버린 전무심의 눈빛이다. 장초량은 그 눈빛을 보고는 탄식을 흘렸다.

"하아, 자네 눈빛을 보니 굳이 더 말할 필요가 없을 것 같군."

"이미 그에 대해선 더 이상 고민하지 않기로 했습니다. 운명을 거부하지는 않겠지만, 그렇다고 끌려가지도 않을 겁니다. 제아무리 하늘이 정해놓았다고 해도 말이지요."

'내 운명은 내가 좌우한다! 하늘이라 해도 내 운명을 마음대로 좌우하지 못하게 하리라!'

전무심은 확고히 굳은 마음 위에 다시 한 번 결심을 굳혔다.

"하긴 전설은 전설일 뿐이지. 허허허허, 그러고 보니 그에 혹해 자네를 시험한 나만 우습게 되어버렸군 그래."

"덕분에 장 노사를 알게 되었으니 저로선 손해 본 것이 없지요."

"그런가? 허허허허!"

기분 좋은 웃음을 터뜨리는 장초량을 보고 전무심이 말을 돌렸다.

"내일 아침 일찍 떠나겠습니다. 공연히 청정한 물을 흐리게 한 것 같아 죄송합니다."

"자네가 죄송할 건 없네. 오히려 하늘 밖에 하늘이 있음을 알게 되었으니 저들에게도 적지 않은 도움이 되었을 거네."

일류고수들이 절정에 오르기 위해선 심마를 겪는다. 특히 고립된 곳에서 무공을 익히는 사람들은 더하다.

자신이 얼마나 강할까. 자신이 어디까지 갈 수 있을까. 과연 막힌 벽을 넘을 수는 있는 걸까?

그러다 조바심이 나게 되고, 결국은 세상에 나가면 뭐든지 할 수 있을 것 같은 착각에 빠져 뛰쳐나간다. 아무런 마음의 준비도 없이. 그렇게 되면 마도에 빠지기 십상이다.

장초량은 그 점을 말하고 있는 것이었다.

"조금이라도 도움이 되었다면 다행이군요."

"가서 쉬시게. 이제는 더 이상 불편을 끼치지 않을 거네. 그리고… 일행에게 아직 나에 대한 말을 하지 않았으면 좋겠구먼."

"알겠습니다."

그날은 그렇게 끝났다. 그러나 모든 인연이 끝난 것은 아니었다.

"전 공자, 대체 여기에 사는 사람들이 누굽니까? 설마 도적들은 아니겠지요?"

전무심이 방으로 들어가자 구대심이 뽀로록 다가가 호들갑을 떨었다.

모두가 궁금함을 입 안 가득 문 상태로 전무심을 바라보았다.

그들을 향해 전무심이 말했다.

"세상에는 깊은 산중에서 심신 수련을 하는 사람들이 많다고 하더군요. 이 사람들도 그런 사람들 같습니다. 그러니 갑자기 쳐들어온 우리가 반가울 리 없지요. 그만 신경 쓰고 쉬십시오. 내일 아침 일찍 출발할 테니까요."

얼굴빛 하나 변하지 않고 대충 얼버무린 전무심은 구대심이 또 묻기 전에 몸을 돌렸다.

하지만 구대심은 결코 물러서지 않았다.

그가 절박한 표정으로 물었다.

"그런데… 먹을 것은 언제 준다고 합니까? 점심도 못 먹었는데…….."

새벽이 되자 비가 가늘어졌다. 그러더니 떠날 즈음에는 태양이 얼굴을 내밀고, 나뭇잎에 맺힌 물방울들이 태양빛에 황금 구슬처럼 반짝였다.

기분 좋은 아침이었다.

전무심은 사람들을 기다리게 해놓고 인사를 하기 위해 장초량의 방으로 향했다.

한데 방으로 가는 길목에 한 사람이 보였다. 중암이라는 자였다.

그는 전무심을 바라보더니 어렵게 입을 열었다.

기가 많이 꺾인 눈빛이었다.

"어르신을 이기셨다 들었소."

'그 양반도 원…….'

쓴웃음을 지으며 전무심이 천천히 고개를 좌우로 저었다.

"비겼을 뿐이오."

"나는 초중암이라 하오."

"전무심이오."

"우리는 이곳에서 어린 시절부터 이십 년 가까이 살아왔소. 그런 우리들이 머지않아 밖으로 나가게 될 것이오. 어르신께서도 암중에 허락을 하신 일이오."

무슨 뜻으로 하는 말이지?

문득 장초량이 어제 한 말과 관계가 있을 것 같다는 생각이 들었다. 그렇다면 원한을 갚기 위해 나간다는 말인 듯했다.

"왜 그런 말을 나에게 하는지는 모르겠지만, 내가 겪어본 세상은 보기보다 험하오."

"할 일이 있으니 견디지 못할 것도 없소."

맞는 말이긴 했다. 당장 자신만 해도 그러하다. 절대적인 목적이 있는 사람이 무엇을 견디지 못할까?

"그래도 여기에 있는 것보다 못할 것이오."

"이미 동료들의 마음이 움직였소. 마음이 움직인 이상 여기에 머문다는 것은 심마만 더할 뿐이오. 그래서 하는 말이오만, 우리가 이곳을 나가면 전 공자가 우리를 이끌어주시오."

전무심은 말도 안 된다는 듯 고개를 저었다.

"나는 당신보다 나이도 어리고, 강호의 경험도 일천하오. 안 들은 것으로 하겠소."

"당신은 우리가 도저히 넘을 수 없는 벽처럼 생각하는 어르신보다 강하고, 표국 일행을 대표하는 걸로 봐서 최소한 우리보다 강호 경험이 많소. 그 정도면 충분하오. 더구나 당신은 우리가 나가려는 때 이곳에 왔소. 그것 또한 인연이 아니겠소?"

하나같이 일류 이상의 고수가 이십여 명이다. 게다가 나이도 나이지만 백은 장초량의 지도를 오랫동안 받은 사람들이 아닌가.

아마 조금만 더 경험을 쌓는다면 대부분이 절정에 이를 터. 자신이 하려는 일에 이 정도의 고수 이십여 명이 보태진다면 많은 도움이 될 것이다.

만일 거기다가 장초량마저 움직인다면 능히 천군만마를 얻은 것과 같다 할 수 있었다.

하지만 그것도 상대 나름이었다. 자신이 이들을 이끈다는 것은 지옥으로 가는 지름길로 안내하는 거와 다를 것이 없었다.

전무심은 무심한 눈으로 초중암의 눈을 직시했다.

흔들림없는 초중암의 눈은 이미 확고한 결심으로 굳어져 있었다.

'어떻게든 이곳을 떠나는 것은 확실한 일이겠군.'

그때였다. 장초량의 방 안에서 나직한 목소리가 흘러나왔다.

"그들의 뜻을 받아주게. 어차피 세상에 나갈 사람들이네. 그렇다면 나 역시 자네에게 맡기고 싶구먼."

전무심이 방문을 향해 말했다.

"제가 이들을 지옥으로 이끌어도 말입니까?"

"허허허, 어차피 세상이 지옥의 한 귀퉁이가 아니겠나? 설령 그리된다 해도 그것 역시 저들의 운명이 그러할 뿐이라네. 자네가 이 넓은 세상천지에서 이곳을 찾아온 것처럼 말이네."

그럴까? 과연 인연이며 운명일까?

어찌 생각하면 그럴지도 몰랐다. 사람의 인연이 어찌 맺어질지는 아무도 모르는 일이 아니던가.

'좋아! 그렇다면 나도 마다하지 않겠다!'

"정 그렇다면 육 개월 후에 봅시다."

"육 개월?"

"아직 당신들의 무공은 완성이 되지 않았소. 그 정도로 나를 따라다녔다가는 일 년도 버티지 못할 것이오. 그러니 앞으로 육 개월 동안 최대한 강해지시오."

물론 이유가 꼭 그것 때문만은 아니었다. 그러나 전무심은 더 이상 시시콜콜 이유를 달지 않았다. 천왕교에 대한 일을 말해줄 수는 없는 일이었으니까.

하나 그것만으로도 초중암의 얼굴에 불만이 가득 찼다.

그걸 본 전무심이 차갑게 말을 이었다.

"그러지 못할 거면 아예 없던 이야기로 합시다."

자신들의 실력이라면 환영받지는 못해도 거절하지는 않을 줄 알았다. 그런데 완전 삼류무사 취급이 아닌가.

초중암은 뱉은 말이 있는지라 차마 대들지는 못하고 얼굴만 붉혔다.

그때 방 안의 장초량이 다시 입을 열었다.

"아마 나 정도의 고수를 만나면 너희들 중 반수가 목숨을 걸어야 할 것이다. 하물며 전 공자는 나보다 강하다. 만약 전 공자 정도의 고수를 만난다면 너희들은 모두 죽을 각오를 해야 할 것이야. 무슨 말인지는 중암, 네가 더 잘 알 터."

그 말에 초중암의 붉게 달아오른 얼굴이 빠르게 식었다.

전무심의 무공은 정확히 모른다. 장초량이 졌다고 했어도 믿지 않았다. 오히려 전무심이 비겼다는 말을 했을 때 그 말을 믿고 싶었다.

하나 어쨌든 전무심이 장초량과 같은 경지에 오른 고수 정도이기만 해도, 장초량이 한 말은 일리가 있었다.

새삼 강호라는 곳이 너무도 깊어 끝도 없는 곳처럼 느껴지는 초중암이었다.

'육 개월을 더 기다려야 한단 말이지?'

사실 지난 이십 년에 비하면 그 정도 기다리는 것은 별것도 아니었다. 더구나 죽어라 무공을 익히다 보면 금방일 터였다.

초중암은 이를 지그시 깨물고 고개를 끄덕였다.

"알겠소. 그럼 육 개월 후에 찾아가겠소."

어차피 결정된 일, 전무심도 더 이상 머뭇거리지 않고 말했다.

"나오거든 장안의 비룡표국으로 가서 머무르는 장소를 알려주고 기다리시오."

장초량은 전무심이 들어오자 전날처럼 찻잔에 차를 따랐다. 그리고 전무심이 차를 반쯤 비우자, 마치 전날 하다 만 이야기를 들려주듯이 초중암과 얽힌 일에 대해 이야기를 시작했다.

"어느 날 몇 번 얼굴을 마주친 적이 있는 곽진상이라는 사람이 나를 찾아왔다네. 그는 자신이 보물 하나를 얻었는데, 그만

연안(延安) 철기검문의 문주 초영명에게 빼앗겼다고 하더군. 비록 그와의 친분이 그리 두텁지는 않았지만, 나는 그가 거짓말을 할 거라고는 꿈에도 몰랐다네. 더구나 찾아갔다가 죽을 뻔했다는 말을 듣고는 결국 분기에 차서 두 친구와 함께 철기검문으로 쳐들어갔네. 그러고는 철기검문의 문도들을 모조리 때려눕히고 문주인 초영명을 닦달했지."

장초량이 씁쓸한 표정으로 허공을 바라보았다. 그러더니 한숨을 내쉬며 말을 이었다.

"후우… 그가 이를 갈더군. 그러면서 자초지종을 설명하는데, 우리는 부끄러워서 차마 입이 떨어지지 않았네. 알고 보니 보물을 얻은 것이 곽진상이기는 했는데, 그가 처음에는 물건의 가치를 모르고 철기문주에게 팔았다더군. 그러다 나중에서야 그 물건의 진가를 알고 다시 돌려달라고 한 모양이야. 당연히 초영명은 돌려주지 않았고 말이네. 우리는 미안하다는 말을 열 번도 더하고 그곳을 도망치듯이 빠져나왔다네. 한데 다음날이었어. 철기검문이 멸문을 당했다는 말이 들리더군. 그 말을 듣고 다급히 찾아가 보니 비상시 사용하는 토굴로 몸을 피한 아이들과 몇몇 여인들만 살아남았지 뭔가."

장초량은 입이 타는지 빈 찻잔에 차를 한 잔 더 따랐다. 그리고 찻잔을 입술에 대는 둥 마는 둥 하고는 말을 이었다.

"처음에는 우리를 원수 보듯이 했지. 그런데 살아남은 여인 중 하나가 자초지종을 말하며 오히려 우리에게 부탁을 하더군. 어차피 그자가 악심 먹고 일을 벌이려 작정한 이상 언제든 당할 일이었다고. 그러니 당신들이 정말 미안한 마음이 있거든, 살아남은 아이들을 맡아서 키워달라고 말이네."

　나중에서야 장초량은 그녀가 초영명의 큰딸인 초선화라는 것을 알았다.

　"진정 현명한 여인이었지. 말 몇 마디만으로 우리를 꼼짝 못하게 했으니 말이네."

　"그래서 이곳에 정착하신 거군요."

　"그렇다네. 그리고 어제, 자네가 오기 전에 저 아이들과 이곳을 떠나는 것에 대해 상의했지. 어떤가? 정말 운명이 아닌가? 그 시간에 맞춰 자네가 찾아오다니 말이야."

　전무심은 장초량이 말을 맺자 담담한 표정으로 찻물이 반쯤 남아 있는 찻잔을 만지작거렸다.

　'곽진상이라… 인연은 인연이군.'

　전무심은 그 이름을 알고 있었다.

　동명이인인지, 아니면 같은 사람인지는 몰라도 천왕교의 십대장로 중 한 사람, 그의 이름이 곽진상이었다.

第二章
촉잔도(蜀栈道)

日弟子趙孟頫敬書呈大改元四月

道吉廣為傳

長跪前再拜禮一天師與

千秀芳景深處掩空容

萬閒放近天下 混世知和貼家界

雨閒容畫現改

死星
天血

1

　화전민촌을 벗어나 촉로에 들어선 전무심의 발걸음은 그 어
느 때보다 가벼웠다.

　'훗, 이번 표행으로 천 냥의 은자가 아니라 백만 냥 값어치
의 사람들을 얻었군.'

　왠지 하늘이 자신의 편인 듯했다.

　떠날 때는 빈손이었는데, 두 달도 되지 않아 눈과 귀를 얻고
이제는 날카로운 검까지 얻었다.

　비록 천왕교에 비하면 미미한 힘이지만 이제 시작일 뿐이었
다.

　'백리군악, 기다려라. 곧 네 곁으로 다가갈 것이다.'

처음 사흘간은 아무런 일도 일어나지 않았다.

날씨도 좋아서 마치 유람을 하는 기분이었다.

그렇게 촉로에 들어선 지 나흘째 되던 날 오후였다. 깎아지른 절벽 사이의 잔도를 지나가는데 익숙한 느낌이 전무심의 감각을 일깨웠다.

'살기!'

초감각이 누군가의 살기를 감지하고 꿈틀거린다.

저절로 낮아지는 심장의 고동. 곤두서는 신경. 모공이 열리고 솜털이 올올이 솟구친다.

'그들이 왔는가?'

어차피 한 번으로 끝나지는 않을 거라 생각했다. 다만 싸우기에는 장소가 좋지 않다는 것이 문제였다.

'조금 곤란하군.'

전무심은 앞서가는 사람들에게 나직이 경고를 보냈다.

"모두 조심하십시오. 선객이 와 있는 것 같습니다."

"선객이라면, 신마성의 놈들이 앞에 있다는 말이오?"

소대붕이 흠칫 뒤돌아보며 물었다.

전무심은 걸음을 멈추지 않고 칼날 같은 산꼭대기를 바라보았다.

"신마성인지, 아니면 다른 자들인지는 모르지만 좋은 뜻을 품고 있지 않다는 것만은 분명합니다."

하지만 서너 개의 산허리를 돌아가는 동안 아무도 보이지 않았다. 전무심이 잘못 안 것이 아닌가, 하는 의문을 품고 다섯 번째 산허리를 돌아 절벽에 매달린 잔도를 걸을 때였다.

쉬쉬쉬쉭!

갑자기 측면에서 수십 발의 화살이 날아왔다.

생각지도 않은 화살 공격에 전무심의 눈이 좁혀졌다.

'귀찮게 됐군.'

"조심해! 적이다!"

선두에 섰던 소대붕이 대경해 소리치며 검을 휘둘렀다.

터더덩!

강철 튕기는 소리가 울리더니 서너 발의 화살이 절벽에 부딪쳤다.

도를 빼 든 궁사한이 소미하란의 앞을 가로막았다.

그가 정면으로 날아오는 화살을 쳐내고는 소리쳤다.

"란 매! 뒤로 빠져라!"

날아오는 화살을 쳐내기에는 비수를 사용하는 소미하란이 상대적으로 불리할 수밖에 없었다.

하는 수 없다 생각했는지 그녀가 이를 악물고 뒤로 물러섰다. 그러자 은연중 전무심과 궁사한이 소대붕의 뒤를 받치는 형국이 되었다.

전무심은 화살을 쳐내며 건너편 절벽 위를 바라보았다.

빙 돌아가려면 산허리를 하나 잡아 돌아야 할 만큼 먼 곳이었다. 그러나 직선거리는 이십여 장 정도에 불과했다.

아마도 빠져나갈 곳이 없는 곳에 숨어서 기다린 듯했다.

더구나 진묵 등의 죽음을 알기 때문인지 놈들은 정면 대결을 피하며 철시를 날려 원거리에서 공격을 해왔다.

사실 절정고수에게 화살은 그리 위협적이라 볼 수 없었다.

하지만 놈들이 날리는 철시는 일반 화살과는 확연히 달랐다. 살대도 강철이고, 촉에는 독이 묻어 있는 듯 새파란 빛이 번뜩였다.

게다가 화살에 실린 내력마저 보통이 아니었다.

그러다 보니 시도 때도 없이 날아오는 화살비는 위협적일 수밖에 없었다.

"신마성의 철궁마혼대요! 화살에 독이 묻어 있으니 최대한 조심하시오!"

소대붕이 적의 정체를 알아차린 듯 일행에게 소리쳤다.

문제는 물러설 수도, 나아갈 수도 없다는 것이었다. 당장은 정면으로 쏘아지고 있어 그나마 화살을 쳐낼 수가 있지만, 물러서거나 더 나아가면 비스듬히 내리꽂히는 화살을 상대해야만 하는 것이다.

이러지도 못하고 저러지도 못하는 사이, 결국 시간이 지나자 무공이 제일 약한 구대심부터 손발이 어지러워졌다.

의외라면 궁사한조차 신중을 기하며 화살을 쳐내는데, 소대붕이 흔들리지 않고 버티고 있다는 것이었다.

"벽에 붙어서 움직여! 잘못하면 튀는 화살에 당할 수가 있으니까!"

어쨌든 화살이 떨어지기만을 기다릴 수는 없는 일. 이대로 있다가는 누군가가 죽을지도 모르는 상황이다.

전무심은 건너편과의 거리를 가늠해 보았다.

건너편 잔도까지는 이십사오 장의 거리. 아래는 백 장 절벽이다.

무령풍을 펼친다 해도 단번에 건너기가 쉽지 않아 보인다.

한데 바로 그때였다. 한줄기 강한 바람이 아래쪽에서 불어왔다.

전무심의 눈이 반짝였다.

'바람! 그렇다면 가능하겠군!'

생각을 떠올림과 동시, 전무심은 적들이 화살을 제는 틈을 타 몸을 날렸다.

순간 여기저기서 경악성이 터져 나왔다.

"전 공자!"

"조심해요!"

"저, 저, 저 미친놈이!"

"죽으려고 환장한 놈이잖아?"

"어, 어? 저놈이……?"

말 그대로 '어어' 하는 사이였다.

허공으로 날아오른 전무심의 신형이 바람을 타고 쏘아진 살처럼 반대편 절벽을 향해 날아갔다.

단숨에 좁혀지는 이십여 장의 거리.

그제야 절벽 위에서 청색과 홍색이 반반씩 뒤섞인 장포를 걸친 초로인이 대경해 소리쳤다.

"뭐 하느냐?! 화살을 날려서 떨어뜨려!"

설마 이십 장이 넘는 곳을 넘어올 수 있으리라곤 생각지도 못한 표정이다. 하긴 천하에 누가 있어 이십 장이 넘는 거리를 경공으로 건너간단 말인가!

어쨌든 그의 명령이 떨어지자 수십 발의 철시가 허공을 뚫었다.

하지만 아무 소용이 없었다.

전무심이 무정을 휘두르자 화살들이 모조리 튕겨져 나갔다.

"멍청히 있지 말고 계속 쏴라!"

청홍의 장포를 입은 초로인이 다시 악을 쓰듯 외쳤다.

그사이 전무심의 신형은 절벽을 따라 솟구치는 바람에 편승한 채 허공으로 날아올랐다. 마치 바람을 타고 상승하는 한 마리 독수리처럼!

바로 그때였다.

"이놈은 우리에게 맡기고 화살을 계속 쏴라!"

한 소리 외침이 절벽을 울리고, 동시에 혈의를 입은 중년인이 절벽 위로 내려서려는 전무심을 향해 달려들었다. 새파란 창날이 달린 기다란 창을 들고서.

전무심은 이 장 허공에 떠서 무심한 눈으로 그를 바라보았다.

순간이었다. 전무심의 신형이 흔들리는가 싶더니 둘, 넷으로 갈라졌다.

"어헛! 이놈이 사술을……!"

창을 들고 달려들던 혈의중년인이 헛바람을 집어삼키며 눈을 부릅떴다.

그사이 전무심은 잔도를 향해 철시를 쏘아대는 갈의인들을 덮쳤다.

철궁마혼대 이십여 명의 갈의인은 등 뒤로 소름 돋는 검세가 밀려오자 새파랗게 질려 버렸다.

더 이상은 잔도를 향해 활을 당길 정신이 아니었다.

"예끼 놈!"

그때 청홍의 장포를 입은 초로인이 두 손에 들린 한 자 직경의 륜(輪)을 날리며 전무심의 앞을 막았다.

패앵!

그의 손을 떠난 두 개의 륜이 전무심의 환영을 스치고 지나갔다.

두 개의 륜은 그의 옷처럼 청홍의 빛을 띠고 있었는데, 륜의 가장자리로는 세 치 크기의 칼날이 열두 개나 붙어 있었다.

그 칼날에 스친 전무심의 환영이 갈가리 찢기며 허공에서 스러진다.

동시였다.

남아 있는 전무심의 환영에서 죽 다섯 자 검강이 뻗치더니, 허공을 선회하던 청륜을 후려쳤다.

쾅!

단 일격에 청륜이 튕겨지며 수십 장 밖으로 날아간다.

그걸 본 초로인의 얼굴이 하얗게 탈색되었다.

"네, 네놈이!"

하지만 그것이 끝이 아니었다.

"으악!"

"크어억!"

전무심의 무정이 휘둘러질 때마다 제대로 저항도 못해보고 한꺼번에 서너 명씩 쓰러지는 갈의인들이다.

눈을 부릅뜬 초로인이 거두어들인 홍륜을 날리며 악을 썼다.

"뒈져!"

쒜엑!

홍륜이 시뻘건 칼날을 번뜩이며 번갯불처럼 날아들었다.

전무심은 날아오는 홍륜을 향해 돌아서며 무정으로 열십 자를 그렸다.

무정의 검첨이 벌의 날갯짓처럼 떨리고, 전면이 온통 푸른 빛으로 물들었다.

검막(劍膜)! 검강으로 펼칠 수 있는 또 하나의 절대검공에 청홍장포 초로인의 눈이 한껏 커졌다.

그때 무정의 검첨이 검막을 뚫지 못한 홍륜의 한가운데를 파고들었다.

까가가강!

귀청을 터뜨릴 듯한 굉음!

홍륜의 중심부가 두꺼운 얼음이 금가듯 부서져 나간다.

"아, 안 돼! 이노오옴!"

부서지는 애병을 보고 청홍장포의 초로인이 노성을 내지르며 전무심에게 달려들었다.

"적 형! 조심하시오!"

창을 든 자가 소리치며 몸을 날렸다.

전무심은 부서진 홍륜이 사방으로 비산하자 청홍장포의 초로인을 향해 좌수 검지를 뻗었다.

순간!

시퍼런 지강이 검지 끝에 맺히는가 싶더니 청홍장포의 초로인을 향해 쏘아졌다.

그리 빠르지는 않았다. 그렇다고 느리지도 않았다. 초로인이 눈을 부릅떴을 때는 이미 눈앞에 파란 구슬이 다가와 있었다.

"헛!"

그는 안간힘을 다해 몸을 틀어 구슬을 피하고는 자세를 바로잡았다.

한데 그때였다. 등줄기에 소름이 돋는 기분!

휙 몸을 돌린 그는 아연한 표정으로 입을 떡 벌렸다.

"아, 안……!"

퍽!

한껏 커진 초로인의 두 눈, 그 사이로 파란 구슬 하나가 틀어박히고,

"꺼어어……."

괴이한 신음이 떡 벌어진 그의 입에서 흘러나왔다.

창을 들고 덤벼들던 혈의중년인은 그 광경에 황급히 뒤로

물러섰다.

"지, 지강탄주(指罡彈珠)를 자유자재로 조종하다니……!"

싸울 의지조차 잃어버린 눈빛. 질린 표정이 공포로 물들었다.

"대, 대체…… 어떻게……!"

그가 주춤거리며 뒤로 물러설 때다.

화살비가 끊기자 절벽을 타고 소대붕과 부강산, 궁사한과 소미하란이 차례대로 올라왔다.

한데 그 순간!

살아남은 십여 명의 갈의인이 정면으로 올라오는 그들을 보고는 황급히 철궁을 당겼다.

생각지도 못했던 일에 전무심이 다급히 소리쳤다.

"피해!"

"헛! 이런!"

그제야 상황을 인식한 네 사람이 대경한 표정으로 좌우로 흩어졌다.

동시에 이십여 발의 철시가 세 사람을 향해 쏘아졌다. 사람은 열두 명에 불과했지만, 철궁 하나에서 두 발씩 쏘아진 것이다.

"으윽!"

부강산이 어깨를 움켜쥐고 뒹굴었다.

하지만 나머지 세 사람은 부강산을 놔둔 채 좌우로 흩어져 갈의인들을 공격했다.

갈의인들이 또다시 철궁에 철시를 재고 있었던 것이다.

바로 그때였다. 전무심이 천강벽월의 힘을 담아 좌수를 흔들었다.

콰아아아!

천강벽월의 가공할 장력이 밀려가자 갈의인들은 철궁을 당기지 못하고 사방으로 흩어졌다.

세 사람은 그로 인해 만들어진 찰나간의 틈을 놓치지 않았다.

"이놈들! 죽어!"

소대붕이 악에 바친 소리를 내지르며 검을 휘둘렀다.

그러나 그전에 소미하란의 비도가 허공을 가르며 두 명의 갈의인을 쓰러뜨렸다.

갈의인들이 주춤하는 사이,

까가강!

소대붕이 두 개의 철궁을 옆으로 쳐내며 갈의인들의 가슴으로 파고들었다.

거의 동시였다. 몸을 낮춘 채 접근하던 궁사한이 갑자기 몸을 날리며 도를 휘둘렀다.

세 사람의 공격에 당황한 갈의인들이 다시 철궁을 당겨 쏘아댔다.

휘두른 칼에 서너 개의 화살이 튕겨지고, 튕겨진 화살에 옆구리의 옷자락과 살점이 한꺼번에 찢겨졌다.

하지만 궁사한은 조금도 망설이지 않고 갈의인들 사이로 뛰어들었다.

그러나 그 틈을 노린 것은 그들만이 아니었다.

혈의중년인은 전무심이 철궁마혼대를 향해 장력을 날리는 틈을 놓치지 않고 신창합일의 공격을 감행했다.

혈창(血槍) 양관이라는 이름에 먹칠을 하는 행동이었지만, 그만큼 절박했다.

상대는 음양쌍륜(陰陽雙輪) 적도홍을 단 몇 수에 죽인 자다. 그런 사람을 공격하면서 예의 운운하는 것처럼 멍청한 짓이 어디 있단 말인가!

어쩌면 마지막이 될지도 모르는 기회!

그는 내심 이번 공격으로 전무심의 한 팔 정도는 얻을 수 있을 거라 생각하고 전력을 다 쏟아냈다.

"죽엇!"

하지만 전무심은 그가 생각했던 것보다 훨씬 강했다. 그가 상상도 못할 정도로.

그걸 알려주겠다는 듯 전무심은 신창합일로 날아드는 양관을 향해 무정을 내질렀다.

순간,

번쩍!

붉은 핏빛 번개가 무정의 검첨에서 작렬하더니 신창합일로 날아오는 양관을 향해 뻗어나갔다.

전무심과 이 장의 거리를 남겨놓고 있던 양관은 눈앞이 캄캄해지는 충격에 정신이 멍해졌다.

혼을 쫓는 벼락이 단번에 모든 것을 꿰뚫는다!

천라혈왕구검 중 다섯 번째 검인 일관추혼벽(一貫追魂霹)!

그가 결코 막을 수 없는 검이었다.

순간적으로 펼쳐 육성의 내력밖에 쓰지 않았다지만, 결과는 마찬가지였다.

콰광!

"크억!"

부러진 창대를 움켜쥔 양관은 날아들 때만큼이나 빠르게 홀홀 날아갔다.

순간 전무심의 신형이 그림자처럼 그를 따라붙었다. 그리고 곧이어 천강벽월의 힘이 실린 좌수가 그의 가슴에 틀어박혔다.

피하고 자시고 할 틈도 없었다.

콰직!

갈비뼈가 산산조각나며 양관의 쩍 벌어진 입에서 피분수가 솟구쳤다.

그러더니 오 장을 날아가 백장절벽 아래로 떨어졌다.

"으아아아아!!"

전무심은 일 검 일 장으로 양관마저 제거하고는 천천히 갈의인들을 향해 돌아섰다.

상황은 그사이 마지막 정점을 향해 치달리고 있었다.

소대붕이 품속에서 주머니 하나를 꺼내 재빠르게 두 알의 환약을 손바닥에 쏟아내더니 한 알은 침을 섞어 으깨고, 한 알은 부강산의 입에 넣어주었다.

많이 해봤는지 조금의 망설임도 없었다.

"당가의 가주께서 주신 해독단이오."

누가 묻지 않았는데도 그는 부강산의 어깨에 으깬 약을 바르며 주머니 속의 해독단에 대해 설명했다.

그러더니 주머니에서 두 알의 해독단을 더 꺼내 궁사한에게 내밀었다.

"한 알은 삼키고, 한 알은 으깨서 바르시오."

그제야 궁사한의 상처를 발견한 소미하란이 깜짝 놀라 소리쳤다.

"사형! 많이 다쳤어요?"

"그럭저럭 참을 만하다."

"고집은!"

궁사한이 머뭇거리자 소미하란이 낚아채듯이 해독약을 받아 들었다. 그러고는 누가 뭐라고 할 새도 없이 한 알을 입에 넣어 으깨고, 한 알은 궁사한의 입술 안으로 밀어 넣었다.

궁사한이 억지로 해독단을 삼키자 소미하란은 입에 든 해독단을 손바닥에 뱉어냈다.

"벗어요."

소미하란의 재촉에 궁사한이 어정쩡한 표정으로 웃옷을 젖혔다. 그러자 검게 물든 옆구리의 상처가 드러났다.

상처는 생각보다 심각했다.

주위는 이미 시커멓게 변색된 상태였다. 어찌 보면 부강산보다 더 심하게 중독된 듯 보였다.

부강산은 곧바로 손을 써서 독이 퍼지지 않도록 했지만, 궁사한은 부상당한 상태에서 계속 움직였기 때문인 것 같았다.

보다 못한 전무심이 궁사한의 뒤로 가 명문혈에 손을 얹었다.

"내력으로 상처 난 부근의 혈류를 억지로 돌릴 것이오. 고통스럽더라도 참으시오."

잠시 후, 궁사한은 굵은 땀방울을 뚝뚝 흘리며 이를 악다물었다.

처절한 고통! 내장이 모조리 딸려 나오는 듯한 느낌!

그의 온몸이 후들후들 떨렸다.

다행이라면 상처를 통해 시커먼 핏물이 배출되고 있다는 것이었다.

그렇게 얼마나 지났을까, 핏물이 조금씩 선홍빛을 띠기 시작했다. 그제야 손을 멈춘 전무심이 소미하란에게 눈짓했다.

소미하란은 잽싸게 궁사한의 상처에 손바닥에 담겨 있는 으깨진 해독단을 가져다 댔다.

"으으음!"

끝내 궁사한의 입술을 비집고 신음이 흘러나왔다.

소미하란이 손바닥을 옆구리에 댄 채 안쓰러운 표정으로 물었다.

"많이 아파요?"

궁사한은 대답하지 않고 눈을 감았다.

솔직히 조금 전의 고통에 비하면 이건 고통도 아니었다. 다만 소미하란의 손바닥이 살에 닿자 절로 신음이 흘러나왔을 뿐. 그러니 어찌 대답할 수 있을까.

'정말 부드럽군. 가끔 다치는 것도…….'

궁사한이 엉뚱한 생각을 하고 있을 때다.

"헉헉, 되게 힘드네."

구대심이 땀을 뻘뻘 흘리며 위로 올라왔다.

그는 사방에 홍건한 핏물과 널브러진 철궁마혼대원들의 처참한 시신을 보고는 몸이 딱딱하게 굳어버렸다.

그때 부강산을 치료한 소대붕이 전무심을 바라보았다.

"전 공자, 전 공자에게 죽은 자들이 누군지 아시오?"

전무심은 그들이 누군지 알지 못했다. 다만 적이니까 죽였을 뿐.

전무심 고개를 젓자 소대붕이 말을 이었다.

"음양쌍륜 적도홍, 혈창 양관. 신마성의 장로들 중에서도 능히 열 손가락 안에 드는 자들이외다."

말을 하면서도 소대붕은 믿기지가 않았다.

두 사람 다 자신이 숨겨놓고 있던 힘을 끌어낸다 해도 승부를 장담할 수 없는 자들이었다. 그런 자들이거늘, 자신들이 올라왔을 때 적도홍은 이미 죽어 있었고, 얼마 지나지 않아 양관마저 절벽에 떨어져 죽어버렸다.

그런데도 전무심의 표정은 여전히 변함이 없다. 죽은 자가 누구든 그게 무슨 상관이냐는 듯.

소대붕은 제풀에 지쳐 헛웃음이 나올 지경이었다.

말한다 해서 누가 믿을까?

나름대로 자신의 실력에 자신을 갖고 있던 소대붕으로선 허탈한 마음이 들 정도였다.

그나마 다행이라면, 신마성이 저번과 오늘 일로 인해 큰 타격을 입었다는 것이다.

그것만큼은 틀림없는 사실이었다.

장로들 중 다섯이 죽었다. 절정의 고수 다섯이. 게다가 신마성의 최정예라는 사십사 인의 철궁마혼대 대원 중 반이 쓰러졌다.

사천무련과의 싸움을 눈앞에 둔 그들로서는 치명타라 해도 과언이 아니었다.

반면에 사천무련으로서는 환호를 질러도 모자랄 상황. 소대붕은 전무심에게 고마움을 느끼지 않을 수 없었다.

'언제고 오늘의 일에 대해 고마움을 표할 날이 있을 것이오.'

그러나 겉으로는 아무렇지 않은 표정을 지었다.

"그건 그렇고. 전 공자, 어찌하겠소? 바로 가기는 힘들 것 같은데."

"대충 치료가 끝났으면 내려갑시다. 일단 잔도를 벗어나서 쉴 자리를 찾아야 할 것 같소. 당분간은 놈들의 공격이 없을 터이니 몸을 추스르고 떠나는 게 나을 것 같소."

그 말에 겨우 숨을 고른 구대심의 고개가 발딱 쳐들렸다.

"내려…… 간다고요?"

소대붕이 의아하다는 투로 물었다.

"자네는 왜 올라온 건가? 그냥 밑에서 기다리지."

미칠 일이었다. 언제 화살이 날아올지 모르는 상황, 혼자서는 겁이 나서 기다릴 수가 없었다.

그렇다고 그대로 말할 수도 없는 일.

'지미, 어떻게 올라왔는데!'

그가 이를 악물고 절벽 쪽으로 돌아섰을 때다.

전무심이 출발을 알렸다.

"갑시다. 놈들이 올라온 곳으로 내려가면, 부상자를 데리고 내려가는 것도 그리 어렵지 않을 것 같습니다."

홱 돌아선 구대심의 표정이 환하게 밝아졌다.

'멍청하게 올라온 곳만 생각하다니.'

그는 자신의 생각이 들키기 전에 재빨리 나섰다.

"부 표두님은 제가 모시고 가겠습니다!"

2

촉산 잔도를 빠져나와 독상을 치료하는 데 이틀이 걸렸다.

단 이틀이었지만, 당가의 해독약 덕분에 궁사한과 부강산의 상처는 움직이는 데 지장이 없을 정도가 되었다.

그리고 칠 일 후, 팔월의 포근한 햇살이 구름에 반쯤 모습을 가린 채 일행의 머리 위로 쏟아져 내리는 정오 무렵, 전무심 일행은 단 한 사람의 낙오도 없이 화양에 발을 디딜 수가 있었다.

일행은 화양에 들어서자마자 대충 근처의 객잔을 찾아들어갔다. 그리고 마지막 식사를 나누었다.

그 후로도 근 반 시진, 식사가 끝날 때까지 아무도 입을 열지 않았다.

그렇게 마지막 식사가 끝나자 전무심은 품속에서 함을 꺼내 내밀었다.

"확인해 보십시오."

함을 바라보는 소대붕의 눈가가 가늘게 떨렸다.

전무심과 비룡표국과의 계약은 이곳 화양까지였다. 화양에서 마존궁까지는 오십 리. 더 이상 전무심의 도움이 없어도 될 거라는 계산으로 정해진 계약이었다.

물론 그 와중에는 소대붕 자신이 해야 할 일을 전무심이 알아서는 안 된다는 이유가 있기 때문이기도 했다.

그런데 막상 함을 보자 소대붕은 왠지 모르게 마음이 무거워졌다.

이유야 어쨌든 전무심 덕분에 살아서 도착했다.

비룡표국의 사람들만 표행을 했다면, 아마 지금쯤 자신의 몸뚱이는 촉산의 잔도 어딘가에서 썩어가고 있을 게 분명했다.

한마디로, 전무심이 생명의 은인일 수도 있다는 말이다.

그런 전무심에게 뭔가를 속여야 하다니…….

그는 말하지 못하는 자신이 답답하기만 했다. 그렇다고 진실을 모두 말해줄 수도 없는 일.

소대붕은 억지로 입을 열며 손을 뻗었다.

"전 공자와 함께한 지난 한 달을 절대 잊지 못할 거요."

함이 전무심에게서 소대붕에게로 건네졌다.

전무심은 함을 건네고는 별다른 감회도 없이 짧게 이별의 말을 건넸다.

"언제 기회가 되면 또 보지요."

"장안으로 갈 거요?"

전무심이 돌아서며 말없이 고개를 끄덕였다. 그러자 소대붕이 말했다.

"장안 지부는 동문 쪽에 위치해 있소. 전 공자의 이름을 대면 약속했던 정보를 내줄 거요."

전무심이 나간 뒤로도 소대붕은 물끄러미 창밖을 통해 멀어지는 전무심의 뒷모습을 바라보았다.

'건드려서는 안 될 사람이야. 차라리 일이 이렇게 된 것이 다행이군.'

얼마나 지났을까, 전무심이 완전히 보이지 않자 구대심이 평소의 그답지 않게 나직한 저음으로 입을 열었다.

"대표두, 우리도 갑시다."

소대붕은 구대심의 말에 씁쓸한 표정으로 입을 열었다.

"가야겠지. 다 왔는데……. 후우, 이번 일이 끝나면 술을 진탕 마시고 싶군. 이번처럼 기분 더러운 비표행(秘鏢行)은 처음이야."

그는 손에 들린 함을 내려다보고는 구대심에게 툭 던졌다.

"자네가 가지게."

구대심이 흠칫하며 엉겁결에 함을 받고서 소대붕을 올려다봤다.

"제가 왜 이걸 가집니까? 싫습니다. 부상도 당하셨는데 부표두님 주시죠?"

부강산도 고개를 저었다.

"나도 싫네. 그거 먹고 죽기는 싫거든."

그러자 소대붕이 피식 힘없이 웃으며 말했다.

"원한 진 놈에게 선물로 주면 되잖아, 먹고 뒈지라고."

*　　　　*　　　　*

전무심은 화양을 벗어나자마자 방향을 틀어 동쪽으로 향했다.

궁사한과 소미하란은 별다른 말도 없이 전무심의 뒤를 따랐다.

끝없이 펼쳐진 태백의 험산준령이 점점 가까워졌다.

그 즈음이었다. 궁사한이 참지 못하고 물었다.

"왜 송 국주는 함을 화양에서 넘겨주라 했을까요? 이왕이면 마존궁까지 가져가는 것이 더 안전했을 텐데."

전무심은 대답을 하지 않고 걸음만 옮겼다. 대신 소미하란이 넌지시 자신의 생각을 말했다.

"사형은 이상하다는 생각이 안 들어요?"

"뭐가?"

"송 국주가 전 공자의 실력을 얼마나 강하게 봤을까요? 전 공자가 천귀혈마를 죽였다고는 해도 그는 전 공자를 임태민 노선배보다 월등히 강하게 생각하지는 않았을 거예요."

"아무래도 그렇겠지."

"그런데 그토록 중요한 물건을 전하면서 세 사람만 딸려 보냈어요. 신마성의 악에 바친 공격을 막아내려면 비룡표국의 대표두 전부가 나서더라도 힘들 텐데 말이죠."

궁사한의 이마에 세 줄기 주름이 가로로 죽 늘어졌다.

"뭐야? 그럼 우리가 실패하기를 바랐다는 거야? 왜?"

"그건 모르겠어요. 다만 분명한 것은, 혈정이 마존궁에 도착하는 것을 송 국주는 크게 신경 쓰지 않고 있었다는 거죠."

"그럴 것 같으면 차라리 전 공자와 우리들만 보낼 것이지, 세 사람의 고수는 뭐 하러 함께 보낸 거야?"

그때 걷기만 하던 전무심이 조용히 입을 열었다.

"확인할 사람이 있어야 했을 거요. 아니면 다른 이유가 있거나."

"확인이라니요? 뭘 말입니까?"

전무심은 여전히 똑같은 보폭으로 걸어가며 짧게 끊어 말했다.

"실패할 경우, 혈정의 행방."

"예?"

사실 진묵 등과 싸우고 나서부터 이상하다는 생각을 했다.

소대붕 등은 자신이 얼마나 강한지 알지 못한다. 그런데도 그들은, 표물을 가진 자신이 진묵 등과 싸우고 있는데도 큰 신경을 쓰지 않았다. 표행에서 제일 중요한 것이 표물인데도 말이다.

게다가 그들은 여하한 경우에도 자신들의 본 실력을 철저히 숨겼다. 마치 최후의 순간을 위해 힘을 아끼는 사람들처럼.

특히 소대붕의 실력은 절정에 다다라 있었는데도 그는 늘 삼 할의 실력을 숨긴 채 손을 썼다.

아마 후퇴할 곳이 없는 촉로에서의 싸움이 아니었다면 그는 끝까지 자신의 실력을 숨겼을지 몰랐다. 자신이 알고 있는 줄도 모른 채.

'과연 함 속에 든 것이 진짜 혈정이었을까?'

지속적으로 떠오르던 의문이었다. 한데 이제 답이 나오는 듯했다.

'함 속의 혈정은 가짜일지 모른다.'

어쨌든 이제는 끝난 일.

전무심은 숨을 천천히 내쉬며 혈정에 대한 생각을 털어내고는 홀가분한 마음으로 하늘을 올려다보았다.

기러기들이 겨울을 보내기 위해 남쪽으로 날아가고 있었다.

느끼지 못한 사이, 가을이 저만치 다가와 있었던 것이다.

'기러기도 때가 되니 고향으로 돌아가는 건가?

자신이 자라온 곳은 천왕곡이라 할 수 있었다. 그 이전에는 영안이었다. 그리고 그 이전에는…….

문득 전무심의 표정이 굳어졌다.

아버지가 술만 마시면 입버릇처럼 하던 말이 있다.

"아버지가 살던 곳에는 커다란 은행나무가 있었단다. 하지만 너는 그곳에 가서는 안 된다. 절대……. 가서는 안 돼……."

그러나 이미 표행을 맡을 때부터 가보기로 마음먹은 터다.

'내가 직접 확인해 보겠다. 왜 그래야만 했는지. 왜…….'

이를 지그시 깨문 그는 고개를 내렸다.

그리고 하늘의 기러기들처럼 장안을 향해 걸음을 옮겼다.

3

쾅!

손짓 한 번에 신마전이 뒤흔들렸다.

탁자와 함께 가루로 변해 사방으로 흩날리는 한 장의 서신.

무게도 나가지 않는 한 장의 서신이 신마 희천양을 분노케 하고 신마전을 뒤흔든 것이다.

"어이가 없군."

이십여 년 만에 처음 있는 일. 희천양은 말 그대로 어이가 없었다.

한 놈으로 인해 너무나 큰 손실을 입었다. 신마성의 기둥이 하나 뽑혀져 나간 기분이다.

"촉산의 잔도에서 급습을 했다면 분명 빠져나갈 곳이 없었을 텐데 어떻게 이런 일이 벌어졌단 말인가?"

"성주! 다시 척살조를 보내시는 게……."

분노한 희천양을 보고 부성주 공효순이 재차 척살조에 대한 의견을 냈다. 그러자 마운각주 정안양이 고개를 저으며 결사반대했다.

"안 됩니다. 사천무련이 호시탐탐 노리고 있는 상황, 여유가 없습니다. 성주, 나중을 기약하시지요!"

"뭐라? 그럼 당하고도 그냥 있으란 말인가?"

"그자를 잡으려면 지금껏 보낸 사람들보다 더 강한 사람들을 보내야 합니다. 그것도 두 배 이상의 전력을 말입니다. 흑화령을 치기 위한 병력을 빼내는 것도 쉽지 않거늘, 부성주께선 사천무련과 대치하고 있는 현재 우리에게 그럴 만한 여력이 있다고 보십니까?"

"아무리 그렇다 해도 놈을 그냥 놔두면 강호의 친구들이 비웃을 것이네!"

"저는 한 번의 비웃음보다 본 성의 안전이 더 중하다 생각합니다."

공효순과 정안양이 한 치도 물러서지 않고 자신들의 주장을 폈다.

그때 희천양이 손을 들어 올려 두 사람의 입을 막았다.

"그만!"

한마디에 두 사람이 입을 다물고 바라보자, 희천양이 차가운 광망을 뿜어내며 두 사람을 직시했다.

"우선은 발등의 급한 불부터 끄는 게 순서다. 놈은 그 후에 죽여도 돼."

"영명하신 판단이십니다, 성주!"

희천양은 결코 기분에 좌우되는 자가 아니었다. 또한 그는 분노했다고 해서 우선해야 할 일을 분간 못하는 자도 아니었다.

냉정하고, 철저하고, 잔혹한 자. 그가 바로 신마 희천양인 것이다.

"마령, 흑화령은 어떻게 되었는가?"

희천양의 갑작스런 물음에 공효순이 황급히 대답했다.

"놈들의 총단이 갈은산 근처에 있다는 연락이 왔습니다. 토벌대가 소집되는 대로 제가 직접 무사들을 이끌고 달려갈 생각입니다, 성주!"

"좋아, 일단 사천무련이 완벽히 결성되기 전에 등 뒤의 칼부터 제거한다. 그리고 천왕교가 본격적으로 움직이기를 기다린다. 정 각주, 천왕교에서 연락 온 것은 없느냐?"

"아직은 없습니다. 하나 이삼 일 사이로 올 것이니 조금만 기다려 주십시오!"

"꽤나 굼뜨군. 할 수 없지, 조금 더 기다려보는 수밖에. 지금까지 참아왔는데 며칠을 못 기다리겠나?"

분하긴 하지만 전무심에게 당한 것은 아무것도 아니었다. 앞으로의 일에 비하면 그 정도야 길가다 오물을 밟은 정도에 불과했다.

'천왕교, 그들의 힘만 끌어들이면……. 후후 후후후……'

정 안 되면 피의 대가를 사천무련에게 대신 받아내면 될 것이 아닌가 말이다.

第三章
천가장(千家莊)

千秀芳景深多摇中露　雨間窓簷現改

茅間坡近天下　溪此知名路客界　茶家某...

長廊前再拜禮一天晬與

道吉廣為傳

日弟子趙孟順敬書至大改元四月

死星
天血

1

　진성자는 종남의 원로인 현정 진인의 첫째로 종남에서도 태평자라 불릴 정도로 한가함을 즐기는 진정한―물론 자기만의 생각이긴 했지만―도사였다.

　그는 일 년에 한 번도 산 아래로 내려가지 않는 경우가 다반사였다. 어느 때는 오 년간이나 내려가지 않은 적도 있었다.

　그런데 묘한 것은 종남의 원로들도 그가 내려가는 것을 원치 않는다는 것이었다.

　진성자는 산을 내려가 봐야 종남의 이름만 깎아먹을 위인이다.

그러한 결론을 내렸기 때문이었다.

진성자가 젊을 적 몇 번 산을 내려간 적이 있었는데, 그때마다 일을 저질러 종남이 뒤집어진 게 한두 번이 아니었던 것이다.

현정 진인이 한쪽 다리를 저는 것도, 혹시 진성자가 저지른 일을 뒷수습하다 그렇게 되지 않았을까 하는 것이 원로들의 추측이었다.

물론 현정 진인이 굳게 입을 다물고 있어서 확실히 알지는 못했지만.

어쨌든 종남의 제자들은 시간이 지나자 진성자에게 태평자 말고도 만둔자(萬臀子)라는 별명마저 붙여주었다.

만 근짜리 엉덩이, 대충 그런 뜻이었다.

한데 날도 흐린 어느 날이었다.

만둔자가 갑자기 발바닥에서 먼지구름을 피워 올리며 산을 내려가는 모습이 보이는 것이 아닌가!

종남의 제자들은 일제히 움직임을 멈추고 그 광경을 지켜보았다.

마치 수십 개의 석상이 길가에 늘어선 듯했다.

"만둔자 사숙이 산을 내려가는데, 무슨 일이야? 뭐 들은 거 없어?"

"글쎄, 설마 정천무맹에 파견 나가는 것은 아닐 테고……."

"미쳤어? 아무리 사숙조들이 치매… 험, 나이 때문에 판단이 흐려지셨어도 그렇지, 어떻게……."

웅성웅성……. 시끌시끌…….

그러든 말든 진성자는 빠른 걸음으로 산을 내려가며 인상만 박박 써댔다.

"제기랄, 새까만 사제들 놔두고 왜 내가 가야 하는 건데?"

뒤따라오는 몇 명의 사질들이 듣든 말든 신경도 쓰지 않았다.

"싸우지 못해서 안달한 놈들을 보내야지 말이야. 열심히 도나 닦고 있는 나를 왜 보내는 거야?"

혼자서 투덜투덜 쉴 새 없이 떠들던 그가 갑자기 뒤를 돌아보고는 빽 소리쳤다.

"안 그러냐, 이놈들아!"

그의 뒤를 따라오는 사질들은 모두 다섯이, 스무 살 어린놈부터 서른이 다된 놈까지 나이도 골고루였다.

물론 성격도 다 달랐다.

"그러게 말입니다."

순순히 그런가 보다 하는 놈이 있는가 하면,

"이유가 있으니까 그러신 것 아니겠습니까?"

제법 튕기는 놈도 있었다.

"어쩔 수 없죠 뭐."

그리고 무신경한 놈도 있었다.

"썩을 놈들. 사숙이 심각하게 말하면 고민하는 척이라도 해야지. 에잉. 누가 종착당의 놈들 아니랄까 봐."

"종착당(終着黨)이 아니라 종평당(終平黨)입니다, 당주."

거기다 자기 말을 가볍게 씹는 놈까지.

"종남에서 포기한 놈들이 모였으니 종착당이지, 종평당은 무슨……."

"사숙께서 당주십니다."

진성자는 당원들 중 제일 연장자인 송정이 태연히 자기 말에 계속 토를 달자 이마에 불끈 핏줄을 세웠다.

그때 송정이 공손히 입을 열었다. 느릿느릿.

"송정이 삼가 사숙조를 뵈옵니다!"

"사숙조?"

진성자는 휙 고개를 돌려 앞을 바라보았다. 커다란 호박 같은 얼굴이 지척에 보였다.

순간, 그의 신형이 나무를 끼고 휘도는 안개처럼 옆으로 미끄러졌다.

'썩을 새끼, 일찍 좀 말하지!'

송정을 원망하며 고개를 돌리자 바로 코앞에서 빽! 고함이 터져 나왔다.

"네놈이 웬일이냐!"

진성자는 즉시 고개를 숙였다.

"제자 진성이 사숙께 인사드립니다."

"웬일이냐고 묻지 않더냐?"

종남의 호랑이, 현호 진인이 눈을 부라리며 다시 물었다.

"장문인의 명으로 장안에 가는 길입니다."

"뭐 하러?"

"천가장에서 도움을 요청해 와……!"

현호 진인의 이마에 조금 전 진성자의 이마에 튀어나온 핏줄보다 족히 세배는 굵은 핏줄기가 튀어나왔다.

"장문 사형이 노망들었나? 보낼 사람이 없어서."

무슨 뜻인지 모를 진성자가 아니었다.

그렇다고 해서 기분이 나쁘거나 하지는 않았다. 매일 듣는 말에 이골이 난 터였다. 게다가 잘하면 산을 내려가지 않아도 될지 모를 일.

진성자는 진심 어린 표정으로 입을 열었다.

"사숙께서 말씀 좀……."

그런데 미처 말을 끝맺기도 전에 현호 진인의 몸이 횡 하니 사라져 버리는 것이 아닌가.

진성자가 어이없어 하는데 뒤에서 송정이 말했다.

"현호 사숙조는 말만 그렇지, 장문인께 꼼짝도 못한다는 거 잘 아시잖습니까?"

그건 그랬다. 분명 현호 사숙은 장문인께 가서 한두 마디 하다 입을 다물 게 분명했다.

"에휴, 할 수 없지. 가자."

걱정이 태산 같은 사람은 진성자뿐만이 아니었다.

진양전에서 탁자를 가운데 두고 둘러앉은 네 명의 노도인 얼굴에도 잔뜩 먹구름이 끼어 있었다.

"진성이 말썽을 피우지 않아야 할 텐데……."

"어쩔 수 없잖습니까? 천왕교 때문에 언제 정천무맹에서 소집령이 내릴지 모르는 상황이니 사소한 일이라도 그가 맡아야지요."

"하긴 한 사람이 아까운 판이니……."

종남의 장문인인 현종과 원로인 현학의 말에 구석진 곳에 조용히 앉아 있던 노도인이 눈을 가늘게 좁혔다.

"장문인, 그리고 사형, 이제 그 아이도 사십이 넘었습니다. 제 앞가림은 할 수 있는 나이지요. 그리고 그 아이가 겉으로 드러내지 않아서 그렇지, 무공 하나는 지 사형제들 중에서도 발군입니다."

그가 바로 진성의 사부인 현정이었다.

가재는 게 편이라고, 팔은 안으로 굽는다고, 고슴도치도 제 새끼는 귀엽다고, 현정은 현종이 대제자인 진성을 사정없이 깎아내리자 기분이 씁쓸한 것이다.

현종이라서 현정의 마음을 모르는 바는 아니었다.

그래도 사실은 사실이었다.

"글쎄, 무공의 고하를 떠나서 쓸데없는 일이나 벌리지 않고 돌아왔으면 좋겠군."

그 말에는 현정도 아무 말을 할 수가 없었다.

"발군은 무슨. 제 앞가림이나 하면 다행이지……."

하지만 현학의 비아냥거리는 말에는 속에서 슬며시 불길이 올라왔다.

'그 아이가 나보다 강하다는 것을 사형들이 어찌 알겠소?

그래도 차마 그 말을 하지는 못했다.

그 말을 하면 비무 중에 자신의 다리를 다치게 한 사람이 진성이라는 말을 해야 할지도 모르니까.

그러잖아도 인정받지 못하고 있는 제자에게 사문의 존장을, 그것도 사부를 다치게 한 제자라는 죄까지 뒤집어씌우고 싶지는 않은 것이다.

현정이 마음속으로 진언을 외우며 끓어오르는 마음을 다스리고 있을 때다.

덜컹!

자양각의 방문이 거칠게 열리면서 한 사람이 뛰어들다시피 들이닥쳤다.

"장문 사형! 대체 어찌 된 일입니까? 진성이 산을 내려가다니요!"

진성을 만나고 한달음에 달려온 현호였다.

현정은 슬며시 고개를 돌리고 창밖을 바라보았다.

'에혀. 이 녀석아, 제발 이번에는 말썽 좀 피우지 말고 돌아오너라.'

간절한 자신의 마음을 말썽꾸러기가 알기나 할지……

2

당(唐) 시절의 전성기 때만은 못하지만, 사방이 백 리 성벽으로 둘러싸인 장안은 보는 사람의 감탄을 자아내기에 부족함이 없었다.

전무심은 궁사한, 소미하란과 함께 서문 앞에 서서 자신의 차례가 되기만을 기다렸다.

처음으로 받는 검문이었다.

성도에 들어갈 때도 그렇고, 한중에 들어갈 때도 별다른 검문을 받지 않았었다.

한데 장안은 왠지 몰라도 상당히 엄격한 검문을 하고 있었다.

아무리 죄지은 것이 없다 해도 다른 사람에게 검문을 받는 것이 기분 좋을 리는 없었다.

무인들 중 몇 사람은 잠시 기다리는 것이 짜증나는지 투덜거리기까지 했다.

전무심의 두어 명 앞쪽에도 그런 자들이 있었다. 등과 옆구리에 도검을 찬 그들은 일행이 모두 네 명 정도로 보였다.

"도대체 왜 갑자기 검문을 하고 지랄인 거야?"

"낸들 아나? 높은 놈이 떴나 보지 뭐."

"개새끼들, 배고파 죽겠구만, 대충 들여보내지……."

그들이 불쾌한 빛을 감추지 않고 투덜대자 양민들이 슬며시 자리를 비켜주었다.

당연하다는 듯 앞으로 나아가는 그들의 모습에 소미하란이 냉랭히 코웃음 쳤다.

"흥! 어디든 꼭 저런 놈들이 있다니까."

주위가 시끄러운 데다 작은 목소리였는데도 그들 중 한 사람이 들은 듯했다.

등에 넓은 대감도를 매고 있던 자가 고개를 돌리더니 소미하란을 노려보았다.

"이봐, 계집! 네가 방금 우리더러 '놈'이라고 했느냐?"

먼 길에 머리카락이 흐트러지긴 했지만, 약간 이국적인 소미하란의 얼굴은 미인이라는 말을 듣기에 충분했다.

대감도를 매고 있던 자는 질문을 던지고서야 소미하란의 미모를 알아보고 눈을 크게 떴다.

"호오! 제법 예쁜 계집인데?"

그 말에 일행으로 보이는 자들이 일제히 고개를 돌렸다.

"어? 정말이네?"

"아무래도 이곳 계집이 아닌 것 같은데?"

그들의 번질거리는 눈알들이 소미하란의 전신을 쓱 훑고 지나갔다.

순간 소미하란의 두 눈에 차디찬 한광이 번뜩였다.

"함부로 입을 놀리면 찢어지는 수가 있다는 것을 명심하도록."

한기가 풀풀 날리는 말이었다.

하지만 네 명의 장한 중 그녀의 말을 심각하게 받아들이는 사람은 하나도 없었다.

"밤에 그 일도 잘하겠군."

"킬킬킬, 밑에 깔려서 내지르는 소리도 사투리를 쓸까?"

"살이 까무잡잡한 걸 보니 맛이 기막히겠어. 흐흐흐……"

순간 전무심의 눈빛이 싸늘하게 식었다.

'시궁창의 쥐새끼 같은 놈들이군.'

그는 소미하란을 말리고 싶지 않았다. 설령 모두를 죽인다 해도. 눈앞의 네 마리 쥐새끼는 죽어도 싼 놈들이니까.

그때 분노한 궁사한이 싸늘하게 소리쳤다.

"네놈들이 감히!"

하지만 소미하란이 앞으로 나서며 그를 제지했다.

"비켜요, 사형. 더러운 벌레들 때려잡는 것은 저 혼자만으로도 충분하니까."

"사매……."

"썩은 주둥이를 함부로 놀린 대가가 어떤 것인지 제대로 보여줄 생각이에요."

궁사한을 제지하고 앞으로 나서는 소미하란의 입가로 싸늘한 냉소가 떠올랐다.

'앞으로 평생을 후회하며 살게 만들어주지.'

소미하란이 걸음을 옮기자 그녀와 장한들 사이에 있던 양민들이 분분히 물러섰다.

순식간에 만들어진 이 장여의 공간.

옆구리에 폭이 좁은 기형검을 차고 있던 자가 깍지 낀 손을 우두둑거리며 궁사한을 향해 조소를 지었다.

"자식, 꼴에 남자라고 나서기는……."

거의 동시에 대감도를 맨 자도 소미하란의 가슴을 노려보며 킬킬거렸다.

"귀여운 년, 어서 오너라. 이 어르신이 귀여워해 줄 테니까.
킬킬킬."

소미하란의 싸늘한 눈빛이 화살처럼 그자의 눈에 틀어박혔
다.

바로 그때였다.

휘익!

새파란 바람이 장내에 휘몰아치더니,

딱!

갑자기 호두알 깨지는 소리가 들림과 동시 깍지 낀 손을 미
처 풀지도 못한 장한이 허리 잘린 장승처럼 옆으로 쓰러졌다.

"웬 놈이냐!"

나머지 장한들이 대경하며 소리쳤다.

"웬 놈은! 네놈 할아버지다, 개만도 못한 도우들아!"

퍽! 빡! 쾅!

"케엑!"

"크억!"

새파란 바람이 몰아치는 곳마다 개 잡는 소리가 터져 나왔
다.

그야말로 순식간이었다.

새파란 바람이 장내를 휩쓴 것은 잠깐이었지만, 그 결과는
결코 간단치가 않았다.

네 명의 장한이 바닥을 기고 있었다. 어디를 어떻게 했는지
일어서지도 못하고 있었다. 팔이 부러졌는지 짚지도 못하고

천가장(千家莊) 81

고개를 땅에 처박은 채 이마로 기고 있었다.

어떻게 하면 그토록 짧은 시간에 사람을 이마로 기게 만들 수 있는지 신기할 정도였다.

사람들의 눈이 한 곳을 향했다.

장한들이 이마로 기느라 붉은 선이 그어진 끄트머리, 새파란 바람이 가라앉은 곳에는 두 사람이 서 있었다. 파란 도복을 입고 있는 중년의 도인과 그보다는 열 살쯤 젊은 도인이었다.

"종남의 도인들이군. 어쩐지……."

사람들의 수군거릴 때다. 젊은 도인이 짜증나는 투로 말했다.

"사숙, 쓸데없는 일에 말려들지 말라 하셨잖습니까?"

"네놈 눈에는 이게 쓸데없는 일로 보이느냐?"

사람들의 눈이 젊은 도인을 흘겨봤다.

불한당 같은 놈들을 혼내준 중년 도인이 뭘 잘못했단 말인가.

종남의 도인들이라면 당연히 해야 할 일이 아닌가 말이다.

한데 젊은 도인이 말한다.

"왜 끼어들어서 저놈들을 살려준 겁니까?"

"그럼 대낮에 살인을 하게 놔뒀어야 한다는 말이냐?"

뭔 말이지?

사람들은 어리둥절한 표정으로 두 사람을 번갈아 봤다.

"세상에 해악을 끼칠 놈들은 죽어도 됩니다."

"세상에 해악을 끼칠 놈일지 아닐지 네가 어떻게 아냐?"

"만일 저 여인이 평범한 여인이었다면 어떻게 되었겠습니까?"

"평범한 여인이 아니잖아?"

젊은 도인이 발끈했다.

"평범한 여인이었다면 분명 좋지 않은 일을 당했을 겁니다."

중년 도인이 태평스럽게 말했다.

"글쎄, 우리 같은 사람이 나서서 구해줬을지 또 아냐?"

"사숙께선 세상을 너무 좋게만 보십니다."

"쯔쯔쯔쯔, 너도 더 살다 보면 싸우는 것보다 말리는 것이 더 낫다는 것을 알게 될 거다."

기도 안 찬다는 듯 젊은 도인 송정이 진성자를 보며 말했다.

"그래서 옛날에 다른 문파들의 자식들을 그렇게 두들겨 패고 다니셨습니까?"

"내가 그렇게 하지 않았으면 그때 당시 몇 놈은 죽었을걸?"

말에서 밀린 송정이 머뭇거릴 때였다.

"끄으윽!"

이마로 바닥을 기던 자들 중 누군가의 입에서 억눌린 신음이 흘러나왔다.

고개를 돌린 진성자의 콧등에 주름이 잡혔다.

"그럴 필요가 있겠나?"

소미하란이 대감도를 등에 걸친 자의 목을 발로 밟고 있었다. 진성자의 말에 그녀가 냉랭히 말했다.

"도장께선 상관하지 마세요."

"죽일 생각인가?"

"모두 죽일 생각은 없어요. 하지만 이자는……."

소미하란의 말이 끝나기도 전이었다.

"사매, 마무리 짓고 가자. 전 공자가 가신다."

궁사한이 눈짓으로 성문 쪽을 가리키며 말했다.

순간 소미하란의 눈꺼풀이 파르르 떨렸다.

'야속한 사람…….'

소미하란은 처음으로 전무심이 야속하다는 생각이 들었다.

아무리 관심이 없다 해도 한 번쯤은 돌아봐 줄 수 있을 텐데…….

"사매가 택한 길이야."

속삭이는 듯한 궁사한의 말에 쓴웃음이 나온다.

자신이 너무 속마음을 보인 것 같다.

'맞아요. 내가 택한 길이죠. 가시밭 길이든, 비단 길이든.'

잘근 입술을 깨문 소미하란은 장한의 목에 올려놓았던 발끝에 힘을 주었다.

순간 와직! 턱뼈가 부러지는 소리와 함께 처절한 신음이 장한의 짓이겨진 입술을 비집고 흘러나왔다.

"끄어어어어!"

그러나 소미하란은 뒤도 돌아보지 않고 전무심을 향해 걸음을 옮겼다.

갑작스런 상황에 진성자가 급히 소미하란을 불렀다.

"이, 이보시오, 여도우!"

하지만 못 들은 척, 소미하란은 고개도 돌리지 않았다.

당황한 진성자가 다시 소리쳤다.

"이 사람들은 어떻게……!"

옆에서 이때라는 듯 송정이 침착하게(?) 나섰다.

"사숙이 때려눕혔으니, 마무리도 사숙이 하셔야 하는 거 아닙니까?"

진성자의 얼굴이 와락 일그러졌다.

"턱뼈는 저 여도우가 부수지 않았느냐?"

"애초에 두들겨 팬 것은 사숙이시니 어쩌겠습니까."

주먹을 움켜쥔 진성자가 송정을 한 번 노려보고는 하늘을 향해 고개를 쳐들었다. 마치 이렇게 된 것이 다 하늘 때문에 벌어진 일이기라도 한 듯.

"제기랄! 한두 번도 아니고, 이래서 내가 안 내려오려고 했는데……."

그럼 전에도 이런 일이 자주 있었다는 말?

송정과 종평당의 제자들이 '그러면 그렇지' 하는 눈으로 진성자를 바라보았다.

"뭘 봐?! 대충 정리해! 우리도 가야 할 거 아냐!"

진성자는 빽! 소리를 내지르고는, 사질들이 쓰러진 자들을 한쪽으로 치우기 위해 몸을 돌리자 슬며시 전무심의 등을 바라보았다.

표는 안 내고 있었지만, 조금 전부터 그의 등은 땀으로 흥건히 젖어 있었다. 전무심의 존재를 느끼고 나서부터였다.

사실 하늘을 바라본 것도 행여나 건방진 사질들이 자신의 마음을 눈치 챌까 봐 그랬던 것이었다.

'저자, 누구지? 누군데 나를 숨도 쉬지 못하게 하는 거지?'

한편 성안으로 들어간 전무심의 머릿속에선 조금 전의 일이 주마등처럼 스쳐 갔다.

청색 도복을 입은 도인들은 종남의 제자들이 확실해 보였다.

개중에 중년 도인의 무공은 종남을 다시 생각할 정도로 대단하게 느껴졌다. 일개 중견 제자가 당가의 가주인 당호민에 못지않은 실력이라니.

'종남이 저 정도면 다른 곳도 마찬가지겠군.'

사실 그들이 아니었어도 소미하란이 당할 일은 없었다. 하기에 그 역시 화는 났지만 걱정은 조금도 하지 않았다.

오히려 소미하란 때문에 분노한 자신의 마음이 어색하게 느껴져 돌아서야만 했다.

소미하란이 서운하게 생각할 것도 없는 일이었다.

설령 서운하게 생각한다 해도 어쩔 수 없었다. 그로 인해 자신을 떠나간다면 그건 그것대로 괜찮은 일이니까.

어차피 언젠가는 헤어져야 할 사람들이 아니던가.

'소미하란, 나에게 마음을 주지 마라. 나에겐 너의 마음을 담을 곳이 없다.'

전무심이 내심 이런저런 생각에 잠겨 있을 때다.

"종남이 생각보다 강한 곳이군요."

궁사한이 지나가듯이 말했다.

"적어도 그 중년 도인은 궁 형보다 강하오."

인정하기 싫지만 전무심이 그렇다면 그럴 것이다.

종남에 그자만큼 강한 사람이 얼마나 있을까?

천하에는 그자만큼 강한 사람이 얼마나 많을까?

문득 자기 자신이 강가의 모래알처럼 느껴진다.

궁사한도 비룡표국에서 만들었을 정보 책자가 궁금해졌다. 그걸 본다면 조금이나마 짐작할 수 있을 테니까.

3

"안으로 들어가서 좌측으로 가시면 되오."

자신들을 안내해 준 표사가 툭 말을 던지고는 커다란 장원 안으로 들어가자, 전무심은 그를 따라가며 대문 위의 현판을 올려다봤다.

장안집표국(長安集鏢局).

객잔 안에서 표사로 보이는 자들을 만나 비룡표국 장안 지부에 대해 물어봤다.

그들은 비룡표국 장안 지부에 대해 정확히 알고 있었다. 자신들도 그곳에 있다는 것이었다. 그러면서도 자신들은 비룡표국의 표사가 아니라 신풍표국의 표사들이라고 했다.

의아해하지 않을 수 없었다. 그러자 그들이 웃으며 설명했다.

"비룡표국과 신풍표국은 같은 곳에 있소이다."

그 말이 무슨 뜻인가 했다. 그런데 이제는 이해할 수 있을 것 같았다.

전무심은 안으로 들어가자마자 표사에게 들은 대로 왼쪽으로 꺾어졌다.

넓은 공터 옆의 마구간을 지나자 죽 늘어선 건물들이 보였다.

건물들은 대여섯 칸에 불과했는데, 각 건물마다 작은 현판들이 하나씩 걸려 있었다.

백양표국. 신영표국. 창진표국. 신풍표국…….

모두해서 열 곳도 넘을 듯했다.

사실 어지간한 대형표국이라 해도 자신들의 총단이 있는 성의 경계를 벗어나면 분국을 설치하기가 쉽지 않았다. 엄청난 자금과 수십 명의 인원을 수천 리 떨어진 외지에 투입해야 하는데 그것이 어찌 쉬울 것인가.

그것은 성도제일표국이라는 비룡표국조차 마찬가지였다. 그들은 몇십 명이 상주하는 분국은 장강을 따라 중경과 의창, 형주로 이어지는 동부총로에만 설치했다. 그곳이 비룡표국의 표행 중 칠 할에 달하는 표행지였으니 어쩌면 당연한 일이었다.

그리고 나머지 북부와 남부총로는 소수의 인원이 상주하는 지부 형식으로 운영하며, 큰 표행이 있을 경우에는 총표국에서 표사들이 직접 움직였다.

표국을 그렇게 운영하는 곳은 비룡표국만이 아니었다. 중원에 적어도 수십 개의 표국이 그와 같은 방식으로 운영되고 있었다.

이곳 집표국은 바로 그런 표국들의 지부가 모인 곳으로, 장안제일의 표국인 장안표국이 관리했다.

전무심은 미처 알지 못했지만 성도의 비룡표국에도 집표국이 있었고, 그곳은 비룡표국이 관리했다.

'누가 생각해 냈는지는 몰라도 좋은 생각을 했군.'

전무심은 내심 감탄을 하며 다음 건물로 걸어갔다.

'비룡표국' 이라는 현판이 보였다.

그 건물에는 제법 많은 사람들이 들락거리고 있었는데, 대부분이 표사들과 쟁자수들이었다. 비록 지부지만, 장안이라는 지역적 중요성을 고려해서 다른 곳보다 많은 사람을 둔 듯했다.

전무심은 건물에서 나오는 표사가 지나가기를 기다려 안으로 들어갔다.

"무슨 일로 오셨습니까?"

들어가자마자 우측의 책상 앞에 앉아 있던 자가 물어왔다.

"전무심이라 하오. 성도에서 내 이름 앞으로 온 물건이 있을 것이오만."

전무심이라는 말에 상대의 표정이 확연히 변한다. 뭔가 자신에 대해 들은 말이 있다는 뜻이었다.

그는 자리에서 일어서더니 조심스럽게 입을 떼었다.

"잠시만 기다려 주십시오. 귀공께 온 표물을 내어드리도록 하겠습니다."

그러고는 빠른 걸음으로 안쪽으로 들어갔다.

잠시 후 그는 한 사람을 대동하고 밖으로 나왔다.

함께 나온 자는 마흔 중반쯤 되어 보이는 자로 추영산과 비슷한 정도의 무위를 지닌 듯 보였다.

"장안 지부의 지부장인 정조위라고 합니다."

"전무심이오."

정조위는 전무심을 경이의 빛이 서린 눈으로 바라보고는 품속에서 두툼한 봉투 하나와 책 한 권을 꺼내 내밀었다.

"이것은 총단에서 보내온 것입니다. 그리고 이 책은 제가 총단의 명을 받고 나름대로 정리한 것입니다."

약간의 자부심이 어린 목소리였다.

전무심은 그 목소리의 뜻을 간파하고 기분이 좋아졌다.

아마도 책의 내용에 자신이 있다는 말 같았다. 그렇다면 그만큼 도움이 되는 내용이 들어 있을 것이 분명했다.

전무심은 봉투와 책을 건네받고 진심이 담긴 표정으로 고맙다는 인사를 했다.

"감사합니다."

정조위의 얼굴에 조용히 웃음이 지어졌다.

"아마 최근의 일에 대해선 한눈에 알 수 있을 겁니다."

"제게 꼭 필요한 것이군요."

전무심은 고개를 끄덕이고는 갑자기 생각났다는 듯 정색한 얼굴로 물었다.

"한 가지 알고 싶은 게 있습니다만……."

"말씀하십시오."

"장안에서 사신 지 얼마나 되셨습니까?"

정조위가 의아한 표정을 지었다.

"그건 왜……? 잠깐 외유를 하기도 했습니다만, 어릴 때부터 이곳에서 살았으니 삼십 년 정도 되었다고 할 수 있습니다."

삼십 년? 그럼 알지도 몰랐다.

"혹시…… 천유명이라는 이름을 들어보신 적이 있습니까?"

"천유명?"

정조위의 눈살이 찌푸려졌다. 뭔가를 생각하는 눈치였다.

한참 만에야 그는 표정을 풀고 고개를 저었다.

"글쎄요. 생각이 나지 않는군요."

전무심은 약간 실망한 표정으로 씁쓸한 여운을 남겼다.

"하긴 이십 년이 넘었으니……. 그럼 다음에 기회가 되면 뵙지요."

가볍게 포권을 취한 전무심이 돌아섰을 때다.

약간 자신이 없어 보이는 나직한 정소위의 목소리가 들려왔다.

"이십 년이 넘었다면…… 혹시 천가장의 소장주를 말하는 것인가?"

전무심의 몸이 홱 돌아섰다.

"누구라 하셨습니까?"

무심하면서도 낮게 깔린 목소리에 정조위의 얼굴이 자신도 모르게 긴장으로 굳어졌다.

"오래되어서 기억이 나지 않습니다만, 이십수 년 전에 쫓겨난 천가장의 소장주 이름이 그런 이름 같아서……. 자세히 알려면 동문의 유복노인을 찾아가 보십시오."

"유복노인?"

"동문에 가면 사십 년도 넘게 서점을 하고 있는 노인이 있습니다. 서점의 이름도 유복서점이니 찾는 것은 그리 어렵지 않을 것입니다."

노인은 곰방대를 빠끔거리며 두 눈을 반쯤 감았다. 오랜 추억을 거슬러 올라가는 듯했다.

감회가 새로운지 혹 불어낸 연초 연기를 응시하는 눈이 잘게 떨렸다.

"그래, 그 일이 있은 지 벌써 이십 년이 훌쩍 넘었구먼."

만일 눈앞의 키가 큰 젊은이가 찾아오지 않았더라면 영원히 떠올리지 않았을지도 모를 일이었다.

"아시는 대로만 말씀해 주시면 됩니다."

노인은 힐끔 전무심이 내놓은 열 냥짜리 은자를 바라보고는 천천히 입을 열었다.

"그때 정말 시끄러웠지. 며느리는 아이를 낳은 지 얼마 안 되어 죽고, 외동아들은 갑자기 장주와 말다툼을 하고 나서 백일이 갓 지난 아이를 데리고 사라졌으니 말이야. 듣기로는 장주가 무사들을 동원해서 아들의 뒤를 쫓았다고 했는데, 그렇게 뒤를 쫓아간 무사들이 돌아온 것은 근 한 달 만이었지. 그것도 쫓아간 사람들 중 반 정도만. 대체 왜 그런 일이 벌어졌는지, 그 일을 추측하느라 한참 동안 장안이 다 시끄러웠어……. 뭐, 대부분의 사람들은 그가 죽었다고 생각했지. 그 이후 몇 년이 지나도록 보이지 않았으니까."

"그의 이름이 천유명이 정확합니까?"

"틀림없네. 장안삼수(長安三秀)라 불릴 정도로 훤칠한 젊은이였으니 잊을 수가 있나?"

"왜 그런 일이 벌어졌는지 나중에라도 그 이유가 밝혀졌습니까?"

"아마 아무도 모를걸? 아는 사람도 없었지만, 그나마도 장주가 함구령을 내렸거든. 천유명은 더 이상 자신의 아들이 아니라고 하면서 말이지. 당시에는 누구도 그의 명을 거역할 수가 없었어. 천가장주의 명이 성주의 명보다 우선하던 때였으니까. 뭐, 지금이야 전부 옛날 말이 되고 말았지만."

노인은 곰방대를 툭툭 털더니 고개를 저으며 말을 이었다.

"화무십일홍이란 말이 공연한 말이 아니야. 오죽하면 한때

천가장 앞에서 무릎으로 기어 다녔던 작자가 천가장을 집어삼
키려고 할까. 에잉…….”

그 후로 일각여를 노인 혼자서 떠들어댔다. 전무심은 조용
히 앉아 듣기만 했다. 그러길 얼마.

“은혜도 모르는 버러지 같은 놈들……. 쯔쯔쯔…….”

노인이 말끝에 혀를 차며 곰방대를 다시 입에 물었다. 더 이
상 할 이야기가 없다는 듯이.

그제야 전무심이 물었다.

“천가장이 어디에 있습니까?”

노인은 그것도 모르고 찾아왔냐는 듯 전무심을 슬쩍 바라보
더니 턱짓으로 길 건너편을 가리켰다.

“저곳으로 죽 가면…….”

전무심은 노인에게서 더 들을 이야기가 없음을 알고 서점을
나섰다.

철검 한 자루, 피에 전 장포, 품 안의 아이.

그게 영안촌에 발을 디뎠던 아버지의 모습이라 했다.

노인의 말을 듣는 순간 전무심은 아버지의 모습이 자연스럽
게 그려졌다.

‘당신은 제게 너무 무거운 짐을 지어주셨군요.’

절대 이름을 잊지 말라고 했다.

미련이 남았기에 한 말이었을 것이다.

하긴 아무리 가족을 떠났다지만 어찌 핏줄을 잊을 수 있었

을까.

한데 그러고도 가지 말라고 했다.

아마 두려웠을 것이다.

행여나 자신이 잘못될까 봐 두려웠던 것일까? 아니면 복수를 한다고 가족에게 검을 들이댈까 봐?

전무심은, 아니, 이 순간만큼은 천유옥인 그는 가슴이 아팠다.

'아버지… 제가 어떻게 하길 바라십니까?'

북쪽으로 난 대로를 죽 따라가자 점포들이 끝나더니 크고 작은 장원들의 담장이 나타나기 시작했다. 아마도 장안의 유력인사들이 모여 사는 곳인 듯했다.

전무심이 궁사한과 소미하란을 대동한 채 몇 채의 장원을 지났을 때였다. 어느 순간부터인지 왼편으로 길게 늘어선 담장이 그와 걸음을 같이했다.

어지간한 장원의 담장도 이십 장을 벗어나지 않아 끝나는데, 그 담장은 오십 장을 가도록 끝이 나지 않았다. 높이도 일반 장원보다 높아서 족히 일 장 반은 되어 보였다.

전무심의 걸음이 멈춘 것은 담장을 따라 근 오십 장을 걸었을 즈음이었다.

그곳에는 담장 대신 거대한 솟을대문이 꽉 닫힌 채 지나다니는 사람들을 굽어보고 있었다.

천가장(千家莊).

전무심은 고개를 들어 거대한 현판을 올려다보고는 색 바랜 대문을 응시했다.

한동안 손을 보지 않았는지 대문의 칠이 지저분하게 떨어져 있었다. 그래도 한 뼘은 되어 보이는 대문의 두께가 보는 사람에게 위압감을 주기에 부족하지 않았다.

전무심의 뒷짐 진 손에 땀이 배었다.

어이없게도 가슴마저 두근거렸다. 마치 천하에 다시없을 대적을 마주한 기분이었다.

그제야 전무심은 자신이 천씨의 핏줄이라는 것이 실감났다. 물론 아직 모든 것이 확실히 밝혀진 것은 아니었지만.

탕탕!

전무심은 한 자 크기의 둥근 쇠고리로 대문을 두드렸다.

묵직한 소리가 안쪽으로 울렸다.

하지만 한참이 지나도록 안쪽에서 아무런 반응도 보이지 않았다.

"제가 들어가 보면 어떻겠습니까?"

궁사한이 조심스럽게 나섰다.

"아니오. 다시 두드려 봅시다."

전무심은 고개를 가로젓고 다시 쇠고리를 잡았다.

그때 뒤쪽에서 누군가가 다가오는 느낌이 들었다.

"먼저 온 손님이 있었군."

그냥 지나가는 사람이라 생각했는데 아닌 듯했다. 먼저 온 손님이라 말하는 것을 보니 이 집의 주인도 아닌 것 같았다.

십 장 거리가 삼 장으로 줄어들자 전무심은 돌아서서 다가오는 자들을 쳐다보았다.

오는 자는 다섯 명이었다.

두 명의 사십대 중년인, 두 명의 삼십 대 장한, 그리고 전무심과 비슷한 나이의 청년 하나. 모두가 상당한 무공을 익힌 자들이었다.

중년인 중 황의를 입은 자가 돌아선 전무심을 향해 말했다.

"천가장에 강호의 손님이라니, 별일이군."

긴 얼굴에 길게 찢어진 눈이 끝에서 치켜 올라가 전체적으로 싸늘해 보이는 인상을 지닌 자였다.

그는 손에 든 여섯 자 길이의 반질거리는 창대로 바닥을 짚고 날카로운 눈으로 전무심을 바라보았다.

"어디서 온 분들이신가? 천가장은 강호의 손님을 받지 않은 지 상당히 된 걸로 아네만."

말투는 평범했지만 보는 눈빛에는 깔보는 빛이 섞여 있었다.

은근히 기분 나쁘게 만드는 자였다.

'천가장의 사람은 아닌 것 같군.'

전무심은 그를 한 번 바라보고 쇠고리를 잡았다.

그러자 또 다른 자가 코웃음을 치며 말했다.

"흥! 젊은 놈이 꽤나 건방지군. 어른이 말씀하시면 공손히 대답을 할 것이지, 돌아서다니 말이야."

좀 더 젊은 목소리인 걸로 봐서 두 명의 장한 중 하나인 듯했다.

전무심은 그들을 상관하지 않고 쇠고리로 조금 전보다 더 세게 문을 두드렸다.

탕탕탕!

무반응에 화가 나는지 장한이 성난 목소리로 소리쳤다.

"이 어른의 말씀이 지나가는 강아지 짓는 소리로 들리나!"

전무심은 천천히 고개를 돌리고 그를 바라보았다.

"자신이 강아지인 줄 잘 아는군."

"뭐, 뭐야?"

갑작스런 전무심의 말에 장한이 눈을 부릅떴다.

궁사한과 소미하란은 설마 전무심이 그렇게 말할 것은 생각도 못했기에 절로 웃음이 나왔다.

"훗."

"크큽……."

장한의 눈이 두 사람에게로 홱 돌아갔다. 말리는 시누이가 더 밉다더니, 그의 눈에는 웃는 두 사람이 더 거슬린 것이다.

"건방진 놈들이 감히!"

궁사한이 피식 웃으며 말했다.

"정말 강아지가 짓는 것 같군."

끝내 소미하란이 참지 못하고 소리내어 웃었다.

"후훗, 사형이 그런 말을 할 때도 있군요."

장한이 붉어진 얼굴로 옆구리의 도병을 잡아갔다.

"이 쳐죽일 놈들이⋯⋯."

그제야 상황을 바라만 보고 있던 키 작은 중년인이 앞으로 나섰다.

"물러가라, 전평."

"당주님, 저놈들이⋯⋯."

"물러서라 하지 않았느냐?"

장한이 '아차!' 한 표정으로 뒤로 한 걸음 물러섰다.

그러자 키 작은 중년인이 궁사한과 소미하란을 보고 말했다.

"나는 비천산장의 승검당을 맡고 있는 유장산이라 하네. 그대들은 누군가?"

담담한 말투에 예의를 갖춘 질문이었다. 그 말에까지 비웃을 수는 없었다.

"나는 궁사한이라 하오."

"말투를 보니 남쪽에서 온 것 같군."

궁사한이 짧게 고개를 끄덕이고 시선을 돌렸다. 더 이야기 나눌 것이 없다는 듯.

유장산의 이마에 굵은 주름이 새겨졌다.

"천가장에는 무슨 일로 왔는가?"

자신이 대답할 성질의 것이 아니었다. 궁사한은 눈을 돌려 전무심을 바라보았다.

유장산이 전무심을 향해 물었다.

"자네가 이곳에 일을 보러 온 것인가?"

하지만 전무심은 그가 원한 대답을 해주지 않았다.

대신 엉뚱한 말만 했다.

"이제야 사람이 나오는군."

유장산의 이마에 진 주름이 더욱 굵어졌다.

그가 다시 입을 열려 할 때였다. 정문 안에서 누군가가 물었다.

"어느 분이 본 장을 방문하신 겁니까?"

하지만 아무도 입을 열지 않았다.

전무심 일행은 마땅히 할 말이 없어서, 뒤에 있던 자들은 전무심 일행을 노려보느라.

대답이 없자, 덜컹, 끼익! 거대한 정문 옆에 있는 쪽문이 열리고 한 사람이 걸어나왔다. 서른이 조금 넘어 보이는 장한이었다.

그는 문 앞에 서 있는 사람들을 둘러보더니 나중에 나타난 일행을 보고 안색을 굳혔다.

"비천산장의 공자께서 무슨 일로 본 장을 찾으신 겁니까?"

그의 말이 떨어짐과 동시, 그동안 조용히 서 있기만 하던 청년이 입을 열었다.

"장주님께 이미 전갈을 드린 것으로 아네. 들어가서 뵈었으면 싶군."

"노장주님께선 몸이 불편하셔서 대화를 나눌 상황이 아닙니다. 다음에 오시지요."

청년의 눈매가 가늘어졌다.

"그건 그대가 판단할 문제가 아니다. 후회하지 말고 비켜."

장한은 청년의 기세를 견디지 못하고 주춤 한 걸음 물러섰다.

"내가 장주님을 만나지 못하고 돌아가면 무슨 일이 벌어질지 나도 모른다. 그래도 좋은가?"

청년이 쐐기를 박듯이 말하자 장한이 마지못한 듯 옆으로 비켜서며 말했다.

"어쩌면 공자께서 후회하실지도 모르지요."

안으로 들어가려던 청년이 차가운 눈빛으로 장한을 노려보았다.

"그 말, 잊지 않지."

독사의 눈과 마주치기라도 한 것마냥 장한의 몸이 부르르 떨렸다.

그때 안으로 들어가던 청년이 뒤를 보고 말했다.

"저들은 우리 일행이 아니다. 그러니 받아들이고 말고는 그대가 알아서 해라."

장한은 무의식적으로 전무심 일행을 쳐다보았다.

그러더니 성큼 다가온 전무심에게 눈살을 찌푸리며 말했다.

"죄송하지만 오늘은 일이 있어서 손님을 받을 수가 없소이다. 다음에 오시지요."

그러자 전무심이 말했다.

"천가장에 힘 좀 쓰는 사람이 필요하다는 말을 듣고 왔는데, 말과 다르군."

장한이 어이없다는 눈으로 전무심을 바라보았다.

"누가……?"

"뼈다귀를 본 개 떼들이 있어서 쫓아줄 사람이 필요하다는 말을 들었소만."

어이없어하던 장한의 눈이 반짝 빛을 발했다.

뼈다귀를 본 개 떼!

그 말을 하면서 전무심이 비천산장의 사람들을 쓸어본다.

분노한 표정을 하고 있는 비천산장의 사람들.

장한이 전무심의 말이 뜻하는 바를 깨닫는 것은 그리 어려운 일이 아니었다.

머리꼭대기까지 솟구쳤던 분노가 은근히 누그러지는 그였다.

'종남에서 온 사람들만으로 비천산장의 횡포를 막을 수는 없는 일. 사람이 더 있다고 해서 나쁠 것도 없지. 일단은 총관님께 말씀이나 드려봐야겠군. 보아하니 제법 칼 좀 쓰는 사람들 같은데……'

그때 전무심이 다시 말을 이었다.

"수당은 나중에 정하면 되오. 얼마나 사나운 개 떼들인지 알고 해도 늦지 않으니까."

그 말에 이제는 기분마저 좋아졌다.

"일단 들어오시지요. 그 문제는 나중에 이야기해 봅시다."

"고맙소."

전무심은 장한의 말이 떨어지자마자 성큼성큼 쪽문을 향해 다가갔다.

궁사한과 소미하란이 엉겁결에 그 뒤를 따랐다.

순간 두 명의 장한이 전무심의 앞을 가로막았다.

"건방진 놈! 주둥아리를 함부로 놀린 죄로……."

미처 말을 다 하기도 전이었다.

"비켜!"

전무심이 나직이 한마디 내뱉고 손을 휘저었다.

퍽!

뭐가 어떻게 된 것인지 알 시간도 없이 앞을 가로막았던 장한이 옆으로 나뒹굴었다.

동료가 갑자기 바닥을 뒹굴자 전평은 재빨리 도를 잡았다.

"네놈이 감히!"

그는 전무심이 상대할 필요도 없었다.

번쩍!

새파란 도광이 번쩍이더니, 뒤따라온 궁사한의 도첨이 칼을 빼려던 전평의 손을 눌렀다.

"칼을 빼면 그 길이만큼 팔을 잘라주지. 못 믿겠으면 빼봐."

해쓱하니 질린 전평이 믿을 수 없다는 눈으로 자신의 손을 누르고 있는 궁사한의 칼을 내려다봤다.

갑자기 주위에 고요가 내려앉았다.

청년과 두 명의 중년인도 눈을 부릅뜨고 궁사한을 노려볼 뿐 별다른 행동을 하지 못했다.

저벅저벅.

전무심의 발걸음 소리가 백석으로 된 바닥을 울렸다.

"갑시다."

그 뒤를 궁사한과 소미하란이 따랐다.

천가장의 장한은 벌겋게 상기된 표정으로 홱 돌아섰다.

"저를 따라오십시오!"

장원은 밖에서 보던 것보다 훨씬 거대했다.

한참을 걸었는데도 장주가 기거한다는 전각은 나오지 않았다.

'천기원보다 더 넓은 것 같군.'

곳곳에 꾸며진 정원은 가꾸지 않아서인지 잡초들이 수북이 자라 있었고, 정원의 한쪽에 있는 웅덩이는 물풀과 이끼로 뒤덮여 있었다.

조금만 손보면 멋진 정원이 만들어질 듯했다.

한편으로는 그 자체가 손을 보지 못할 정도로 천가장이 쇠락했다는 말과도 같았다.

장한이 앞장서고, 전무심과 궁사한과 소미하란이 그 뒤를 따르고, 비천산장의 청년과 그 일행들이 그 뒤에서 걸어간다.

기이하게 보이는 모습에 간간이 보이는 장원의 일꾼들이 수군거렸다.

비천산장의 청년, 이수인은 이를 갈며 전무심의 등을 노려보았다.

쾌도 한 수로 자신들을 압박한 것은 궁사한이었지만, 그런 궁사한을 말 한마디로 이끄는 사람이 전무심이다.

다른 일이 없다면 목을 꺾어 죽여 버리고 싶은 심정이었다. 궁사한이라는 자의 도가 제법 빠르긴 해도, 자신들이 막지 못할 정도는 아닌 듯 보인 것이다.

하지만 자신에게는 임무가 있었다. 시작도 하기 전에 정체도 알 수 없는 놈들과 싸울 수는 없는 일.

'이놈들, 어디 두고 보자!'

그가 이를 갈며 속으로 전무심 일행을 찢어 죽이는 상상을 하고 있는데 앞서가던 장한이 걸음을 멈췄다.

"여기서 잠시 기다리시오."

이수인은 숨을 고르고 입을 열었다.

"장주님께서는 어디 계시는가?"

그때였다. 엉뚱한 목소리가 그의 질문에 답했다.

"저 사람들이 천가장을 노리는 자들인가?"

그러잖아도 분노를 삭이고 있던 이수인이었다. 그는 싸늘한 표정으로 소리가 들려온 곳을 바라보았다.

"맞는 것 같습니다, 사숙."

"그렇군. 인상이 더러운 것을 보니 분명해 보이는구만."

이어지는 말이 그의 이성을 붙잡고 있던 끈을 끊어버렸다.

"웬 놈들이 숨어서 헛소리를 지껄이는 것이냐?"

"웬 놈?"

반문하는 목소리와 함께 시퍼런 그림자가 이수인이 서 있는 곳을 향해 날아왔다.

이수인이 냉랭한 코웃음을 날리고 두 손을 들어 올렸다.

그러나 그전에 황의중년인이 앞으로 나섰다.

"물러서시오, 소장주!"

그는 앞으로 나서자마자 창을 쭉 뻗어 날아오는 청영을 향해 휘돌렸다.

따다당!

한순간에 대여섯 번의 충돌음이 공명처럼 대기를 울렸다.

"어? 제법인데?"

땅에 내려선 자가 진짜 놀랐다는 투로 말했다.

그러자 그를 본 유장산이 급히 소리쳤다.

"소형, 물러서게나. 종남의 사람이네!"

세 걸음을 물러서서 눈을 부라리던 황의중년인이 놀란 표정으로 눈앞의 도인을 쳐다보았다.

유장산의 말대로였다. 장안에 돌아다니는 도인은 많지만, 푸른 도복에 검을 지닌 도인은 그리 많지 않았다. 그리고 그들 중에서 태을검을 펼칠 수 있는 사람은 종남의 도인들밖에 없었다.

"종남의 도장이 어인 일로 이곳에 오신 것이오?"

도인, 진성자는 그 말에 대답하지 않고 황의중년인이 든 창만 뚫어지게 쳐다보았다.

"귀화창(鬼火槍) 소명학?"

황의중년인이 침중하게 굳어진 표정으로 말했다.

"그렇소. 내가 소명학이라는 필부요."

"들기로 소명학은 정대하지는 않아도 남을 함부로 핍박하지도 않는다 들었는데, 이제 보니 말짱 헛소리였군."

"무슨 말이오?"

"아니라면 남의 재산을 탐내는 자들의 앞잡이 역할을 할 리 없잖아?"

얼굴이 붉어진 소명학이 창을 잡은 손에 힘을 주며 말했다.

"홍! 정당한 대가를 주고 거래를 하려 왔지 뺏으러 온 것이 아니외다."

"글쎄, 두고 봐야지. 뭐, 들은 말대로라면 두고 볼 필요도 없을 것 같지만."

소명학이 핏대를 세우고 진성자를 노려봤다.

"그런데 언제 봤다고 반말을 하는 것이오? 종남은 예의도 가르치지 않소?"

진성자가 무슨 말이냐는 듯 고개를 모로 꼬았다.

"내가 두어 살 많아서 반말로 했는데……. 싫어? 그게 싫으면 도우도 반말로 해. 뭐라 안 할 테니까."

"……."

어이가 없는지 소명학의 입이 살짝 벌어졌다.

그때 유장산이 입을 열었다.

"종남에 괴팍한 도장이 한 분 계시다는 말을 듣긴 했는데, 보는 건 처음이구려. 혹시 진성이라는 도명을 쓰지 않으시오?"

"어? 어떻게 알았…… 소?"

말끝을 갑자기 올리자 유장산이 어색한 표정을 지었다.

그가 소명학보다 서너 살 많기는 했다. 그래도 진성자에게 나이 먹은 대접을 받으니 기분이 묘해진 것이다.

"험, 종남을 떠나지 않는다는 태평자께서 제자들을 이끌고 나오셨다는 것은, 종남이 이 일에 본격적으로 나섰다는 말이겠구려."

"그건 아니고……."

진성자가 말을 끌었다. 그러자 진성자가 나온 곳에서 지켜만 보고 있던 송정이 걸어나오며 말했다.

"비천산장이 포기한다면 우리도 물러갈 것입니다."

송정의 뒤로 네 명의 종남제자가 모습을 보였다.

여섯 명의 종남 제자들. 그들을 본 유장산의 눈매가 살짝 찌푸려졌다.

'쉽지 않겠는걸?'

상황이 이상하게 굴러가자 이수인이 나섰다.

"우리 비천산장이 언제 남에게 해를 끼치는 일을 했습니까?"

"했다던데?"

한 번 눈썹을 꿈틀거린 이수인이 피식 냉소를 흘렸다.

"훗, 종남과 본 장은 그동안 잘 지내왔는데, 너무 간섭이 심하시군요."

"천가장만 포기하고 물러가면 된다니까?"

"정당한 거래라 해도 말입니까?"

그 말에 진성자는 바로 대꾸할 말을 찾지 못하고 머뭇거렸다.

그때였다.

"앞뒤로 문을 막고 불을 지른 사람들이 정당한 거래를 하겠다고 하면 누가 믿겠어요?"

종달새 우는 듯한 맑은 목소리가 쩌렁하니 정원을 울렸다.

뜻밖에 들린 여인의 목소리에 전무심의 눈도 소리가 들린 곳을 향했다.

한 명의 여인이 한 명의 노인과 두 명의 장한을 대동한 채 전각 안에서 걸어나오고 있었다.

머리를 틀어 올린 여인은 아름답기 그지없었다.

하얀 궁장이 그녀의 옥 같은 백색 피부와 너무나 잘 어울렸다.

커다란 두 눈은 별빛처럼 초롱하고, 알맞게 부풀어 오른 하얀 볼살은 남자의 시선을 잡아두기에 부족하지 않았다.

그녀는 잘록한 허리를 꼿꼿이 세운 채 걸어나오더니 조금은 두껍게 느껴지는 붉은 입술을 열었다.

"어디 말을 해보세요. 할아버지가 아픈 틈을 타 본 장에서 운영하던 점포들의 거래처를 모두 막아버린 것이 누군지, 날짜가 남은 어음 전표를 돌리고 몰래 남을 시켜 급전을 돌린 사람들이 누군지. 그래 놓고 갑자기 들이닥쳐 헐값에 본 장의 점포들을 가로챈 사람들이 누군지 말이에요."

겉모습과는 달리 칼 같은 질타였다.

이수인이 냉랭한 목소리로 답했다.

"장사를 하다 보면 그런 일은 비일비재하외다. 그 정도도 막지 못할 거라면 차라리 일찍 포기하는 게 나은 법이오. 어떻게 보면 그나마 몇 푼이라도 건진 것이 다행 아니겠소, 천 낭자?"

"홍! 그래서 이제는 본 장마저 헐값에 사들이겠다는 건가요?"

"정당한 거래라 했소이다. 귀 장이 본 장에 진 빚이 황금 일만 냥이오. 본 장은 거기에 일천 냥의 황금을 더 얹어주겠다고 했소이다. 이 장원의 값어치로는 충분하다는 것이 본인의 생각이오만."

이번에는 여인이 입술을 잘근 깨물었다.

"그 빚이라는 것이 아직 삼 년의 기간이 남은 것 아니던가요?"

"때로는 앞당겨질 수도 있는 것이오. 어차피 처음 약속 기간은 이미 지나지 않았소?"

"물론 그건 그렇지요. 하지만 이 장주께서는 분명 삼 년 후에 갚아도 된다 하셨어요."

이수인이 느긋이 여인에게 다가갔다.

"증거가 있소, 천소령 낭자? 아니면 증인이라도?"

백의궁장여인, 천소령의 커다란 눈이 가늘게 떨렸다.

어느덧 이수인과의 거리가 일 장으로 좁혀졌는데도 아무런 말도 할 수가 없었다.

그랬다. 증거가 없었다. 모든 것은 말로만 오갔을 뿐. 어쩌면 지금까지 당한 것도 그 때문이라 할 수 있었다.

그녀가 아무런 말도 못하자 이수인은 자신감을 얻었는지 조금 더 다가갔다.

"가까이서 보니 더 아름답구려."

"이, 이……."

천소령의 커다란 눈이 부릅떠졌다.

"물러서시오, 이 공자! 무슨 짓이오!"

옆에 서 있던 노인이 더 이상 참지 못하고 소리쳤다.

그러나 이수인은 꿈쩍도 하지 않고 오히려 얼굴을 바짝 들이밀었다.

"어떻소? 굳이 다른 방법이 없는 것도 아닌데 말이오."

"이 공자!"

노인이 한 발 나서며 소리치자 천소령이 손을 들어 노인을 막았다. 노인이 나선다고 해서 해결될 상황이 아니었다. 오히려 잘못하면 싸움을 걸 빌미만 줄 뿐.

"채 총관, 걱정 말아요."

"아가씨……."

"이 정도로는 저를 어쩔 수 없어요. 그러니 채 총관은 나서지 마세요."

말은 그리했어도, 솔직히 그녀는 두려웠다.

다른 방법. 천소령은 이수인이 뭘 말하는지 잘 알고 있었다. 너무나 잘 알아서 그 말을 듣는 순간 소름이 돋을 지경이었다.

하지만 그럴수록 그녀는 마음을 다잡았다.

"어림도 없는 수작 말아요. 당신 같은 사람은 수레로 실어와도 싫으니까."

"아버지는 당신이 승낙만 하면 빚은 없던 것으로 하겠다고 하셨소. 당신의 몸값치고는 괜찮다 생각하지 않소?"

말을 하면서도 천소령의 불룩한 가슴을 음탕한 눈으로 노려보는 이수인이다.

아무도 없다면 손이라도 뻗을 것 같은 표정. 마치 송충이가 가슴의 맨살 위로 기어가는 듯한 기분이다.

"비열한 자식…… 부자가 똑같군."

천소령이 벌건 얼굴로 입술을 짓씹으며 눈을 부라렸다.

뜻밖의 말이었는지 이수인의 피식 웃으며 혀로 입술을 핥았다.

"권주를 마다하고 스스로 벌주를 들겠다는 건가? 길거리로 쫓겨나 봐야 창기나 될 텐데, 그보다는 내 품이 낫지 않겠소?"

이를 악문 천소령은 눈물이 나올 것만 같았다.

비천산장의 장주, 이청한.

한때는 숙부라 불렀던 사람이었다. 그렇게 믿었던 사람이기에 말로만 약속한 것이 실수라면 실수였다. 그것 때문에 당하고도 어디에 하소연할 수가 없었다.

그들이 힘으로 행패를 부려도 손을 쓰지 못했다.

견디다 못한 그녀는 하는 수 없이 종남에 구원을 요청했다. 종남이 나서면 당분간이나마 저들도 함부로 움직이지 못할 테니까.

하지만 그것마저도 언제까지 갈지 자신조차 몰랐다. 정당한 거래라면 종남이라 해도 막을 수 없는 일이 아닌가 말이다.

천소령의 눈빛이 흔들리자 이수인이 능글능글한 목소리로 말했다.

"우리 비천산장과 천가장이 합쳐지면 서로가 좋은 일이 아니겠소? 무작정 거부만 할 게 아니라 잘 생각해 보시구려."

천소령이 악을 쓰듯 차갑게 소리쳤다.

"차라리 불속에 들어갔으면 들어갔지, 이가의 사람이 되고 싶은 생각은 없어요! 그러니 그딴 말은 집어치워요!"

"훗, 집안이 다 무너진 마당에 빼기는……. 뭐, 할 수 없구려. 그럼 집이라도 차압하는 수밖에."

승기를 잡았다 생각했는지 이수인의 얼굴에 웃음이 떠올랐다. 그는 웃는 얼굴로 종남의 사람들을 돌아다보았다.

"종남의 제자 분들이 온 걸 보니 도움을 요청한 것 같은데……. 아무리 종남이라 해도 정당한 일에 끼어들 수는 없는 법이외다."

순간 이를 악물고 반박하려던 천소령의 신형이 흔들렸다.

만일 종남의 제자들마저 손을 놓는다면 모든 것이 끝장이었다.

"흥! 그분들이 그따위 말에 넘어갈 거라 생각하나요?"

"그거야 아무도 모르는 일이지. 본 장과 종남은 매우 가까운 사이거든."

그 말에 진성자가 태연히 송정에게 물었다.

"우리가 받은 명이 뭐였지?"

송정이 대답했다.

"천가장을 도와주라는 것이었습니다."

"비천산장의 말을 들으라는 말은 없었지?"

"없었습니다. 사실 저희는 수련에 열중하느라 그런 곳이 있다는 것도 몰랐습니다."

새빨간 거짓말을 송정은 속으로 원시천존도 부르지 않고 잘도 말했다.

"그래? 그럼 저 느끼한 어린놈의 말은 시궁창에 처박아 버려도 되겠군."

"당연하지요."

느끼한 어린놈? 시궁창?

이수인의 눈매가 가늘어졌다.

왠지 모르게 마음에 안 드는 도사였다.

한마디 한마디가 신경을 건드리는 것이 꼭 말투에 송곳이라도 꽂혀 있는 것만 같았다.

그렇다고 대놓고 종남에 싸움을 걸 수는 없는 일.

'돌아가면 종남에 사람을 보내라고 해야겠어. 돈을 듬뿍 집어 주면 물러가겠지.'

아마 아버지도 그렇게 생각할 것이 분명했다.

"흠, 종남의 생각이 그렇다면……. 어쨌든 약속 기일이 넘었으니 사흘 안에 장원을 비워주시오. 만일 그때까지 나가지 않는 사람이 있다면 무단 침입으로 간주할 것이오. 물론 천 낭자야 남아도 상관없소만……."

말을 흐리는 이수인의 눈이 천소령의 전신을 훑어내렸다.

느물거리는 표정. 옷 속을 뚫어보겠다는 듯 번들거리는 눈빛.

오싹한 기분에 천소령은 몸을 파르르 떨었다.

그 모습을 보는 것이 즐거운지 이수인의 번들거리는 눈빛도 더욱 강해졌다.

"이제 노장주가 돌아가시면 알량한 천가도 끝장인데, 너무 고집부리지 마시구려. 내 다른 것은 몰라도 여인에게 즐거움을 주는 재주는……."

그때 옆에서 고저없이 나직한 목소리가 들려왔다.

"대가는 한 사람당 한 달에 열 냥이 적절할 것 같군."

뜬금없는 말이었다. 그런데 묘하게도 천소령은 그의 말이 들리는 순간 그토록 떨리던 몸이 진정되었다.

그녀는 의아한 표정으로 전무심을 바라보았다.

"누구시죠?"

정문에서 전무심을 맞이했던 장한이 급히 입을 열었다.

"조금 전에 본 장을 찾아오신 분입니다. 보표가 필요하지 않느냐고……."

"보표?"

전무심을 바라보는 그녀의 눈이 반짝였다.

그간 숱한 마음고생을 하면서 사람 보는 눈이 남 못지않은 그녀였다. 그런 그녀가 보기에 전무심은 결코 평범한 낭인이 아니었다. 더구나 그 옆의 두 사람에게서 느껴지는 예기 또한 간단한 것이 아니었다.

그녀가 조금 나아진 기분으로 다시 물었다.

"그러니까 본 장의 보표가 되겠다는 말인가요?"

하지만 이수인의 마음은 그녀와 정반대였다.

진성자에 이어 연속적으로 훼방을 놓는 전무심이다.

오물통이 연이어 머리 위에서 쏟아지는 기분. 전무심을 돌아보는 이수인의 눈매가 뱀처럼 쭉 찢어졌다.

아무리 봐도 그저 무공이 조금 강한 낭인에 불과한 자다. 망둥어가 뛰니까 꼴뚜기도 뛴다더니, 꼭 그 짝이 아닌가 말이다.

"겁대가리없는 자로군. 알량한 힘을 믿고 있는 모양인데…… . 어떤가? 거지꼴이 다 된 천가에 몸을 맡기느니, 차라리 본 장의 무사가 되지 않겠나? 한 달에 백 냥 정도는 줄 수 있는데 말이야."

비릿한 조소가 이수인의 입가에 걸쳐졌다.

전무심이 그를 쳐다보지도 않고 입을 떼었다.

"나는 믿음을 저버리는 사람을 그리 좋아하지 않아. 개도 주인을 물지 않는데, 그런 자는 개만도 못하게 보이거든."

'내 눈엔 네가 개만도 못하게 보인다'는 말.

이수인의 쭉 찢어진 눈에 독기가 어른거렸다. 가라앉으려던 분노가 다시 끓어오른 것이다.

그 바람에 결국 그는 하지 않아야 할 말을 입 밖으로 내뱉고야 말았다.

"미친놈! 어디서 믿었던 친구에게 배신이라도 당했나 보군. 자신이 못난 것에 한이라도 맺혔나?"

그는 자신이 무슨 잘못을 했는지도 몰랐다. 그래서 한마디 덧붙였다.

"아니면 마누라가 딴 놈하고 배라도 맞아서 도망가기라도 했나?"

순간이었다. 전무심의 눈이 천천히 이수인을 향했다.

삭풍이 부는 한겨울 밤, 갑자기 암천에 두 개의 동공이 뻥 뚫린 것만 같은 눈빛이었다.

눈빛이 마주치자 이수인은 갑자기 오한이 드는 듯했다.

자신도 모르게 손발이 떨리고 이가 딱딱 부딪쳤다.

"이 공자, 왜 그러시는가?"

느긋이 지켜보던 유장산이 갑작스런 이수인의 반응에 놀라 다급히 물었다.

"그, 그, 그게……."

이수인이 떨리는 손을 들어 전무심을 가리켰다.

바로 그때였다.

"좋아요! 한 사람당 열 냥씩 드리죠!"

종달새가 기분 좋게 지저귀고, 동시에 전무심의 신형이 흐릿하니 사라졌다.

유장산이 눈을 돌리다 말고 대경해 외쳤다.

"이 공자를 보호해!"

그러고는 앞으로 튀어나가 이수인의 앞을 가로막으며 쌍장을 휘둘렀다.

쾅!

"크윽!"

단 일수였다.

유장산의 몸이 튀어나갈 때보다 빠르게 튕겨졌다.

동시에 두 명의 장한이 앞으로 달려나왔다. 아니, 나오려 했다. 그러나 궁사한과 소미하란이 나서더니 단숨에 그들을 제압해 버렸다.

전평의 목에 칼을 들이댄 궁사한이 말했다.

"그대들은 조용히 찌그러져 있어."

소미하란도 다른 장한의 입에 비수를 두 치 정도 집어넣고 싸늘히 속삭였다.

"움직이면 비수가 목구멍으로 파고들 거야."

그사이, 천강벽월수로 유장산을 튕겨낸 전무심은 여전히 쳐들려 있는 이수인의 손을 잡아갔다.

비록 전무심의 무형지기에 짓눌렸지만, 이수인도 나름대로는 젊은 층에서 고수라 불리는 자였다. 유장산이 가로막으며 전무심과의 기가 단절된 순간, 그는 이를 악물고 혼신의 내력을 끌어올렸다.

그러고는 재빨리 뻗고 있던 왼손을 구수로 변환시키며 자신의 손목을 잡아오는 전무심의 우수 손목을 거꾸로 후려쳤다.

전무심은 굽어진 이수인의 좌수가 자신의 손목을 찍어오는데도 망설이지 않고 이수인의 손목을 잡아갔다.

이수인의 굽어진 손가락이 손목을 찍고, 퉁! 쇠북을 두드린 듯한 소리가 들린 것도 찰나였다.

우두둑!

전무심은 조금의 영향도 받지 않은 듯 무표정한 얼굴로 이수인의 손목을 움켜쥐었다.

바싹 마른 보릿대가 손 안에서 부서지는 느낌!

손목에서 머리꼭대기까지 치달리는 격렬한 충격!

이수인의 입을 뚫고 처절한 비명이 터져 나왔다.

"끄아아아악!"

"이놈! 손을 놓아라!"

동시에 일성대갈을 동반한 한 줄기 묵광이 번갯불처럼 전무심을 향해 날아왔다.

전무심은 고개도 돌리지 않은 채 좌수를 뻗어 자신의 어깨를 향해 날아오는 묵광을 잡아챘다.

마치 눈이 하나 더 달린 듯 묵광은 정확히 그의 우수로 빨려 들었다.

설마 맨손으로 자신의 창두를 잡을 거라고는 생각지도 못했던 일. 공격을 했던 소명학의 얼굴이 경악으로 일그러졌다.

하지만 그것도 한순간이었다.

전무심이 손에 잡힌 창을 조금도 머뭇거리지 않고 그대로 휘둘러 버렸다.

그 끝에 매달렸던 소명학으로선 창을 놓을 시간조차 없었다. 아니, 놓을 수도 없었다. 전무심이 펼친 흡자결의 공력으로 인해 창신에 달라붙은 손이 떨어지지 않았던 것이다.

쾅!

찰나의 순간, 소명학이 땅바닥에 거꾸로 처박혀 버렸다.

와직!

이어서 또다시 뼈 부러지는 소리가 신음과 함께 장내에 울렸다.

"끄어어어……."

정강이가 거꾸로 꺾어진 이수인이 바닥으로 무너지고 있었다. 부러진 팔목은 여전히 전무심에게 잡힌 채였다.

게다가 어느새 그의 오른팔도 어깨가 빠진 듯 허공에서 덜렁거리고 있었다.

"너는 하지 않아야 할 말을 했다. 그러니 이제부터 벌어지는 일은 모두 네 책임이다."

무심한 목소리가 전무심의 입을 뚫고 흘러나왔다.

어찌 보면 억지였다. 실컷 사람을 병신으로 만들어놓고 네 책임이라니.

그런데도 누구 하나 전무심이 억지를 부린다는 생각이 들지 않았다. 그만큼 전무심의 전신에서 쏟아지는 분노의 불길은 강하고도 거셌다.

"그, 그만…… 됐어요."

천소령이 입을 열지 않았다면, 모두가 그 불길에 재만 남기고 타버렸을지 모른다는 황당한 생각이 들 정도였다.

"흐미……. 맙소사……."

진성자가 자신의 목을 쓰다듬으며 겨우 숨을 토해냈다.

일전에 남문 앞에서 봤을 때 어느 정도 강할 거라 생각은 했었다.

하지만 일류고수들을 한 수에 패대기칠 정도로 강할 거라고는 상상도 하지 못했다.

더구나 폭풍이 몰아치는 것 같은 기세. 그것은 자신조차 오금이 저릴 정도가 아닌가.

'흐아, 그때 그냥 가게 놔둔 것이 다행이군. 하마터면 송장 치울 뻔했어.'

그때까지도 송정을 비롯한 종남의 다섯 제자는 숨도 쉬지 못했다.

'쯔쯔쯔, 세상이 얼마나 넓은지 이제 좀 알았겠구만.'

진성자가 속으로 혀를 차는 줄도 모르고 다섯 사람은 세상이 멈춰 버린 것처럼 눈을 고정시켰다.

끼어들 틈도 없었고, 끼어들 수도 없었다. 벼락이 떨어지는가 싶더니 모든 상황이 끝이었다.

심지어 그와 함께 온 두 남녀의 무공도 자신들에 비할 바가 아니었다.

단 일수에 두 명의 장한을 제압하고 흑의청년을 지켜보는 두 사람이다. 그리되는 것이 당연하다는 눈빛으로.

어쩌면 그것이 지켜보는 그들을 더 질리게 했다.

침묵을 깨뜨린 것은 가까스로 몸을 일으킨 유장산이었다.

"자, 잠깐만……."

그는 다급히 한마디 내뱉고는, 이수인의 부러진 팔을 잡고 있는 전무심을 향해 다가갔다.

너무 거센 충격에 맥이 풀린 듯 움직이기도 힘들었다.

그렇다고 이대로 있을 수는 없었다. 그의 임무는 이수인을 보필하는 것만이 다가 아니었다. 그에게는 장주가 은밀히 지시한 또 다른 임무가 있었다.

상황이 이상하게 되었지만, 업어치나 메치나 매한가지였다.

"내 할 말이 있으니 장주님을 만나고 싶소."

그의 말에 전무심은 이수인의 부러진 팔을 들어 올렸다.

"끄어어……."

부러진 뼈가 엇갈리는 충격에 이수인의 눈동자가 돌아갔다. 한데도 전무심은 안색 하나 변하지 않고 말했다.

"그럴 필요가 없을 것 같은데? 이자와 이야기하면 될 것 같거든."

"저희 장주님께서 천가장의 노장주님께 전하라는 말씀이 있소이다."

느닷없는 말에 천소령이 아미를 찡그렸다.

"무슨 말을 전하겠다는 거죠?"

그녀는 아직까지도 심장이 쿵덕거리고 있었다.

부풀어 오른 가슴이 오르내리는 게 보이는 것만 같아서 민망할 지경이었다.

"장주님께만 말씀드릴 수……."

전무심이 그의 말을 끊었다.

"일단 돈을 받기로 했으니, 이곳의 일부터 끝내는 게 나을 것 같군. 당신은 잠깐만 기다리도록."

그러고는 천소령을 바라보았다. 마치 허락을 구하듯이.

순간 겨우 안정시킨 천소령의 가슴이 다시 뛰기 시작했다.

얼마 만인가?

지난 이 년간 당한 수모를 생각하면 흑의청년이 이수인을 죽인다 해도 눈 하나 깜박하지 않을 자신이 있었다.

한데 가슴이 뛰는 이유는 꼭 그것만이 아니었다.

너무도 깊어서 깊이를 알 수 없는 눈, 전무심의 눈 때문이었다.

그녀는 얼굴을 굳히고 눈에 힘을 주고서야 겨우 입을 열어 대답했다.

"당신이…… 알아서 하세요."

전무심은 여인의 말이 떨어짐과 동시 이수인에게로 고개를 돌렸다. 그리고 물었다.

"삼 년의 약속이 있었다는데 사실인가?"

"끄으으……. 그, 그…… 끄어억!"

전무심이 부러진 팔목을 살짝 비틀고는 다시 물었다.

"사실인가?"

"그, 그……. 사실……."

전무심이 고개를 끄덕였다. 그러고는 다시 천소령을 바라보았다.

"지필묵이 있어야 하겠소."

천하에 다시없이 똑똑하다는 그녀도 눈을 크게 뜨며 반문했다.

"지필묵이요?"

그러자 전무심이 슬쩍 이수인을 바라보고 고개를 저었다.

"아니군, 종이만 있으면……. 그것도 아닌가? 그러고 보니 종이도 필요없겠군. 멍청하긴."

하지만 보고 있는 누구도 그가 멍청하다고 생각하는 사람은 없었다. 아니, 생각할 겨를도 없었다.

왜 지필묵이 필요한 걸까? 그에 대한 의문을 풀기에도 바빴다.

전무심은 이수인의 옷자락을 쭉 잡아 찢었다. 그러고는 탈골된 우수를 대충 끼워 넣고, 우수의 손목을 잡아 핏물이 흥건한 바닥에 문질렀다.

이수인의 우수가 시뻘겋게 물들었다.

손가락 끝에선 핏물이 뚝뚝 떨어졌다.

"써!"

전무심의 한마디가 염왕의 명령처럼 떨어졌다.

그가 한 명령은 명확했다.

─네가 알고 있는 것을 써라!

이수인도 그것을 충분히 알고 있었다. 그러나 그대로 할 수는 없는 일이었다.

"할 수 없소. 이 일은 아버님이……."

그는 그렇게 당하고도 전무심에 대해 한 치도 파악하지 못하고 있었다.

미처 두어 마디를 뱉어내기도 전이었다. 해명이 비명으로 바뀌어 버렸다.

"끄아아악!"

유장산은 주먹을 불끈 쥐고 충혈된 눈으로 그 모습을 노려 보았다.

마음 같아서는 당장 달려들어서 악귀의 손에 잡힌 이수인을 구하고 싶었다.

그러나 그것이 불가능하다는 것을 누구보다도 그가 더 잘 알고 있었다.

"멈추시오! 그렇게 한다고 상황이 더 나아지는 것은 아니외 다!"

그가 할 수 있는 일은 기껏해야 그렇게 소리를 지르는 정도 일 뿐이었다.

"죽기 싫으면 써!"

전무심의 명령이 또다시 얼음 송곳처럼 이수인의 고막을 후 벼팠다.

이수인은 덜덜 떨며 오른손을 움직였다.

주위의 모든 기운이 이 악마를 중심으로 움직이고 있었다. 누구도 이 악마의 기세를 떨치지 못한 채 그의 부속품으로 전 락해 버렸다.

그중에는 자신도 있었다.

상황이 어쩔 수 없다는 것은 핑계일 뿐이었다.

이미 자신의 의지는 공포에 먹혀 버린 상태였다.

슥슥……

하얀 바탕 위로 붉은 손가락이 스치고, 한 자 한 자 피 먹은 글씨가 인장처럼 옷자락에 틀어박혔다.

잠시 후, 그의 손이 멈췄다.

억겁의 시간이 지난 듯했다. 그러나 그가 십여 자를 쓰는 데는 촌각의 시간이 걸렸을 뿐이었다.

전무심은 이수인이 쓴 혈서를 집어 들어 여인에게 내밀었다.

"이거면 증거가 되겠소?"

사방 석 자 크기의 옷자락이 둥실 떠서 천소령에게 날아갔다.

천소령은 최대한 떨림을 자제하며 옷자락을 받아 들었다.

행여나 옷자락에 실린 공력에 창피를 당하지 않을까 걱정했지만, 사뿐히 가라앉는 옷자락에는 아무런 힘도 남아 있지 않았다.

"수고하셨어요."

다행히 답하는 목소리 역시 떨리지 않았다.

천소령은 속으로 안도의 숨을 내쉬며 손 위에 놓인 옷자락을 바라보았다.

강압에 의한 것이라 우길지도 모른다. 얼마든지 가능한 일이다.

하지만 분명한 것은 옷자락에 쓰인 글씨가 이수인의 친필이라는 것이다.

아마 비천산장의 장주 이청한도 마냥 우길 수만은 없을 터였다. 자신들이 저지른 일을 생각한다면.

그녀는 눈에 힘을 주고 유장산을 바라보았다.

"할아버지를 뵈어야 한다고 하셨죠?"

"그렇소. 결코 해가 되는 이야기는 아닐 것이오."

유장산이 이를 악물고 억눌린 목소리로 말했다.

천소령이 고개를 끄덕였다.

"따라오세요."

그녀는 몸을 반쯤 돌리다 말고 전무심을 향해 고개를 돌렸다.

"아직 일이 끝나지 않은 것 같군요. 쉬는 것은 잠시 후로 미뤄주셔야겠어요."

함께 들어가자는 말이었다.

전무심의 눈 깊은 곳에서 누구도 볼 수 없는 가느다란 떨림이 일었다.

그는 마치 아무 일도 없었다는 듯 잡고 있던 이수인의 팔을 놓고 천소령을 따라 걸음을 옮겼다.

그러자 궁사한과 소미하란도 제압하고 있던 두 장한을 놔두고 전무심의 뒤를 따랐다.

멀뚱히 서 있던 진성자가 좌우를 둘러보며 더듬거렸다.

"이, 이 사람들은⋯⋯. 이 봐! 이 사람들은 어떻게⋯⋯?"

송정이 소리치는 진성자의 옷을 재빨리 잡아당겼다.

"저희가 처리하죠, 사숙. 괜히 그자를 다시 오게 할 필요는 없을 것 같습니다만⋯⋯."

진성자가 힐끔 전무심의 등을 바라보았다.

"응? 어, 그럴까? 그러지 뭐⋯⋯."

한심했다. 남의 뒤치다꺼리나 하려고 내려온 것은 분명 아닌데, 첫 만남부터 이상하게 신경 쓰이더니 끝내 연이어 쓰레기 청소다.

'후우, 그건 그렇고, 비천산장이 이대로 물러서지는 않을 텐데⋯⋯. 제기랄!'

그걸 생각하니 또다시 머리가 지끈거리는 진성자였다.

게다가 멍청히 서 있는 사질들을 보니 열마저 올랐다.

"뭐 해? 쓰레기부터 치우자고!"

"나는 믿음을 저버리는 사람을 그리 좋아하지 않아."

아마 그 말 때문인 것 같다. 그녀는 전무심을 데리고 들어가야 한다고 생각했다. 아무런 거부감 없이.

누가 자신에게 왜 그런 생각이 들었냐고 묻는다면 답해줄 말은 없었다.

그냥 그러고 싶었으니까.

굳이 더 한다면, 그 말이 이상하게도 슬프게 들렸다고나 할까?

천소령은 발자국 소리는 들을 수 없었지만, 전무심이 삼 장 이내에 있다고 생각했다. 왠지 그럴 거 같았다.

'이름이 뭘까?'

그러고 보니 이름도 물어보지 않았다.

자신의 이름을 알고 있을까?

'아! 아까 이수인이 말했지.'

그녀는 얼굴에 열기가 느껴지자 걸음을 조금 더 재촉했다.

반 각가량이 지나서야 방으로 들어갔던 천소령이 밖으로 나왔다.

"유당주님과 채 총관님, 그리고 저……."

"전무심이오."

전무심이 태연히 자신의 이름을 밝히자 머뭇거리던 천소령이 재빨리 말을 이었다.

"전 공자님만 들어오시고, 두 분은 밖을 지켜주세요."

몸을 돌리는 그녀의 얼굴이 살짝 붉어졌다. 하지만 그녀의 얼굴이 붉어진 것을 알아챈 사람은 소미하란뿐이었다.

소미하란은 몸을 돌리며 쓴웃음을 지었다.

문득 좀 전부터 들었던 의문이 다시 고개를 들었다.

'이곳과 전 공자는 무슨 관계일까? 바쁜 일이 있는 것 같은데, 왜 이곳을 먼저 찾아온 것일까?'

궁사한과 소미하란을 남겨둔 채 전무심은 천소령의 뒤를 따라 안으로 들어갔다.

침상에 한 사람이 허리를 꼿꼿이 세운 채 앉아 있었다. 하얀 백발이 단정히 빗어진 칠순 정도 되어 보이는 노인이었다.

그를 보고 천소령을 따라 안으로 들어선 전무심은 눈을 좁혔다.

'장안검협(長安劍俠) 천수경.'

그는 속으로 이름을 되뇌이고는 자신도 모르게 손을 움켜쥐었다.

"모셔왔어요, 할아버지."

천소령이 조용히 입을 열지 않았다면, 어쩌면 그 자신이 먼저 입을 열었을지도 몰랐다.

당신이 검협 천수경이냐고, 천유명이라는 이름을 아느냐고, 소연옥이라는 여인을 아느냐고!

하지만 윤기없는 백발에 얼굴마저 창백한 모습을 보니 말이 나오지 않았다.

그는 결국 천소령의 목소리를 들으며 지그시 이를 악문 채 눈을 돌려야만 했다.

"그냥 누워 계셔요, 할아버지."

"아직 누워서 손님을 맞이할 정도는 아니다. 걱정 마라."

천수경은 정색을 하고 유장산과 전무심을 차례대로 바라보았다.

비록 오랜 병중으로 인해 창백한 안색이었지만, 두 눈만큼은 세월의 무게가 느껴질 정도로 차분히 가라앉아 있었다.

그때 유장산이 한 걸음 앞으로 나섰다.

"유장산이 검협 어르신을 뵙습니다."

천수경은 노안에 희미한 빛을 발하며 유장산을 응시했다.

"그대가 쌍룡장이라 불리는 유장산인가 보군. 말은 많이 들었네."

"별 볼일 없는 이름을 기억해 주시다니, 송구할 뿐입니다."

"그래, 청한이 무슨 일로 자네를 보낸 것인가?"

유장산은 머뭇거리며 옆을 바라보았다. 그러자 천수경이 고개를 저었다.

"소령이나 채 총관은 어차피 알게 될 일이네. 내가 다 말할 테니까. 그리고 저 사람은 소령이 보증한 사람이니 신경 쓸 거 없네."

천수경의 눈이 자신을 향하자 전무심은 눈을 반쯤 감고 천수경의 노안을 마주 보았다.

언뜻 천수경의 눈초리가 떨린다 느껴졌다. 하지만 극히 미미해서 보고도 그 이유에 대해 정확한 판단을 내릴 수가 없었다.

하는 수 없음을 알았는지 유장산이 천천히 입을 열었다.

"장주님께선 만일 어르신이 이곳과 장안의 상권을 포기하신다면 빚의 탕감 외에도 외곽에 일만 평의 대저택을 구해주신다 하셨습니다."

"허허허, 이곳의 사람이라고 해봐야 서른도 채 안 된다네. 자네도 알다시피 청한, 그 사람이 대부분의 무사들을 끌어갔지. 게다가 돈줄도 막혀 버렸다네. 그러니 관리할 수도 없는 일만 평의 대저택이 무슨 소용이 있겠는가?"

"물론 관리비는 저희가 댈 것입니다. 원치 않으신다면 일시

불로 은자 일만 냥을 드린다 하셨습니다."

천수경의 눈매가 가늘어졌다.

"우리 천가가 이곳에서 살아온 세월이 삼백 년일세. 비록 오대세가에 미치지는 못했지만 한때는 신주팔가 중의 하나로도 불리었지. 자네는 내가 그러한 조건에 가문의 전통을 넘길 거라 생각하나?"

유장산의 이마에 땀이 맺혔다.

비록 늙긴 했어도 천수경은 아직 호랑이였다. 늑대 따위가 함부로 할 수 없는 호랑이 말이다.

거기다 상황은 이각 전과는 천양지차였다.

만일 그전이었다면 거래가 가능했을지도 모를 일이었다. 그러나 지금은 아니었다. 그는 칼자루를 쥔 게 자신들인지, 아니면 천가장인지 확신할 수가 없었다.

'미치겠군.'

사실 이청한이 그에게 전하라 한 말은 또 있었다. 하지만 그는 그 말만은 할 수가 없었다. 전무심이라는 저자가 있는 이상은.

유장산이 머뭇거리자 천수경이 재촉했다.

"아직 할 말이 남았을 텐데……. 마저 해보지 그러나?"

마치 유장산이 할 말을 알고 있다는 듯한 말투였다.

이제 기호지세. 멈추기에는 이미 늦은 상황이다.

유장산은 피가 나도록 입술을 깨물고 입을 열었다. 뜻을 약간 비틀어서.

"장주님께선…… 그것만이 천가의 맥을 이을 수 있는 방법이라 하셨습니다."

참지 못한 천소령이 코웃음을 치며 말했다.

"흥! 아주 대단한 인심이군요! 그렇게 말하면 우리가 고맙다고 절이라도 할 줄 알았나요?"

물론 그것은 아니다. 아니, 오히려 핏대를 세우며 달려들 거라 생각했다. 그런데도 이청한이 그 말을 전하라 한 이유는 한 가지였다.

"달려들면 달려들수록 손해 보지 않고 거저 얻을 수 있다네."

조금 전까지 자신도 그리 생각했었다. 분노해 달려드는 천가장 정도는 자신과 소명학 정도로도 충분하다 생각했으니까.

하지만 이제는 그 어떤 것도 자신할 수가 없었다.

종남에서 사람이 내려온 것은 문제가 아니었다. 종남도 비천산장과 장안에서 정면으로 격돌하고 싶어하지는 않을 테니까.

진짜 문제는 자신의 뒤에 서 있는 자였다.

밖에 있는 두 놈과 함께 셋이 다일까? 아니면 다른 세력이 배후에 있는 걸까?

혼자라면 걱정할 것이 없었다. 독불장군 정도는 아무리 강하다 해도 처리할 수 있는 비천산장이 아니던가.

하지만 배후세력이 있다면 이야기가 달라진다. 자신과 소명학을 단번에 제압할 정도의 절정고수를 거느린 배후라면 비천산장이라 해도 건들 수가 없는 것이다.

유장산이 빠르게 생각을 정리하고 있을 때다. 천수경이 무거운 목소리로 말했다.

"가서 전하게. 이 천수경은 죽기 전에 천가장을 떠날 생각이 추호도 없다고 말이야. 그리고 소령이와의 일도 다시는 입밖에 꺼내지 말라 하게나."

천수경이 그리 말하자 유장산은 차라리 마음이 편해졌다.

자신으로선 장주의 말을 전한 것으로 책임을 다한 것이나 마찬가지. 이제 남은 일은 장주와 천가장이 알아서 할 일이었다.

"알겠습니다, 어르신. 장주님께 그리 말씀드리겠습니다."

천소령이 한마디 덧붙였다.

"제 말도 전해주세요. 옷자락에 쓰인 대로 빌린 돈은 삼 년 뒤에 약정했던 이자까지 쳐서 꼭 갚겠다고 말이에요."

"그리 전하지요."

축축이 젖은 손바닥이 끈적였다. 유장산은 빨리 방을 빠져 나가고 싶었다.

"그럼 이만 돌아가겠습니다."

자리에서 일어선 그는 천수경을 향해 포권을 취하고 뒤로 돌아섰다.

순간 그는 벼락이라도 맞은 듯 몸을 부르르 떨었다. 무심히 가라앉아 있는 전무심의 눈이 바로 앞에 있었던 것이다.

그때 날선 송곳처럼 귀청을 파고드는 전음.

"허튼짓을 한다면 내가 직접 방문할 것이오. 그때는 지옥이 뭔지 제대로 알게 되겠지."

멍하니 아무 생각이 나지 않았다.

오금이 저리고 등줄기로 땀이 흐르는 듯했다.

가공할 기세가 그의 정신을 온통 회색으로 덧칠해 버렸다. 그제야 문득 유장산은 조금 전 이수인이 느꼈던 감정을 이해할 수 있을 것 같았다.

'대체 이자는 누구란 말인가? 왜 천가장을 보호한단 말인가? 열 냥에 고용된 보표? 개도 안 물어갈 소리!'

그의 마음을 눈치 챈 듯 전무심의 전음이 이어졌다.

"내가 누군지 의문을 가질 것 없소. 조사해 봐야 알 수 없을 테니까. 다만 한 가지, 비천산장 정도로는 결코 나를 막을 수 없다는 것이오. 내 말 명심하고, 표나지 않게 조용히 가시오."

전무심의 전음이 끝나자 유장산은 다리에 힘을 주고 걸음을 옮겼다.

방문까지 가는 길이 천 리나 되어 보였다.

덜컹, 방문을 열고 밖으로 나선 그는 크게 숨을 들이쉬었다.

"채 총관, 유 당주를 밖에까지 안내해 주게나."

등 뒤에서 천수경의 목소리가 들려오는데도 고개를 돌릴 엄두가 나지 않았다.

'저자……. 위험한 자다. 건드려서는 안 될 자야.'

한데 과연 이청한이 자신의 생각을 이해해 줄까?

어림도 없는 이야기였다. 팔다리가 부러진 자식을 보고 분노하지 않을 부모가 어디 있을까.

탁!

문이 닫히고 발자국 소리가 멀어지자 천수경의 눈이 전무심을 향해 물었다.

"전무심이라 했나?"

왠지 모를 아쉬움이 담긴 목소리였다.

"그렇습니다."

"왜 본 장을 도와준 것인가?"

'제 아버지의 이름이 천유명이기 때문이지요.'

그 말이 입 안에서 맴돌았다.

하지만 전무심은 무표정하니 마음과 다르게 대답했다.

"대가를 받기로 했습니다."

"열 냥의 대가 말인가? 그 말을 곧이곧대로 믿으라는 말은 아니겠지?"

"그냥 믿으시지요."

"그냥 믿어라? 무조건?"

되뇌며 묻는 천수경의 눈이 잘게 흔들렸다. 마치 오래전의 어떤 일이 생각나는 듯이.

"저는 대가를 받기로 했고, 그만큼의 일을 해주기로 했습니다. 그럼 된 것 아니겠습니까?"

"그렇지, 그럼 된 거지. 허허허허. 거참, 간단하구만. 하지만 그래도 열 냥은 너무 적어."

"장안은 처음입니다. 며칠이 될지 몇 달이 될지는 몰라도, 그동안 머물면서 돈까지 받게 되었으니 저로서도 손해날 것이 없지요. 더 주고 싶다면 그것도 마다하지 않겠습니다만……."

"글쎄, 생각 같아선 더 주고 싶은데 당장은 힘들 것 같네. 자네도 보았다시피 재정이 엉망이거든."

채 총관까지 내보내 놓고도 엉뚱한 말만 나누는 두 사람을 보고는, 천소령이 새침한 표정으로 끼어들었다.

"할아버지가 전 공자에게 돈을 더 주려 한 걸 안다면 아마 채 총관이 잔소리깨나 늘어놓을걸요?"

"허허허, 하긴……. 그럼 어쩔 수 없지. 그냥 열 냥으로 하세."

"대신 조건이 있습니다."

갑자기 조건이라는 말이 떨어지자 천수경과 천소령이 동시에 전무심을 바라보았다.

"조건? 어디 말해보게나."

전무심이 말했다.

"장원 어디든 마음대로 돌아다닐 수 있게 해주시지요."

어차피 보표를 하려면 어디든 마음대로 다닐 수 있어야 할 터였다. 그러니 조건이라 할 수도 없었다.

그런데도 잠시 시간을 두고 대답하는 천수경이다.

"그렇게 하게나."

더구나 천수경의 대답에 천소령은 놀란 눈을 크게 뜨기까지 했다.

"할아버지……."

천수경이 조용히 웃으며 고개를 저었다.

"이제 와서 보여주지 못할 곳이 어디 있겠느냐? 언제 남에게 빼앗길지도 모르는 상황인데."

담담한 목소리에는 왠지 모를 처연함이 담겨 있었다.

천소령이 고개를 푹 숙이며 말했다.

"죄송해요. 제가 좀 더 잘했으면 이렇게까지는 되지 않았을 텐데……."

"네 잘못은 없단다. 모두가 이 할아비의 고집 때문에 생긴 일이야. 오히려 내가 너에게 미안할 뿐이구나."

"할아버지……."

그때 조용히 두 조손의 말을 듣고 있던 전무심이 툭 던지듯이 말했다.

"제가 공연히 일을 키우지나 않았는지 모르겠군요. 비천산장이 가만있지 않을 텐데 말입니다."

천수경이 눈을 들어 전무심을 응시했다. 편안한 눈빛이었다.

"어차피 자네가 아니었으면 오늘 당장 더러운 꼴을 당했을 것이네. 그러니 자네가 잘못한 것은 아무것도 없네."

천소령도 소매로 눈가를 찍으며 말했다.

"아무리 화가 나도 이청한은 쉽게 움직이지 않을 거예요. 그는 완벽한 기회가 아니면 움직이는 않는 사람이니까요. 설령 자식이 당했다고 해도 마찬가지예요. 그는 종남의 제자들이 있는 것만으로도 당분간은 지켜볼 사람이에요."

그래서 종남의 제자들을 부른 것이기도 했다.

어쩌면 그는 종남에 직접 손을 쓰려 할 것이다. 그것이 종남과의 마찰을 피할 수 있는 최선의 방법이란 것을 모를 그가 아니니까.

천소령이 그걸 알고도 종남에 도움을 요청한 것은 그동안이나마 시간을 벌 수 있기 때문이지, 종남이 자신들의 영원한 방벽이 될 거라 생각했기 때문이 아니었다.

"그리고 아마 그는 전 공자에 대해서 알려고 혈안이 될 거예요. 그에게는 강호의 친구들이 많거든요."

그럼 그만큼의 시간이 더 늦추어질 수 있었다. 그것이 바로 그녀가 전무심이 한 일에 대해 아무런 탓도 하지 않는 이유 중 하나였다. 물론 더 큰 이유는 따로 있었지만.

천소령의 말에 전무심이 차갑게 말했다.

"그는 결코 나에 대해서 아무것도 알아낼 수 없을 겁니다."

그 말이 사실이라면 당분간 이청한은 걱정하지 않아도 되었다.

마음이 조금은 가벼워진 듯 천소령이 가볍게 웃었다. 통통한 두 볼에 보조개가 깊게 파였다.

"훗, 마치 전 공자님이 하늘에서 뚝 떨어진 것처럼 말씀하시는군요."

전무심은 그 말에 고개를 돌렸다.

반쯤 열린 창문 너머로 커다란 은행나무가 반쯤 보였다.

"아버지가 살던 곳에는 커다란 은행나무가 있단다. 장원의 어디에서든 보였는데, 처음에 그곳에 터를 잡은 선조께서 심은 나무라고 하더구나. 우리 옥아에게도 보여주고 싶었는데……."

'그래 놓고 왜 그리 일찍 돌아가셨습니까?

자신도 모르게 전무심의 입에서 음울한 목소리가 나지막이 흘러나왔다.

"어쩌면…… 그럴지도 모르지요."

그 목소리에 천소령은 몸을 부르르 떨었다.

듣는 것만으로도 눈가가 시큰해진다.

'대체 저분의 가슴에 무슨 사연이 있는 걸까?

마침 천수경이 입을 열지 않았다면 그 사연을 물어봤을지도 몰랐다.

"령아야, 전 공자 일행이 쉴 곳을 안내해 주거라. 나머지 이야기는 나중에 나누자꾸나. 할아비도 좀 쉬어야겠다. 으음……."

"어머, 제가 깜박했네요. 너무 오래 앉아 계셨는데."

천소령은 황급히 천수경의 어깨를 쥐고 눕기 좋게 받쳐 주었다.

그러고는 뭉친 이불을 펴서 천수경의 몸을 덮었다.

그제야 전무심은 이불 밖으로 드러난 천수경의 두 발이 가늘게 떨리고 있는 것을 볼 수 있었다.

이제 보니 유장산에게 보였던 위엄(威嚴)은 모두가 허세였다.

어깨에, 허리에 힘을 준 것도 다리의 떨림을 감추기 위해서였던 것이다.

천수경은 유장산의 눈을 속이기 위해 다리가 떨릴 정도의 고통을 감내하고 있었던 것이다.

거기다 태연한 표정을 짓기 위해 또 얼마나 힘들었을까.

젠장! 멍청한 양반!

천소령이 일어서는데도 전무심의 눈은 천수경의 감긴 눈에서 떨어지지를 않았다.

"가요. 제가 안내해 드릴게요."

천소령을 따라 천천히 몸을 돌리는 전무심의 턱에 힘이 들어갔다.

'저 정도였다니. 멍청한……! 진작 알았어야 했는데…….'

충분히 알 수 있었어야 했다. 그런데 그러지를 못했다.

치밀어 오르는 격정을 감추느라 모든 심력을 쏟았기 때문이란 것은 핑계일 뿐이었다.

그보다는 가슴 깊은 곳에서 피어오르는 분노 때문에, 본능의 의지가 천수경의 고통을 외면했던 것인지도 몰랐다.

아니라면 한마디라도 어디가 어떻게 아픈지 물어봤어야 하지 않았는가 말이다.

터벅, 터벅.

전무심이 무거운 걸음으로 방을 나가자, 천수경의 눈이 슬며시 뜨였다.

그리고 얼마나 지났을까, 그의 입에서 나직한 중얼거림이
새어 나왔다.

"어쩌면 그렇게 명아하고 눈매가 비슷할꼬. 명아의 아이가
살아 있으면 저만한 나이가 되었을 텐데……. 살아나 있는
지……."

문득 눈물 한 방울이 눈꼬리를 타고 흘러내리더니, 깊은 주
름의 골을 타고 귓바퀴에 가득 고였다.

회한의 눈물이었다.

'저승에 가면 어떻게 얼굴을 들고 너를 볼지…….'

툭, 툭, 귓바퀴에서 넘친 눈물이 베개를 적셨다.

이제는 늙어버린 그의 가슴도 축축이 젖어들었다.

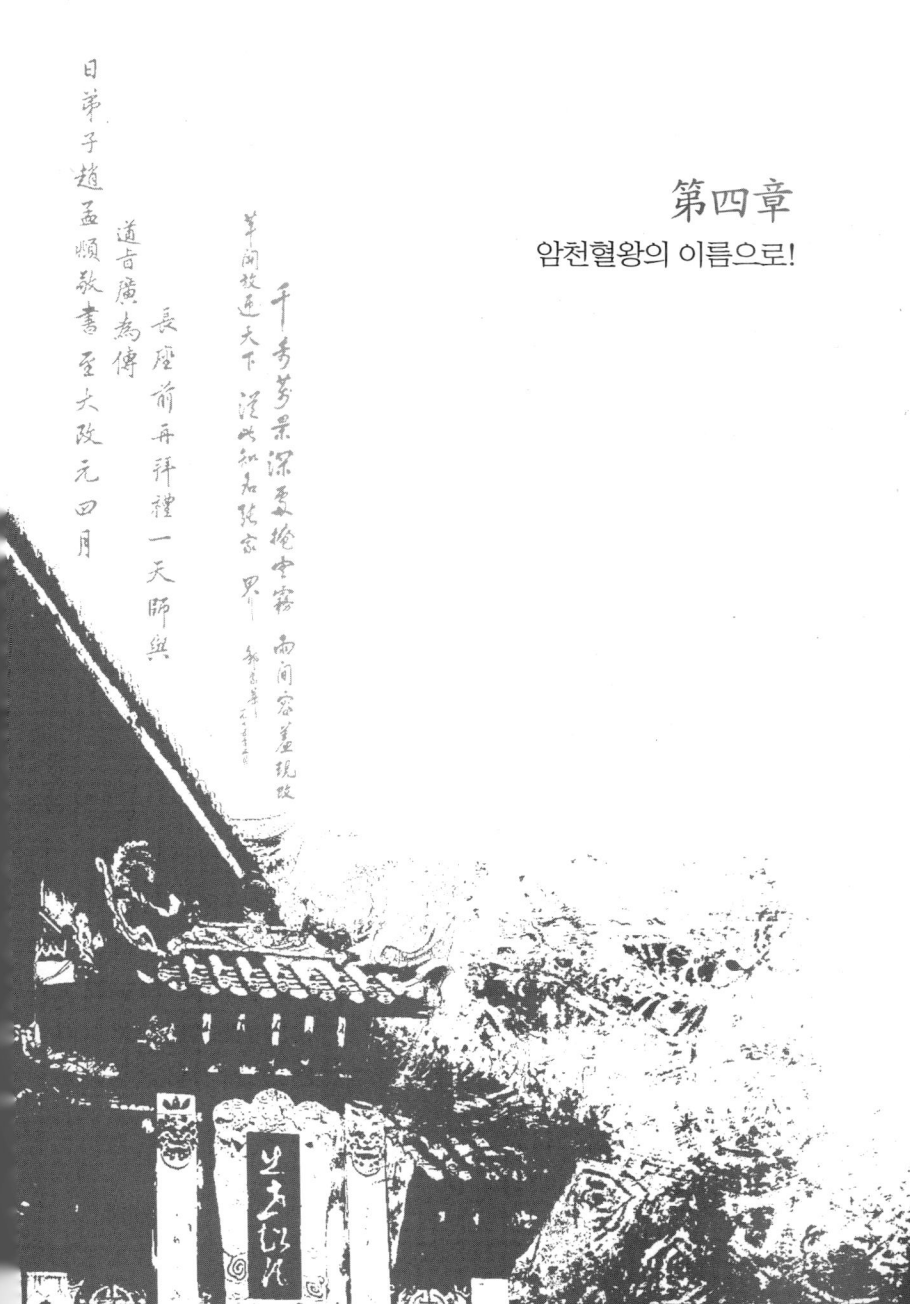

第四章
암천혈왕의 이름으로!

死星
天血

1

와장창!

송대의 도자기가 아름드리 나무 기둥에 부딪쳐 산산이 부서졌다.

"뭐라고! 수인이가 팔다리가 부러져? 그걸 말이라고 하나!"

유장산은 고개를 숙인 채 조용히 상황을 설명했다.

그는 알고 있었다.

비록 지금은 발정 난 멧돼지처럼 설치지만, 조금만 지나면 언제 그랬냐는 듯 곰처럼 웅크릴 사람이 바로 비천검 이청한이라는 것을.

쾅!

손바닥으로 탁자를 내려친 이청한이 고개를 내밀며 소리

쳤다.

"그래서! 자네는 보고만 있었단 말인가!"

"저와 소형이 동시에 당했습니다. 정신을 차렸을 때는 이미 이 공자의 팔이 놈에게 잡혀 있었지요. 만일 저희들이 덤비면 놈이 이 공자께 무슨 일을 벌일지 모르는 상황이었습니다, 장주."

벌떡 일어선 이청한이 주위를 서성거렸다. 유장산은 속으로 숫자를 세었다.

'하나, 둘, 셋……'

열쯤 세었을 때였다.

이청한이 털썩 호피가 깔린 의자에 몸을 던졌다.

"제기랄! 어떤 놈인데 감히 장안에서 내 아들의 팔을 꺾는단 말인가?"

'후우, 이제 가라앉았군.'

내심 안도의 숨을 몰아쉰 유장산은 분노의 표정을 드러내며 입을 열었다.

"일단 사람들을 보내 놈에 대한 조사를 시작했습니다. 곧 놈이 누군지 밝혀질 것입니다."

그에게 엄청난 배후가 있으면 얼마나 좋을까. 놈이 우내오존(宇內五尊)이나 구마(九魔)의 제자쯤 되면 이청한도 함부로 움직이지 않을 텐데.

아니면 아예 삼성(三聖)이나 칠마존(七魔尊)의 제자든지. 그럼 아예 포기할 테니까.

유정산은 온갖 생각을 하며 전무심이 천하제일고수의 제자이기만을 바랐다.

그때 이청한이 뱀처럼 세모꼴 눈을 만들며 유장산에게 말했다.

"곧 천왕교에서 사자가 올 것이네. 그때까지는 무슨 일이 있더라도 천가장을 매입해야 돼. 그 정도는 되어야 천왕교를 만족시킬 수가 있으니까 말이야. 그래야 우리 비천산장이 장안을 넘어서서 천하로 나아갈 수가 있단 말일세!"

유장산이 고개를 끄덕였다.

이청한이 천가장을 차지하려는 것은 장원이 욕심나서이기도 하지만, 단순히 그 이유 때문만은 아니었다.

천왕교!

봉인의 벽을 허물고 이백수십 년 만에 세상으로 나오려는 그들을 끌어들이기 위해서였다.

단일 세력으로 천하제일의 힘을 가진 천왕교와 손을 잡을 수 있다면 어느 곳도 두려울 것이 없었다.

어쩌면 몇 년 지나지 않아 오대세가와 어깨를 나란히 할 수 있을지도 몰랐다.

장안의 상권이 모조리 그들의 수중에 들어오는 거야 당연한 일. 천하제일의 부자도 막연한 꿈이 아니었다.

그러한 기회가 눈앞에 있거늘, 늙은 고집쟁이 때문에 기회를 차버릴 수는 없는 것이다.

"무슨 수를 써서라도 천가장을 차지해야 해! 알았나!"

광기에 가까운 집착이었다.

유장산은 이청한의 번들거리는 눈을 바라보며 알 수 없는 불안감에 사로잡혔다. 그 불안감의 끝에는 그가 있었다. 천가장에서 만난 흑의청년이.

"그러지 마시고, 차라리 그들이 직접 천가장을 택하게 하는 것이 어떻겠습니까?"

"그들이 직접?"

"저와 소당주가 손도 써보지 못하고 당했습니다. 나중을 위해서라도 쓸데없이 그자를 상대하면서 힘을 뺄 필요는 없지 않겠습니까?"

달아올랐던 이청한의 열기가 완전히 가라앉았다. 유장산의 말이 틀리지 않은 것이다.

비천산장에 유장산보다 강한 고수가 없는 것은 아니지만, 짧은 시간 안에 유장산과 소명학을 이길 수 있는 사람은 세 명에 불과했다. 자신의 수신호위라 할 수 있는 두 사람과 바로 자신.

그나마도 십여 초 이상 손을 써야 이길 수 있을 터였다.

하지만 정체도 확실하지 않은 놈 하나 잡자고 모험하기는 싫었다.

그렇다고 수백 명을 동원해서 천가장을 뒤집을 수도 없는 일이었다. 그리할 거였다면 지금까지 기다릴 필요도, 복잡한 계책을 쓸 필요도 없었다. 몇 년 전에도 그럴 힘은 충분히 있었으니까.

그럴 수 있는 힘이 있는데도 그가 그리하지 않은 이유는 단하나. 천가장의 명망과 전통, 바로 그것을 온전히 자신의 것으로 하고자 함이었다.

그래야만이 종남이든 화산이든, 누구든 정파라는 작자들이 자신을 함부로 건들지 못할 것이 아닌가 말이다.

"그들이 언제 온다고 했지?"

이청한이 결심을 굳힌 듯하자 가슴을 쓸어내리며 유장산이 대답했다.

"보름 정도 남았습니다."

2

전무심 등에게는 외따로 떨어진 한 채의 별원이 주어졌다.

의외라면 의외였다. 아무리 장원의 넓이에 비해 사람이 적다지만, 그렇다고 일개 보표에게 별원이 거처로 주어진다는 것은 분명 정상적인 일이 아니었다.

"부담 가지실 필요 없어요. 어차피 오랫동안 비어 있던 곳이니까요."

아무리 그렇기로서니 방이 열 개에 정원까지 따로 딸려 있는, 천 평도 넘을 것 같은 별원은 과한 느낌이었다.

하지만 이어진 천소령의 말에 전무심은 거부하지 않고 그곳에 묵기로 했다.

"오래전에 떠나가신 백부님이 혼인하시기 전까지 지내시던

곳이래요. 그동안 꾸준히 관리를 해왔으니 지내시는 데 그리
불편하지는 않을 거예요."

가슴 높이의 창문을 열자 저만치 서 있는 커다란 은행나무
가 한눈에 들어왔다.

황금빛 부서진 햇살이 누렇게 내려앉은 은행나무는 세월의
무게만큼이나 고요히 세상을 굽어보고 있었다.

전무심은 은행나무를 바라보며 천천히 창틀에 쌓인 먼지를
손가락으로 쓸었다.

창틀을 쓸어가는 손길에 누군가의 오래전 흔적이 묻어나는
것만 같았다.

'이곳이 백부님이 쓰던 방이라고 했던가?'

유복 노인에게 듣기로 천수경에게는 외아들만이 있었을 뿐
이라고 했다.

천유명. 바로 자신의 아버지와 같은 이름을 가진 아들 말이
다.

한데 천소령은 분명 백부님이라 하지 않았던가. 그렇다면
그녀는 누구의 딸인 걸까?

숨겨놓은 아들이 또 있었나?

문득 웃음이 나왔다.

'훗, 천소령이 누구의 딸이면 어떻다고…….'

아버지가 천가장의 아들일지 모른다는 것도 장안에 와서야
알았다. 그것도 두어 시진 전에.

그런데 이제는 천가장의 가족사에 대해 고민하고 있다. 이 얼마나 우스운 일이란 말인가.

"전 공자, 들어가도 되겠습니까?"

밖에서 궁사한의 목소리가 들려오지 않았다면, 어쩌면 크게 웃었을지도 몰랐다.

"들어오시오."

안으로 들어서는 궁사한의 표정은 잔뜩 굳어 있었다. 그는 전무심을 똑바로 보며 걸어오더니 일 장 정도의 거리가 되자 걸음을 멈췄다.

"무슨 일이오?"

전무심이 묻는데도 궁사한은 잠시 더 묵묵히 서 있었다. 그 러다 갑자기 말문을 열었다.

"사매를 어떻게 하실 생각입니까?"

생각지도 못했던 질문에 전무심의 표정이 굳어졌다.

"그녀에게는 그녀의 삶이 있소. 내가 어떻게 상관할 수 있는 일이 아니오."

궁사한은 내심 기대했던 말이 나오지 않자 약간은 실망했지 만, 한편으로는 전무심의 무책임한 말에 기분이 묘해졌다.

"사매는 전 공자를 좋아하고 있습니다. 설마 그것조차 모르 시고 계셨던 것은 아니겠지요?"

전무심은 굳은 표정으로 밖을 향해 눈길을 돌리며 고개를 끄덕였다. 뭔가 확실한 말을 해줄 필요가 있을 것 같았다.

"내 가슴에는 빈 자리가 없소. 소 낭자에게는 미안한 말입니다만, 그것이 현재의 내 마음이오. 그러니 그 말은 더 이상 하지 않았으면 싶소."

궁사한은 조용히 전무심의 옆모습을 지켜보고는 고개를 한 번 무겁게 끄덕이고 돌아섰다.

"사매의 마음에 상처가 나지 않았으면 좋겠습니다. 겉으로 보이는 것보다 강한 마음을 지니고 있긴 합니다만……."

돌아선 궁사한은 차마 말을 더 잇지 못하고 입술을 지그시 깨물었다.

"이만 물러가겠습니다. 편히 쉬십시오."

그때 나가려는 궁사한의 발걸음을 전무심이 붙잡았다.

"궁 형, 소 낭자를 좋아하지요?"

멈칫한 궁사한이 씁쓸한 어조로 대답했다.

"전 공자께선 가슴에 사매가 들어갈 빈자리가 없다 하셨지요? 사매의 마음에는 제가 들어갈 공간이 없습니다."

전무심은 물끄러미 어깨가 처진 궁사한의 뒷모습을 바라보았다.

더 이상 말이 없자 걸어나가는 그의 뒷모습을 막 지기 시작한 황혼이 비쳐 주고 있었다.

'황혼은 다음날을 기약하는 또 다른 약속. 소 낭자는 궁 형에게 돌아가게 될 것이오. 어떤 식으로든.'

천소령의 말 대로였다.

다음날 정오가 넘었는데도 비천산장에선 아무런 움직임도

없었다. 심지어는 항의하려는 사람조차도 오지 않았다. 그러다 보니 답답하고 불안한 것은 천가장의 사람들이었다.

만일 그걸 노리고 기다리는 자라면 참으로 교활하면서도 신중한 자였다.

그렇다고 해서 전무심마저 한가한 것은 아니었다.

궁사한과 소미하란은 수련을 하느라 방을 나서지 않았고, 전무심은 천소령의 안내로 장원을 둘러보느라 반나절을 다 보내고 있었다.

가을 길을 걷는 흑의청년과 백의궁장여인.

가끔씩 지나가던 가솔들이 부럽고 황홀한 눈으로 두 사람을 바라보고 수군거렸다.

"어머, 우리 아가씨, 오늘따라 정말 예쁘네."

"옆에 청년이 어제 이가를 혼내주었다는 그 청년인가 봐."

"정말 잘 어울리는데?"

"그러게, 원앙이 따로 없네."

그 바람에 천소령의 붉게 달아오른 얼굴은 내내 가라앉을 줄을 몰랐다.

천둥처럼 귀청을 울리는 심장의 박동 소리가 행여나 옆에도 들릴까 봐 그녀는 안절부절못한 채 전무심의 옆모습만 흘끔거렸다. 다행히 표정에 별다른 변화를 보이지 않는 걸로 봐서는 듣지 못한 듯했다.

한편으로는 그것이 조금 야속하다는 생각이 드는 그녀였다.

'치이, 무안하게. 눈이라도 좀 돌리지.'

그럼에도 그녀의 입가에 맺힌 분홍빛 미소는 여전했다.

처음 있는 일이었다.

철이 들고 여인의 성징이 확연히 두드러진 열여덟부터 장원의 일에 끼어들었다. 또래의 여인들이 사랑의 열병에 한 번쯤 시달리고도 남았을 나이에 자신은 오직 천가장을 지키기 위해 서류를 친구 삼아야 했다.

그녀가 총명한 탓도 있었지만, 천수경이 그 즈음부터 하반신이 마비되는 원인 미상의 병을 앓기 시작했기 때문이었다.

워낙 바깥출입을 하지 않는 자신을 두고 한때는 수십 가지의 뜬소문들이 장안 바닥을 휩쓸기도 했다. 개중에는 천수경이 몰래 사생아를 키우고 있다는 둥, 그게 아니라 병을 고치기 위해 어린 창기를 소실로 맞았다는 둥, 별의별 소문이 다 돌았다.

하지만 그녀는 고개 한 번 돌리지 않고 천가장을 일으키는 것에만 모든 신경을 집중했다. 밤에는 몰래 눈물을 짓다가도 아침이 되면 이를 악물고 다시 일에 매달렸다.

어제까지만 해도 그랬다.

그녀는 항상 같은 다짐을 하며 잠자리에 들고, 똑같은 태양을 마주 보며 일어나고, 일어나면 한 잔의 차를 마시며 전날 들어온 서류를 검토하는 걸로 하루를 시작했다.

그러나 오늘의 그녀는 어제까지의 은향선자 천소령이 아니었다.

평소와 다르게 서둘러 일어난 그녀는 세안을 하자마자 시비인 소향을 재촉해 다섯 벌의 옷을 번갈아 입어봤다. 그리고 들뜬 얼굴로 동경을 바라보고는 생전 묻지 않던 질문을 소향에게 해댔다.

"소향아, 뒷머리 괜찮아?"

"소향아, 분이 너무 진하게 칠해진 거 아닐까?"

"소향아, 옷 색깔이 너무 화려해 보이지는 않을까?"

그러고는 미처 소향이 입을 열기도 전에 그녀는 방을 나섰다.

"아가씨! 식사 안 하실 거예요?"

만일 소향이 소리치지 않았다면, 아마 밥도 먹지 않고 전무심의 방으로 쳐들어갔을지도 몰랐다.

결국 그녀는 젓가락을 깨작거리고는 반 각도 지나지 않아 전무심을 찾아갔다.

그리고 장원을 안내해 준다는 명목으로 함께 돌아다녔다. 그렇게 두 시진째, 천소령의 가슴에는 그녀 자신도 모르게 사랑이라는 꽃이 싹을 틔우기 시작했다.

하얀 새털구름 사이로 내비치는 햇살도, 적당히 불어오는 산들바람도 모두가 그녀를 축복해 주는 듯했다.

정원에 만발한 꽃들도 그녀를 위해 은은한 향기를 뿜어냈다.

한데 복이 지나치면 마가 낀다더니, 모두가 그녀의 행복을 축복해 주는 것만은 아니었다.

한 시진 전부터 두 사람의 주위를 어슬렁거리며 맴도는 사람이 있었다.

그는 동에 번쩍, 서에 번쩍. 담장에 올라가서, 나무 위에 올라가서, 때로는 지붕 위에 올라가서 두 사람이 함께 다니는 모습을 내려다보곤 했다.

종남의 진성자였다.

"도장님! 뭐 하시는 거예요?"

천소령이 아미를 찡그리며 소리쳐 봤지만, 진성자는 먼 산을 바라보며 엉뚱한 소리만 해댔다.

"우와! 여기서도 종남이 보이네?"

천소령은 어이없는 표정으로 지붕 위의 진성자를 바라보고는 결국 피식 웃으며 발걸음을 돌렸다.

"다른 곳으로 가요."

그때 전무심의 눈이 어느 한 곳을 향했다.

"저기는 어딥니까?"

천소령이 전무심의 눈길을 따라 고개를 돌리더니 그늘진 얼굴로 대답했다.

"백부님과 백모님이 사셨다는 후원이에요."

전무심의 눈이 가늘게 좁혀졌다.

"저리 가봅시다."

"저…… 그게……."

천소령은 잠시 멈칫하더니 천천히 고개를 끄덕였다.

이미 천수경에게서 어느 곳이든 다 갈 수 있다는 허락이 떨어진 터였다. 비록 금지처럼 여겨져 온 곳이었지만, 굳이 들어가 보지 못할 것도 없었다.

문득 그녀의 입가에 짓궂은 미소가 떠올랐다.

그녀는 지붕 위를 향해 큰소리로 말했다.

"도장님! 저곳은 허락받은 사람 외에는 출입 금지예요. 그러니 도장님은 들어오시면 안 돼요!"

그러고는 돌아서며 한마디 덧붙였다.

"만일 들어오시면 전 공자님께 혼내주라고 할 테니 알아서 하세요."

순간 지붕 위에서 먼 산을 바라보고 있던 진성자가 흠칫 균형을 잃고 흔들렸다.

후원은 삼면을 두른 세 채의 건물과 작은 인공 호수를 낀 정원으로 이루어져 있었다. 전무심이 머물고 있는 별원보다 두 배는 넓어 보였다.

한데 지금도 사람이 살고 있는 것처럼 깨끗하게 정리되어 있었다. 바깥쪽과는 달리 잘 다듬어진 정원수, 거미줄 하나 보이지 않는 건물의 회랑. 결코 비어 있는 곳 같지 않아 보였다.

천소령이 의아하게 생각하는 전무심의 표정을 보고는 빙그레 웃으며 의문을 풀어주었다.

"유씨 아저씨라고, 백부님이 어리셨을 때부터 주인처럼 극진히 모셨던 분이 있어요. 지금도 그분이 이곳을 관리하고 있어요."

언뜻 회랑의 끝에서 몸을 돌리는 노인의 뒷모습이 보인다. 그가 바로 천소령이 말한 유씨 아저씨인 듯했다.

아마도 떠나간 주인을 잊지 못하고 계속 청소를 해온 것 같았다. 하나 천수경의 허락이 없었다면 불가능한 일.

전무심의 눈초리가 보일 듯 말듯 가늘게 떨렸다.

이곳을 떠나지 않았다면 그렇게 쓸쓸히 돌아가시지도 않았을 것이거늘…….

그때 천소령이 손을 들어 전면의 방문을 가리켰다.

"저 방이 백부님과 백모님의 방이에요."

전무심은 마음을 가라앉히고 천소령이 가리킨 방으로 다가가 방문을 열어보았다.

순간! 전무심의 몸이 굳어졌다.

문을 열자 정면의 벽에 걸린 그림 하나가 보인 것이다. 한 사람의 전면을 실제 크기로 그린 초상화가.

초상화 속에서 환한 얼굴로 웃고 있는 임풍옥수(臨風玉樹)의 청년. 그를 바라보는 전무심의 입술이 떨렸다.

'아버지!'

그랬다. 그 그림의 주인은 천유명! 아버지였다!

어릴 적의 흐릿한 기억만이 남아 있을 뿐이지만, 비록 그때의 초라하던 모습과 많이 달라 보였지만, 전무심은 그림 속의 인물이 아버지라는 것을 보는 순간 알 수 있었다.

하하하! 우리 옥아가 왔구나!

'예, 아버지. 접니다. 제가 왔습니다.'

많이 컸구나. 이제 나보다 더 크겠는걸?

'죄송합니다, 아버지. 아직 할 일이 있어서 제가 아버지의 아들이라는 것을 말하지 않았습니다. 그리고 당분간 의부의 성을 따르기로 했습니다. 이해해 주실 수 있죠?

그럼! 당신의 죽음으로 너를 구하신 분이 아니더냐. 은혜를 잊어서는 절대 안 되지, 아암!

그것은 하나로 연결된 운명의 부름이었다.

누구도 알 수 없는, 오직 두 사람만이 느낄 수 있는 그런 영혼의 소리로 말이다.

북받치는 가슴속의 외침을 참으려니 심장이 찢어지는 듯했다. 터져 나오려는 울부짖음을 짓누르려니 숨조차 쉴 수가 없었다.

질끈 눈을 감은 전무심은 길게, 무척이나 길게 숨을 들이쉬었다. 그러고는 폐부가 터지기 직전이 되어서야 천천히 숨을 내쉬었다.

얼마나 지났을까. 눈을 반쯤 뜬 전무심이 앞을 바라보며 나직이 물었다.

"초상화는 저것밖에 없소?"

뒤에 서 있던 천소령은 미처 전무심의 표정을 볼 수가 없었다. 그 바람에 그의 목소리가 젖어 있다는 것도 느끼지 못한 채 활달하게 대답했다.

"예, 다른 것은 보지 못했어요."

전무심의 얼굴에 그늘이 졌다. 혹시나 했는데 어머니의 초상화는 없는 듯하지 않은가.

그때 뒤쪽에서 진성자의 목소리가 들려왔다.

"흠, 저 사람이 장안삼수(長安三秀) 중 한 사람이었던 장안옥수 천유명인가 보군."

"도장님! 들어오시면 안 된다고 했잖아요?"

천소령이 담장 위를 향해 빽 소리 지르자, 담장 위에 앉아 있던 진성자가 금방 하품이라도 하려는 표정으로 중얼거렸다.

"내가 언제 안으로 들어갔나? 담 위에만 올라갔지. 감탄고토(甘呑苦吐)라… 언제는 백 년 전에 돌아가신 조상님이 살아 돌아온 것처럼 반기더니. 에휴……."

단 하루 만에 찬밥 신세가 된 자신의 신세를 한탄하는 듯한 목소리다.

그 말에 천소령의 얼굴이 살짝 붉어졌다.

사실이 그러하니 입이 열 개라도 할 말이 없었다. 공연히 미안한 마음에 천소령의 목소리가 누그러졌다.

"죄송해요. 그런 뜻으로 말한 것은 아니었는데……."

"뭐, 그렇다고 여도우가 그렇게까지 미안해할 필요는 없네. 우리보다 저 젊은 도우가 천가장에 더 도움이 된 것은 분명하니까."

진성자는 말을 하면서 전무심의 등을 흘겨봤다.

그러자 전무심이 돌아서며 말했다.

"때로는 명분에 얽매이지 않고 움직여야 할 때가 있소. 천가장을 위해 힘쓰는 것은 같지만, 내가 할 수 있는 일과 종남이

할 수 있는 일은 분명 다르오. 그러니 굳이 마음 쓰지 말고 종남은 종남대로 할 일을 하시오."

만사태평하게만 보이던 진성자의 표정이 굳어졌다.

명분에 얽매여 움직여야 할 때 움직이지 못하는 자신이 답답한 그였다. 그러니 전무심의 말에 그는 속이 쓰리지 않을 수 없었다. 꼭 자신의 마음을 훔쳐본 것만 같지 않은가 말이다.

"큼. 뭐, 그렇게 하지."

콧소리를 내며 가볍게 답한 진성자는 전무심이 입구 쪽으로 걸음을 옮기자 다급히 물었다.

"이보게! 함께 지내려면 이름 정도는 알아야 하지 않겠는가?"

전무심은 그대로 걸음을 옮기며 답했다.

"전무심이라 하오."

유씨 노인, 유종원은 전각의 뒤쪽에서 후원을 나가는 세 사람의 등을 바라보았다.

자신이 이곳의 청소와 관리를 자청해서 맡은 지 이십수 년. 그동안 이곳에 들어온 손님은 장주의 가족 외에는 없었다 해도 과언이 아니었다.

한데 오늘은 외인이 두 사람이나 방문했다. 소장주라 할 수 있는 천소령과 함께.

그는 기분이 그리 좋지 않았지만, 천소령이 함께하고 있어 자리를 피해 버렸다. 그러다 얼핏 방으로 들어가는 한 사람의 옆모습을 보았다.

아마 그때부터였을 것이다. 가슴 한쪽이 꽉 막힌 것처럼 답답해지고 두근거리기 시작한 것은.

'누구지? 저 공자가 누군데 이 늙은이의 가슴이 이리 뛰는 거지?'

자신의 기억이 잘못되지 않았다면 분명 처음 보는 청년이다.

하긴 그래서 더 이상한 일이었다. 처음 보는 청년 때문에 가슴이 뛰다니.

'후우, 나도 이제 늙긴 늙었나 보군. 에잉…….'

한데 그때 문득 돌아설 때 스쳐보았던 키가 큰 청년의 옆얼굴이 떠올랐다.

순간 유종원은 자신도 모르게 몸이 부르르 떨렸다.

'서, 서, 설마……?

3

열흘이 쏜살같이 지났다.

이청한은 여전히 움직일 기미를 보이지 않았다.

하지만 그가 그날의 일을 잊었을 거라 생각하는 사람은 아무도 없었다.

천소령은 별다른 일이 없는데도 하루도 빼놓지 않고 전무심을 찾아와 비천산장의 움직임에 대해 이야기했다. 그녀가 매일같이 다른 옷을 입고 나타나자 진성자는 심심한지 그런 천소령을 자꾸 놀려댔다.

"흠, 오늘은 노란 국화가 피었군. 늦가을 싸늘한 기운이 철철 넘치는 남자 곁에 피어난 국화라… 그거 괜찮구만."

천소령도 며칠을 시달리더니 언제부턴가는 그러려니 하며 흘려들었다.

그렇게 다시 닷새가 더 지나 전무심이 천가장에 들어온 지 보름째 되던 날이었다.

전무심은 그날따라 유난히 가슴이 답답했다. 무슨 일이 벌어질 거라는 예감을 느끼고 자신의 능력에 소름이 돋을 지경이었다.

한데 아니나 다를까, 아침을 먹고 후원으로 가던 그는 걸음을 멈추고 별원으로 돌아가야만 했다.

은은하면서도 강렬한 기운, 익숙한 기운이 느껴지는 것이다.

'누가 왔기에, 왜 여기서 이런 기운이 느껴지는 것이지?'

발걸음을 돌린 그가 별원으로 돌아갈 때였다. 때마침 그를 찾아 나선 궁사한이 그를 보더니 빠르게 다가왔다.

"천 낭자가 급히 찾습니다."

"그들이 왔소?"

전무심에 관한한 더 놀랄 일이 없다고 생각했던 궁사한이 살짝 눈을 치켜떴다.

"예, 한데 정체를 알 수 없는 사람들과 함께 왔다고 합니다."

돌아서던 전무심의 몸이 찰나간 멈칫했다.

"정체를 알 수 없는 사람들?"

그는 그 말을 듣는 순간 천왕교가 떠올랐다. 그리고 천왕교를 떠올리자 어쩌면 자신의 생각이 맞을지 모른다는 생각마저 들었다.

전신에 스멀거리며 느껴지는 기운. 그의 초감각이 그들의 기운을 감지하고 자신에게 속삭이는 것만 같은 것이다.

"그들이 안으로 들어왔소?"

"예, 지금 종남의 사람들이 그들을 막고 있는 것 같습니다."

찾아온 자들은 불과 다섯 명. 다섯 모두가 중년의 나이였는데, 소수인 걸로 봐서 싸우러 온 것 같지는 않았다.

아니나 다를까, 그들은 소란이 일기 전 미리 자신들이 이청한의 뜻을 받들고 온 사자임을 알렸다.

그 소식이 전해지자 채 총관이 직접 마중을 나왔다. 그리고 잠시 후, 문이 열리고 비천산장의 사자들이 들어섰다.

진성자는 그들이 문을 두드릴 때부터 지켜보고 있었다.

그러다 안으로 들어선 그들을 보고 자신도 모르게 핏줄이 도드라지도록 손을 움켜쥐었다.

긴장이 되는 것이다.

비천산장의 표식이나 다름없는, 비(飛) 자가 가슴에 수놓아진 두 명은 그리 신경 쓸 자들이 아니었다. 잘 봐준다 해도 유장산보다 조금 더 강한 정도. 혼자라도 충분히 감당할 수 있을 듯했다.

하지만 나중에 들어서서 조용히 주위를 둘러보는 세 명의 중년인만큼은 그조차도 판단할 수가 없었다.

진성자가 그들을 보고 처음 느낀 것은 여유였다.

누구도 감히 자신들의 앞을 막을 수 없다는 강자의 여유. 아예 적이라는 존재 자체를 느낄 필요가 없다는 듯한 절대의 여유 말이다.

그리고 시간이 지난 후 느낀 것은 강함이었다.

그것은 새로운 충격이었다.

누군가! 저들이 누구이기에 저 정도의 여유를 부린단 말인가!

대체 어디서 온 자들이기에 자신조차 가슴이 답답할 정도로 강한 기운을 뿜어낸단 말인가!

"저희가 가보겠습니다, 사숙."

자신이 그들을 노려만 보고 움직이지 않자 송정이 먼저 나선다.

진성자는 가소롭다는 표정으로 송정을 바라보았다.

"너희들, 그렇게 사는 게 지겨우냐?"

"예?"

"사는 게 지겹지 않다면, 지금 당장 죽으러 나설 필요는 없다."

"……."

송정이 멀뚱히 진성자를 바라보더니, 겨우 말뜻을 깨달은 듯 정문 쪽을 바라보았다.

"정말…… 그 정도로 강한 자들입니까?"

진성자는 차마 하기 싫은 말을 억지로 하는 것처럼 이 사이로 웅얼거리듯이 말했다.

"잘은 모르겠는데, 나도 죽지 않으려면 젖 먹던 힘을 다 쏟아야 할 것 같다."

종남에서 진성자의 실력을 가장 잘 아는 사람은 그의 사부인 현종 진인도, 사형인 진영자도 아니었다. 진성자와 함께 지난 오 년을 함께 지낸 종평당의 제자들이야말로 태평자라 불리는 진성자의 본 실력을 가장 잘 아는 사람들이었다.

셋이 덤비면 어지간한 장로들에게도 지지 않을 자신있는 자기들이거늘, 다섯이 함께 덤벼야 겨우 상대할 수 있는 사람이 진성자인 것이다.

그러기에 그들은 진성자의 말을 듣고 두 발이 굳어버렸다.

그때 비천산장의 호법 두 사람과 함께 온 중년인들이 그들을 향해 시선을 돌렸다.

그제야 진성자가 천천히 그들을 향해 걸음을 옮기기 시작했다.

쏴아아아…….

앞에서 바람이 일더니 먼지구름이 회오리바람에 딸려 올라갔다.

채 총관이 비천산장의 사람들과 함께 걷다 말고 발걸음을 멈췄다.

"나오셨소이까, 도장님?"

그도 무공을 익힌 사람이다. 하기에 다가오는 기운이 심상치 않다는 것쯤은 짐작하기 어렵지 않았다.

한데 왜 저런 반응을 보이는 걸까?

의아해하는 그를 향해 진성자가 무겁게 입을 열었다.

"채 도우, 잠깐 비켜주시겠소?"

채 총관은 흘끔 뒤를 돌아보고는 나직이 말했다.

"싸우려고 온 게 아니라 합니다. 해서 아가씨께서도 일단 모셔오라 하셨습니다."

"알고 있소. 다만 한 가지 알아보고 싶은 게 있어서 그런 것이니 채 도우가 이해해 주시구려."

평소와 다르게 심각한 표정. 무겁게 느껴지는 목소리. 강렬한 눈빛.

채 총관, 채환은 진성자의 고집을 꺾을 수 없다는 것을 직감적으로 느끼고는 마음이 다급해졌다.

그때 옆에서 조용하면서도 힘이 느껴지는 목소리가 들려왔다.

"무슨 일인지는 모르지만, 잠시 이야기를 나누는 것도 그리 나쁘지 않을 것 같군."

진성자의 눈이 천천히 목소리의 주인을 향했다.

입을 연 자는 황의를 입은 자였다. 그는 옆구리에는 폭이 넓은 칼이 한 자루 걸려 있었는데, 아무런 장식도 되지 않아 오히려 강한 느낌이 드는 칼이었다.

"나는 종남의 진성이라 하오."

진성자가 이름을 밝히자, 비천산장의 두 사람 중 뺨에 커다란 점이 하나 박힌 자가 비웃는 표정으로 진성자를 바라보았다.

"호오, 그대가 바로 종남의 골칫거리라는 태평자였군. 종남에 틀어박혀 있어야 할 사람을 밖으로 내보내다니, 종남에 사람이 그렇게 없나?"

그 말에 황의중년인이 냉랭히 말했다.

"그대는 저 사람을 놀릴 자격이 없다."

뺨에 커다란 점이 박힌 자, 구살검 윤지평은 불만 가득한 표정으로 황의중년인을 돌아다보았다.

"말씀이 너무 심하외다. 내가 왜 자격이 없단 말이오?"

"당신은 저 사람의 적수가 아냐."

윤지평의 눈매가 송충이처럼 꿈틀거렸다.

"흥! 나는 믿을 수 없소. 귀하는 저자를 너무 높이 보는구려. 하긴 강호에 대해 잘 모르니……."

하지만 그는 자신의 말을 맺지도 못하고 입을 다물어야만 했다.

황의중년인과 눈이 마주친 순간, 바늘로 뇌리를 후벼파는 느낌에 입이 굳어버린 것이다.

"강호의 무인들이 모두 그대처럼 말만 앞세우는 자가 아니었으면 좋겠군."

게다가 아무런 온기도 느껴지지 않는 목소리는 윤지평의 얼굴마저 하얗게 탈색시켜 버렸다.

그 광경을 지켜보던 진성자가 눈빛을 번뜩였다.

'강호의 무인들' 이라니, 묘한 말투다.

그가 아는 한 누구도 그런 식으로 말하는 자는 없었다. 마치 자신은 강호의 무인이 아니라는 것처럼 들리지 않는가 말이다.

"강호의 사람들이 모두 말만 번드르르한 것은 아니지. 한데 도우는 누구신가? 비천산장의 수하는 아닌 것 같은데……. 강호초출이라기에는 나이가 많고……."

말꼬리를 흐리는 진성자를 보며 황의중년인이 웃는 듯 입꼬리를 말아 올렸다.

"글쎄, 말해줄 수 없어 미안하군."

그 말에 진성자는 두 손을 늘어뜨리며 가볍게 주먹을 말았다 폈다. 긴장감이 조금 늦춰지는 듯하자 그는 다시 걸음을 떼었다.

"알려주지 않겠다면 할 수 없지. 직접 알아보는 수밖에."

순간이었다. 황의중년인 뒤에 말없이 서 있던 두 사람 중 갈의를 입은 자가 한 걸음 나섰다.

"나에게 양보해 주겠나? 종남의 검을 한번 보고 싶군."

황의중년인은 멈칫, 나아가려던 몸을 세우고 천천히 고개를 끄덕였다.

"그러시지요."

진성자의 눈이 갈의인을 향했다.

석 자도 훨씬 넘을 듯한 장검을 옆구리에 꽂고 있는 갈의인이다.

모공을 통해 스며드는 바늘 끝 같은 예기(銳氣). 단 한 걸음 나섰을 뿐인데도 그의 강함이 피부로 느껴진다.

손바닥에서 배여 나온 선혈이 손가락 끝을 타고 뚝뚝 떨어지는 것만 같다.

마치 눈을 감고 칼날 위에 올라선 기분. 목이 타는 듯한 긴장감에 진성자는 검병을 잡았다.

동시에 구름이 흐르듯 옮겨지는 발걸음. 두 사람 사이의 간격이 순식간에 이 장으로 줄어들었다.

찰나였다!

진성자의 검이 모습을 드러내고, 한 줄기 번개가 시퍼런 뇌광을 번쩍이며 앞으로 뻗쳤다.

쩌저적!

일순간 두 사람 사이의 대기가 터져 나가며 기음이 일었다.

한여름에 먹구름이 몰려가듯 갈의인을 덮어 가는 검영(劍影)!

바로 그때였다.

마침내 갈의인의 우수가 움직이더니 뽑힌 줄도 모르게 뽑힌 그의 장검이 호선을 그리며 허공을 난자했다.

갈기갈기 찢어발겨지는 진성자의 검영이 비명을 지르며 허공 속에서 흩어졌다.

그와 함께 거꾸로 자신을 덮쳐 오는 검력의 여파다.

한순간만 방심해도 모든 것이 끝나는 상황. 진성자도 이를 악물고 혼신의 힘으로 유운검법 중의 운무노도(雲霧怒濤), 유운첩첩(流雲疊疊)을 펼쳐 냈다.

일시지간, 구름 같은 검영이 성난 파도처럼 밀려갔다.

콰르르릉!

두 사람 사이에서 낮게 이는 천둥소리!

십여 초가 순식간에 펼쳐지며 검영이 두 사람을 뒤덮었다.

그러던 어느 순간이었다. 희미한 신음 소리와 함께 진성자의 신형이 튕기듯이 밀려났다.

"으음……."

악 다물린 입에서 흘러내리는 한줄기 가느다란 핏줄기. 창백한 안색. 눈을 부릅뜬 진성자는 몸을 곧추세우고서 갈의인을 직시했다.

변함없이 고요한 갈의인의 눈에는 감탄의 빛이 떠올라 있었다.

"종남의 검은 변화무쌍한 반면 강맹함이 떨어진다 들었는데, 다 헛소리였군."

진정한 감탄이었다. 주위의 사람들도 그의 말에 동조하는 듯 놀란 표정으로 고개를 끄덕인다.

그런데도 진성자는 별다른 감흥이 일지 않았다. 여기저기 찢긴 도복이 현 상황을 말해줄 뿐이었다.

비참한 마음.

난생처음으로 비감이 느껴지자 진성자는 검을 잡은 손에 힘을 주었다.

그가 평생 동안 익힌 종남의 검은 단 세 가지. 하지만 누구에게도 마지막 하나의 검만은 보여준 적이 없었다.

심지어 사부에게조차도 보여주지 않았다. 종남의 누구도 모른다는 말이었다.

한데 이제 어쩔 수가 없을 듯했다. 자신의 모든 것을 드러내는 수밖에.

종남을 위해서!

"아직 나에게 하나의 검이 남았소. 종남은 결코 그대 생각만큼 약하지 않소이다."

진성자의 말에 갈의인의 눈이 희열의 기광을 발했다.

"반가운 말이군. 정말 반가운 말이야……."

"그대 역시 최선을 다해야 할 거요."

진성자는 가라앉은 표정으로 천천히 검을 들어 올렸다.

바로 그때였다.

들어 올린 진성자의 검에서 푸르스름한 빛이 뿜어졌다.

주위에서 경악성이 절로 터져 나왔다.

"헉! 검강이다!"

송정을 비롯한 종남의 제자들마저 입을 떡 벌리고 경악으로 눈을 부릅떴다. 그들조차 진성자가 검강지경에 달해 있을 줄은 모르고 있었던 것 같았다.

그러나 진성자는 그들의 반응에 아랑곳하지 않고 모든 내력을 두 손에 집중시켰다.

'현천무상검, 제일초, 현천추양(玄天追陽)!'

검첨에서 일어난 검강이 한 자가량 쭉 뻗었다. 동시에 진성자의 검을 잡은 손이 허공에 그림을 그리듯 자연스럽게 움직였다.

마치 태양을 좇아 어둠을 가르듯이!

그걸 본 갈의인의 표정이 처음으로 굳어졌다.

그는 석 자 다섯 치의 장검을 휘돌려 커다랗게 원을 그리더니, 마지막 정점에 이르자 갑자기 몸을 날렸다.

후우웅!

쭉 뻗은 그의 검에서 바람 소리가 일었다.

시퍼런 바람 소리. 그의 검첨에서 인 바람 소리의 정체 역시 검강이 발현하는 소리였다.

일직선으로 날아간 갈의인은 진성자의 심장을 단숨에 꿰뚫어 버리기라도 할 듯이 연속적으로 삼 검을 내뻗었다.

그러자 진성자의 검도 완만한 변화를 일으켰다.

작은 원이 세 개 그려지더니 뻗어오는 갈의인의 검을 성긴 그물로 감싸듯 휘감았다.

찰나!

쩌저정!

고막을 터뜨릴 듯한 굉음이 연속적으로 일고, 충격을 이기지 못한 두 사람의 몸이 뒤로 튕겨졌다.

"크으음……."

조금 전보다 더 깊은 신음 소리가 진성자의 입에서 흘러나왔다.

갈의인도 일그러진 표정으로 두 걸음을 물러서서 비틀거리는 진성자를 노려보았다.

"종남이라… 미처 몰랐구나. 하지만 더는 안 될 것이다."

그는 늘어뜨린 장검을 들어 올리며 진성자를 향해 검첨을 겨누었다.

순간 그의 검첨에서 또다시 두 자 길이의 검강이 독버섯처럼 자라났다.

그걸 바라보는 진성자의 눈이 굳어졌다.

'저 정도였다니……'

조금도 충격을 받지 않은 모습이다. 그래도 어느 정도는 충격을 주었을 거라 생각했거늘.

그렇다고 그대로 서서 당할 수는 없는 일.

진성자는 마지막 남은 힘을 모조리 끌어올리고서 갈의인이 공격해 오기만을 기다렸다.

'오라! 종남의 검이 얼마나 끈질긴지 보여주마!'

비록 미완이지만 현천무상검의 이초와 삼초가 남았다. 그거라면 최악의 경우는 피해갈 수 있을지도 몰랐다. 그로 인해 몇 년간 내상을 치료해야 할지 모르지만, 그래도 하는 수 없었다.

한데 바로 그때였다.

"더 이상은 용납하지 않겠어요!"

낭랑한 목소리가 두 사람 사이로 끼어들더니 팽팽하게 당겨져 있던 긴장을 단숨에 잘라 버렸다.

천소령의 목소리였다.

진성자는 행여나 천소령이 다칠까 봐 조심스럽게 입을 열었다.

"위험하니 물러서시오, 여도우."

하지만 천소령은 물러설 생각이 전혀 없는 듯 도리어 더욱 큰소리로 말했다.

"흥! 이곳은 천가장이에요. 저의 허락이 없이는 결코 싸울 수 없어요. 두 분 다 내력을 거두세요!"

누구도 그녀의 명령 아닌 명령에 갈의인이 검을 거둘 거라고는 생각하지 않았다.

한데 의외였다. 갈의인이 검강을 거두어들이고는 검마저 내리는 것이 아닌가.

진성자도 그제야 검을 거두고 천천히 뒤로 물러섰다. 눈은 여전히 갈의인을 향한 채였다.

그때 갈의인이 입을 열었다.

"언제고 종남의 검을 다시 봤으면 좋겠군. 그동안 마지막에 펼치려던 그것을 완성해 놓게나."

그 말에 진성자의 눈이 잘게 떨렸다.

갈의인은 자신의 검이 미완이라는 것을 있었다. 마치 눈으로 보기라도 한 듯이.

진성자가 참지 못하고 물었다.

"도우는 누구요?"

갈의인이 희미하게 미소를 지었다.

"내 이름은 간유량이라 하네."

'벽라검(碧羅劍) 간유량. 역시 천왕교였어. 한데 구대호법 중 한 사람이 나서다니. 마침내 천왕대전이 직접 움직인 것인가?'

전무심은 나무에 기대서서 조용히 돌아가는 상황을 지켜보았다.

처음부터 끼어들 수도 있었다. 진성자가 나서지 않았다면 그랬을지도 몰랐다. 저들이 무작정 싸움을 하려 했다면 분명 그랬을 터였다.

그러나 저들이 천왕교의 사람일지 모른다 생각했기에 한 발 물러서서 지켜봤다.

한데 역시 생각대로였다.

천왕교. 마침내 저들이 장안에까지 모습을 보인 것이다.

전무심은 조금 더 상황을 지켜보기로 했다. 얼굴이 익은 자는 없지만, 만에 하나 저들이 자신을 알아볼지도 모르는 일이었다.

그럴 경우 문제가 더욱 복잡해질 것은 자명한 일. 진성자가 나름대로 선전하며 간유량을 막아낸 이상 굳이 서두를 필요는 없었다.

더구나 천소령이 나서면서 간유량조차 검을 집어넣자 달아올랐던 상황이 급격히 식었지 않은가 말이다.

'저들이 왜 이곳에 나타난 걸까?'

일단은 천왕교의 목적을 알고 움직여도 늦지 않을 듯했다.

그래도 갑자기 어떤 일이 벌어질지는 아무도 모르는 일. 전무심은 기대선 나무에서 몸을 떼고 언제라도 천소령이 위험하면 손을 쓸 자세를 취한 채 상황을 주시했다.

그때 윤지평이 다시 앞으로 나섰다.

그는 생각지도 못했던 진성자의 무위에 놀란 듯 얼굴이 딱딱하게 굳어 있었다. 그러나 뒤에 있는 사람들이 누구던가.

그는 곧바로 움츠러든 어깨를 펴고는 목에 힘을 주었다.

"장주께 드릴 말씀이 있소. 안내해 주시겠소?"

하지만 천소령은 단호한 목소리로 그의 의견을 일축했다.

"굳이 안으로 들어가실 필요 없어요. 저에게 찾아오신 목적을 말씀하세요."

강호의 고수를 앞에 두고도 흔들림없는 표정, 힘이 들어간 목소리다.

뜻밖이었는지 한 발 뒤로 처져 있던 황의인이 천소령을 직시한 채 물었다.

"낭자에게 그럴 만한 자격이 있나?"

위압감이 느껴지는 말투였다.

그 말에 천소령이 턱을 치켜들었다.

오면서 나무에 기대서 있는 전무심을 본 터였다. 겁날 것이 없었다.

"저에게 자격이 없다면, 당신들은 이곳에서 누구하고도 이야기할 수 없을 거예요. 그럼 당연히 당신들도 이곳에 있을 이유가 없겠지요."

나에게 말하지 않을 거면 나가라, 그 말이었다.

겉보기와 달리 냉정한 축객령이 그녀의 입에서 떨어지자 한 걸음 뒤로 처져 있던 황의인의 눈초리가 가늘어졌다.

그는 결코 얌전한 사람이 아니었다. 아니, 그에 대해 조금이라도 알고 있는 사람들은 절대 곁에 두려 하지 않을 정도로 가슴에 한 마리 살모사를 품고 있는 자였다.

천왕대전의 십팔마신 중 가장 독랄하다는 독심마수 종추가 바로 그인 것이다.

그러한 그에게 냉랭한 천소령의 말투가 마음에 들 리 없었다.

'감히 계집년 따위가 대천왕교의 사자에게 함부로 주둥이를 놀리다니.'

그는 천소령의 하얀 목살과 도톰한 볼을 훑어보며 독 오른 눈빛을 번뜩였다.

소름 돋는 눈빛, 천소령은 자신도 모르게 두 주먹을 움켜쥐고 눈에 힘을 주었다.

그때 지금껏 있는 듯 없는 듯 맨 뒤에 조용히 서 있던 청의인이 마침내 입을 열었다.

"종추, 그녀에게 우리의 뜻을 전하게나."

순간 살모사 같은 종추가 조금은 불만인 듯 이마를 찌푸리며 입꼬리를 치켜 올렸다.

하지만 명을 내린 사람은 이번 일의 총책임자이자 자신보다도 상위 서열의 장로, 자존심이 상한다 해서 그의 명령을 거역할 수는 없는 일이었다.

종추는 독사대가리처럼 고개를 쳐든 독심을 억지로 누르고는 천소령을 똑바로 바라보며 말을 건넸다.

"우리는 천가장을 매입하고자 한다. 만족할 만한 대가를 치를 것인즉 장주에게 그리 전하도록 해라."

당연히 그리되어야 한다는 식의 말투였다. 따르지 않으면 그만한 대가를 치러야 한다는 은근한 압력이 깃든 목소리였다.

그렇다고 그 말에 기죽을 천소령이 아니었다.

천소령은 어이없는 표정으로 종추를 노려보았다.

"거절하겠다면요?"

종추가 하얗게 웃으며 독사의 혓바닥을 내밀었다.

"그럼 피를 보는 수밖에."

"흥! 쉽지 않을걸요?"

"우리는 비천산장과 다르다. 굳이 남의 눈을 의식할 필요가 없지."

거리낄 게 없다는 말이다. 힘으로 해결하겠다는 뜻이다.

한 걸음 앞으로 나서는 종추의 전신에서 차가운 기운이 스멀거리며 흘러나왔다.

그로 인해 가슴이 답답해지자 천소령은 입술을 잘근 깨물었다.

바로 그때였다.

"남의 집을 강탈하기라도 하겠다는 말이오?"

전무심이 무심히 말하며 천소령의 뒤쪽으로 걸어나왔다.

저들의 목적을 안 이상 시간을 끌 이유가 없었다. 자칫하면 천소령이 다칠지도 모르는 일. 그렇게 되도록 놔둘 수는 없었다.

전무심이 움직이자 궁사한과 소미하란도 긴장한 표정으로 그 뒤를 따랐다.

종추는 다가오는 세 사람을 바라보며 새파란 눈빛을 번뜩였다.

"저들이 이 장주 아들의 팔을 부러뜨렸다는 자들인가 보군. 저들을 믿고 그렇게 건방을 떤 것인가?"

더욱 강해진 기세에 천소령의 안색이 창백하게 굳어졌다.

"천 낭자, 뒤로 물러서시오."

그 말과 동시에 한줄기 기운이 자신을 감싸자, 천소령은 내심 가슴을 쓸어내리며 재빨리 뒤로 물러섰다.

삼 장의 거리, 한줄기 기운을 내쏘아 천소령을 보호한 전무심은 걸음을 멈추고서 종추를 비롯한 다섯 사람을 훑어보았다.

"팔지 않겠다고 하지 않소? 물러가시오."

여전히 무심한 목소리다. 자신들의 무위를 봤으면서 조금도 기가 죽지 않은 표정이다. 게다가 자신의 기운을 해소할 정도의 실력도 지녔다.

그것이 종추의 독심을 더욱 끓게 만들었다.

"건방진 놈!"

말과 동시에 그의 신형이 튕기듯 앞으로 날아갔다.

삼 장의 거리가 단숨에 좁혀지고, 종추의 두 손이 쫙 펼쳐졌다. 일격에 머리를 쥐어 터뜨리겠다는 듯이!

옆에 서 있는 두 놈의 표정이 너무도 태연한 것이 마음에 걸렸지만 종추는 자신이 있었다.

이십대 중반인 놈이 강해봐야 얼마나 강할까.

자신이 누군가! 대천왕교의 십팔마신이 아닌가 말이다!

어느 순간 자신있게 전무심의 머리를 쥐어가는 종추의 손 끝에서 푸르스름한 기운이 뻗쳤다. 그의 성명절기인 청강마수(青罡魔手)가 펼쳐진 것이다.

전무심이 움직인 것은 바로 그때였다.

휘이잉!

무정이 검집째 휘둘러졌다.

너무도 빨라 그림자조차 따라붙지 못하고, 가공할 경력만이 겨우 꼬리를 물고 뒤따른다.

소름이 돋는 느낌에 머리를 쥐어가던 종추가 다급히 손을 꺾었다.

순간,

빡!

단발음과 함께 종추의 몸이 옆으로 튕겨졌다.

일 장을 비켜 날아 겨우 중심을 잡고 내려선 종추의 얼굴이 와락 일그러졌다.

쇠몽둥이조차 우그러뜨리는 자신의 청강마수가 맥없이 밀려났다. 그것도 아무렇게나 휘두른 것 같은 일검에.

게다가 시큰거리는 팔목에서 피어나는 짜릿한 통증!

그의 일그러진 두 눈이 앞을 향했다.

"네놈이……!"

팔목에서 이는 고통조차 끓어오른 분노를 식히지 못했다. 고통을 참고 두 손을 들어 올린 그의 두 눈에선 분노가 활화산처럼 타올랐다.

하지만 전무심은 아랑곳하지 않고 그의 분노가 타오르는 두 눈을 직시한 채 성큼 걸음을 옮겼다.

마음 같아서는 당장 죽이고 싶었다. 그러나 천왕교의 사자를 이곳에서 죽일 수는 없었다. 그것은 천가장을 위험에 빠뜨릴 뿐이다.

그렇다고 그냥 놔둘 수도 없었다.

천가장이 만만치 않다는 것을 적당히 알려야 했다. 그래야 누구든 함부로 수작을 부리지 못할 테고, 그만큼 시간을 벌 수 있을 테니까.

전무심은 작심한 듯 다시 무정을 휘둘렀다. 여전히 검집에 든 상태 그대로.

빡!

조금 전과 똑같은 기음이 울리며 종추가 주춤 뒤로 물러섰다.

전무심이 다시 한 발 다가섰다. 그리고 세 번째로 무정을 휘둘렀다.

후우웅!

눈을 가득 채운 검이 전신을 짓누른다. 두 자 길이의 검이 이 장은 되는 듯하다.

이를 악문 종추는 당황한 표정으로 청강마기를 잔뜩 끌어올린 채 두 팔을 휘둘렀다.

피할 수 있을 것 같았다. 그러나 피하면 어디든 쫓아올 것만 같았다.

상식적으로 도저히 이해할 수 없는 일이다.

사방이 모조리 막혀 버린 것처럼 빠져나갈 곳이 없다.

참으로 답답한 일!

그러나 전무심의 검과 맞선 그의 심정을 아는 사람은 단 한 사람도 없었다.

빡!

"으음……."

끝내 종추의 일그러진 얼굴에서 신음이 흘러나왔다.

전무심의 검과 정면으로 부딪친 왼팔이 덜렁거린다. 청강마수가 깨진 것만으로도 모자라 팔목이 부러진 것이다.

종추는 부러진 팔을 붙잡고 주춤거리며 물러서서 일그러진 눈으로 전무심을 바라보았다.

다행히 전무심은 더 이상 다가오지 않았다.

"네놈은 누구냐?"

그가 악을 쓰듯 물었다.

"내가 누군지, 중요한 것은 그것이 아닌 것 같소만……."

전무심이 답하며 갈의인과 청의인을 쳐다보았다.

그들은 종추를 도와줄 생각이 없는 듯 움직이지 않았다. 그렇다고 해서 겁먹은 표정도 아니었다. 그저 의외라는 표정일 뿐.

"계속하겠다면 굳이 말리지는 않겠소. 하나 더 소란을 피울 이유가 있겠소?"

갈의인이 자신의 검병을 만지작거리며 전무심을 노려보았다. 금방이라도 뛰쳐나갈 것처럼 몸을 웅크린 채.

그러자 청의인이 입을 열었다.

"의외군. 말은 들었지만, 설마하니 종추를 단번에 제압할 정도라니."

"세상에는 의외의 일이 생각보다 많소. 당신들도 곧 알게 되겠지만."

"그런가? 하긴 종남만 해도 생각했던 것보다 강하더군. 그러니 자네의 말도 일리가 있다고 봐야겠지. 좋아, 오늘은 물러가지. 하나 아직 끝난 것은 아니네. 우리는 이곳이 마음에 들거든."

"생각을 바꿔야 될 거요. 그렇지 않으면 후회할 테니까."

청의인의 고요히 가라앉은 눈이 전무심을 응시했다.

"얼마 전에 한 가지 소식이 전해졌지. 본 교의 단주 한 사람이 사천에서 죽었다고 하더군. 한데 그를 죽였을 것으로 생각되는 자의 인상착의를 들어보니 키가 크고, 흑의를 입은 데다 짧은 검을 지니고 있다고 하더군. 어떻게 생각하나?"

"글쎄, 내 손에 죽은 사람이 너무 많아서 누굴 말하는지 잘 모르겠소."

청의인은 탐색하듯이 전무심의 전신을 쓸어보았다.

그의 짐작이 틀리지 않다면, 십중팔구는 눈앞의 청년이 바로 도천기를 죽였을 것으로 예상되는 그 청년이었다. 그런데도 그는 전무심을 범인으로 몰아붙일 수가 없었다.

그것은 그 자신도 모르는 기이한 감정 때문이었다.

적어도 십초를 겨루어야 종추를 이길 수 있는 자신과 비교되는 상황. 어쩌면 두려움 때문일지도 몰랐다.

하지만 그것만큼은 부정하고 싶었다.

'천왕께서도 되도록 조용히 해결하라 하셨으니……'

그는 스스로를 그렇게 다독이고는 자존심을 접고 한 발 물러섰다.

"흠, 그래? 언젠가는 밝혀지겠지."

'오늘만 날이 아니다. 곧 본 교에서 사람들이 더 올 테니 그때 가서 처리해도 늦지 않을 터……'

그는 눈을 돌려 갈의인과 종추를 바라보았다.

"일단 돌아가세."

"고 장로님!"

청의인은 뭣도 모르고 발끈하려는 종추를 지그시 노려보고는 윤지평에게 말했다.

"이제부터 이 일은 우리가 직접 처리할 것이오. 하니 그대들은 더 이상 관여하지 않아도 되오."

진성자에 이어 전무심의 무위를 본 윤지평은 벌써부터 질려 있던 터였다. 자신보다 훨씬 강한 종추를 개 잡듯 때려서 왼팔을 부러뜨리다니. 믿을 수 없지만 눈앞에서 벌어진 현실이 아닌가 말이다.

그는 그저 손을 떼라는 청의인의 말이 고마울 뿐이었다.

"알겠습니다. 장주님께 그리 말씀드리겠습니다."

청의인은 천년거목처럼 우뚝 서 있는 전무심을 보고 미미하게 눈초리를 떨었다.

"다음에 보지."

전무심이 까닥 고개를 끄덕였다.

"좋을 대로."

몰려왔던 자들이 되돌아가자 천가장은 다시 평온한 일상으로 되돌아갔다.

"잘하셨어요."

별원까지 따라온 천소령이 차를 따라주며 상기된 표정으로 말했다.

조금은 의외의 말이었다. 왜 그냥 보냈냐며 한마디 할지도 모른다 생각했다. 그런데 천소령은 그냥 보낸 것을 잘했다고 말한다.

"더 몰아붙였으면 오히려 시끄러워졌을 거예요. 아주 적당한 정도에서 멈추셨어요. 쉽지 않았을 텐데……."

게다가 자신의 생각과 큰 차이가 없다. 역시 여인의 몸으로 그동안 천가장을 이끌어온 것은 우연이 아니었다.

"그들이 다시 올 거요."

"알아요. 하지만 그만큼 시간을 벌었으니 그것만으로도 다행이죠."

전무심은 묵묵히 차를 마시며 한 가지 생각을 굳혔다.

그에게는 할 일이 있었다. 계속 이곳에 머무를 수는 없는 일.

'정리는 확실히 해야겠지.'

4

어둠이 온 세상을 시커멓게 물들인 밤이었다. 한 사람이 조용히 별원을 나섰다.

커다란 키, 어둠보다 더 검은 흑의, 전무심이었다.

그는 별원을 나서자마자 신형을 날려 천가장을 벗어났다.

그리고 이각 뒤, 그는 장안의 동쪽 외곽에 지어진 커다란 장원의 담장을 넘어 안으로 스며들었다.

달조차 뜨지 않은 밤. 비밀리에 어떤 일을 하기에는 최적의 상황이었다.

조삼은 달도 없는 밤이 정말로 싫었다.

금방 비라도 쏟아질 것 같이 음침한 밤. 하늘에 총총히 떠 있는 별이라도 볼 수 있으면 덜하련만, 아무것도 보이지 않는 하늘을 바라보면 시간이 흐르는 것 같지가 않았다. 그저 지겨울 뿐이었다.

"물어볼 것이 있다."

갑자기 뒤에서 들리는 목소리에 짜증이 난 것도 어쩌면 그래서였다.

"잠이나 자지, 뭘 물어보겠다고……."

나중에서야 동료의 목소리가 아니라는 것을 느낀 그는 휙 고개를 돌렸다.

"누구……?"

몸이 뻣뻣이 굳은 그를 커다란 키의 흑의인이 바라보고 있었다.

"편히 죽고 싶은가, 아니면 고통에 시달리다 죽고 싶은가?"

결국은 어떻게든 죽이겠다는 말이다.

그러나 조삼은 정신없이 눈을 껌벅일 수밖에 없었다.

죽는 것도 여러 가지라는 것을 잘 아는 그였다. 어차피 죽을 거라면 편히 죽고 싶은 것이다.

다행히 자신의 뜻이 전해졌는지 흑의인이 말한다.

"아혈을 풀어줄 테니 묻는 대로 대답해라. 그러면 편히 죽을 수 있을 것이다."

죽는 마당에 못할 말이 뭐가 있을까.

조삼은 닭똥 같은 눈물을 흘리며 눈을 껌벅였다. 뭐든 말할 테니 제발 살려달라는 눈빛을 담아서.

이청한은 꿈을 꾸고 있다는 생각이 들었다. 꿈이라면 아주 지독한 악몽이었다.

차가운 검첨이 자신의 뺨을 지나 목을 쓰다듬는다.

그 끝에 보이는 건 커다란 키의 흑의인이다. 서 있는 것만으로도 질식할 듯한 기운을 흘려내는 자.

"누, 누구……?"

그나마도 희미한 유등불을 등지고 있어 얼굴은 보이지 않는다.

분명한 것은 내자불선(來者不善)이라, 결코 좋은 뜻으로 온 자가 아니라는 것이다.

꿈이 아니라면 자신을 지키는 놈들은 다 어디 갔단 말인가. 어떻게 이런 자가 들어오도록 아무 기척도 없었단 말인가.

'그래, 이건 꿈이야.'

이청한이 눈만 껌벅이자 전무심이 입을 열었다.

"이청한. 천가장의 주인인 천수경의 이종조카로 한때 천가장의 전위세력인 무벽당의 당주였던 자. 하나 십오 년 전 천가장을 나와 비천산장을 건립하고, 십여 년에 걸쳐 암암리에 천가장의 힘과 재력을 갈취한 자. 맞나?"

고저없이 나직이 흘러나오는 목소리.

꿈이 아닌가? 아니면 어떻게……?

이청한은 부르르 몸을 떨며 안간힘을 다해 말했다.

"나는… 정당하게 힘을 모았소. 누가 그런 말을 했는지 모르지만, 사실과 많이 다르오."

"판단은 그대가 하는 것이 아니다. 다시 묻지. 그대는 천가장을 천왕교에 바치고, 천왕교의 후광을 등에 업고 영화를 얻으려 하지 않았는가?"

"무, 무슨……?"

"아니라면 천왕교가 왜 비천산장의 사람들과 함께 천가장을 찾아왔단 말인가?"

이청한은 그제야 자신의 목에 검을 들이대고 있는 자가 누군지 어렴풋이 눈치 챌 수 있었다.

유장산에게 들었던, 아들의 팔을 부러뜨린 자의 행색이 눈앞에 있는 흑의인의 모습과 겹쳐 보인 것이다.

"그대는 혹시……?"

미처 말을 다 하기도 전에 전무심의 검이 아혈을 짚었다.

"내가 누군지 알았다고 해서 상황이 변하는 것은 아니다. 한가지만 말해주지. 그대가 그토록 믿고 있는 천왕교도 결코 그대를 지켜주지 못한다. 그대가 오늘 목숨을 부지할 수 있다면, 그것은 그대가 그나마 천가장주의 이종조카라는 사실과 헛된 명예욕 때문이든 아니든, 피를 덜 봤기 때문이라는 것이다. 하나 그것도 오늘뿐이다. 두 번의 기회는 없음을 명심하라. 그리고 오늘 이 시간 이후에 벌어진 일에 대해선 무조건 입을 다물어라. 열면… 그대의 가족 모두가 죽을 테니까. 내 말이 진실인지 거짓인지는 곧 알게 될 것이다. 누구도 그대를 지켜주지 못한다는 것을."

스윽, 목을 훑어가는 차가운 감촉. 이청한은 대답할 정신도 없이 눈만 부릅떴다.

옆에 누워 있는 부인이 깨지 않는 걸 보니 수혈이 짚은 것 같다. 그것만은 다행이었다. 보고 놀라 소리라도 지른다면 앞에 있는 놈이 무슨 짓을 할지 누가 안단 말인가.

안도의 숨을 깊게 들이쉰 이청한은 한마디라도 더 변명을 하기 위해 눈을 돌렸다.

그 순간이었다. 유등불을 등진 채 자신의 목에 검을 겨누고 있던 흑의인이 흐릿하니 사라져 간다.

'이런, 여태 꿈을 꾼 것인가? 아니, 지금도 꿈을 꾸고 있는 상황인가?'

하나 꿈이라 하기엔 조금 전의 상황이 너무나 생생하다.

문득 이청한은 따뜻한 무엇이 목에서 흘러내림을 느끼고 손을 들어 목을 만져 보려 했다. 하지만 손 하나 까닥할 수 없을 정도로 천근만근 무거워진 몸이 그의 의지를 거부한다.

축축한 느낌. 점점 강해지는 아릿한 통증.

그제야 확실한 상황을 깨달은 이청한의 안색이 하얗게 탈색되었다.

'꿈이 아니었어!'

꿈이라면 이렇듯 생생한 고통이 느껴질 리 없다.

차가운 검날, 그 느낌은 또 어떻던가.

'맙소사……!'

바로 그때였다.

뚝! 뚝!

천장에서 핏방울이 하나둘 떨어져 수혈이 짚인 채 누워 있는 부인의 얼굴을 적신다.

순간 이청한은 눈알이 튀어나올 것처럼 두 눈을 홉떴다.

소름이 돋는 일이다.

자신의 명령이 있기 전까지는 절대 자신의 곁을 오 장 이상 벗어나지 않는 자들이 있다. 단 두 명뿐이지만 그는 그들을 믿고 매일같이 단잠을 잘 수 있었다.

한데 그들이 죽은 것 같다. 소리도 지르지 못한 채.

어떻게, 어떻게 이런 일이 가능하단 말인가!

'흑천이령이 죽었단 말인가? 나와 비슷한 고수인 그들이?'

그는 가슴에서 터져 나오는 비명을 내지르기 위해 입을 벌렸다.

하지만 아혈이 짚인 그의 입에선 숨 막힌 짐승의 헐떡거림만이 새어 나올 뿐이었다.

"꺼, 꺼어……."

'이, 이놈은 악마, 마귀야! 살귀!'

이청한의 방을 빠져나온 전무심은 곧바로 장원의 뒤쪽으로 몸을 날렸다. 이미 경비무사의 입을 통해 천왕교의 사람들이 머물고 있는 곳을 알아낸 터였다.

십 장 허공에 떠서 바람에 실려 날아가는 그의 모습은 밤하늘을 지배하는 야조와 다름이 없었다.

무령풍을 전개해 단숨에 이십여 장을 날아간 전무심은 커다랗고 높이가 족히 삼 장은 될 듯한 전각의 지붕 위에 내려섰다.

근처에서 느껴지는 기운은 모두 열셋. 그중 천왕교의 사람으로 느껴지는 자들이 열, 나머지 셋은 외곽 경비를 돌고 있는 비천산장의 무사들인 듯했다. 커다란 전각치고는 그리 많지 않은 숫자였다.

주위의 상황을 파악한 전무심은 하늘을 올려다봤다.

짙은 먹구름을 뚫고 반쪽짜리 달이 얼굴을 내밀고 있었다. 유난히 창백한 달빛이었다.

달빛이 칼날처럼 쏘아져 내림과 동시, 전무심의 모습이 지붕에서 사라졌다.

전무심은 첫 번째 목표가 보이자 미끄러지듯 일보를 내딛었다.

어둠 속에서 갑자기 나타난 자신을 보고 천왕교의 호위무사 하나가 흠칫 눈살을 찌푸린다.

이곳은 금지와도 같은 곳. 비천산장의 경비무사가 실수해서 안으로 들어온 것으로 생각한 듯하다.

눈 한 번 깜박일 정도의 짧은 시간이었지만, 그 시간이면 한 사람의 생사를 결정하기에 충분했다.

단 한 걸음, 전무심은 일 보에 사 장의 거리를 좁히고는 수룡금나를 펼쳐 호위무사의 목을 낚아채 갔다.

피하기 위해 본능적으로 몸을 비트는 호위무사의 표정이 경악으로 일그러진다. 하지만 벼락같은 손짓을 벗어나기에는 너무도 늦은 동작이었다.

간결하면서도 극쾌의 일수!

쫙 펼쳐진 전무심의 손이 소리 지를 새도 없이 호위무사의 목을 움켜쥐었다.

우두둑!

얼마나 빠르고 은밀하게 움직였는지, 목뼈 부러지는 소리가 난 후에야 삼 장 거리에 떨어져 있던 또 다른 자가 고개를 돌린다.

당황한 표정, 튀어나올 듯이 부릅떠진 눈. 그는 소리를 지르는 대신 황급히 허리의 검을 잡아갔다.

순간 전무심의 좌수 검지 끝이 붉게 물들더니 허공을 격한 채 튕겨졌다.

어둠을 가른 시뻘건 구슬이 상대의 이마를 꿰뚫은 것은 찰나였다.

뻑!

기음과 함께 검을 반도 뽑지 못한 채 뒤로 넘어가는 호위무사다. 그러나 전무심은 아무 일도 없었던 것처럼 우수에 잡힌 자를 벽에 기대어놓고 전각의 문을 밀었다.

문이 열리자 길게 뻗은 회랑이 눈에 들어왔다. 회랑이 끝나는 곳에 켜져 있는 유등잔 하나. 그곳에서 시작된 희미한 빛이 회랑 전체를 음울하게 밝히고 있다.

동시에 회랑의 양쪽에서 몇 줄기 긴장된 기운이 느껴졌다.

너무도 갑작스럽게 벌어진 상황 때문에 안에 있던 자들은 밖에서 무슨 일이 벌어졌는지 정확히 알지 못하고 있는 듯했다.

전무심은 구전암황기를 끌어올리고는 그 기운을 향해 태연히 다가갔다.

그때서야 상황이 심상치 않음을 알았는지 기운이 요동치기 시작했다.

'모두 다섯. 그리고 안에 셋이 더 있다.'

자신의 감각이 인식하고 있는 대로라면, 내실 쪽에서 느껴지는 기운의 주인들이 천가장에 찾아왔던 자들이다.

그가 회랑의 중간에 이르렀을 때다. 우측의 문 뒤에 몸을 숨기고 있던 자가 긴장을 참지 못하고 모습을 드러냈다.

그는 안에 있는 상관이 잠에서 깨어나는 것을 꺼리는지 나직한 목소리에 분노를 담아 물었다.

"웬 놈인데 이곳에 들어온 것이냐?"

자신은 대화를 나누기 위해 이곳에 온 것이 아니다.

이곳에 아군이 있을 리 없다. 결국 보이는 모두가 적인 것이다!

망설일 이유가 없었다.

전무심은 대답 대신 무정을 소리없이 빼 들고 모습을 드러낸 자를 향해 신형을 날렸다.

소란이 일기 전 목적을 달성하고 빠져나가려는 그였다. 그런 만큼 그의 손속은 단호했다.

제아무리 천왕교의 교도들이라 해도, 일개 호위무사가 작정하고 손을 쓰는 전무심의 공격을 막아낼 수는 없는 일이었다.

　쉭!

　무령풍이 가미된 일검!

　최단거리를 일수유의 순간에 가른 무정이 악마의 손톱처럼 상대의 목을 할퀴고 지나간다.

　"컥!"

　전무심은 결과를 보지도 않고 빙글 휘돌았다. 뒤에서 소리 없이 달려드는 자들의 기운이 느껴진 것이다.

　찰나지간 전무심의 신형이 둘, 셋으로 나누어졌다.

　희미한 불빛 속에서 펼쳐지는 유령보의 환자결.

　소리없이 다가들던 자들이 당황함으로 주춤거린다.

　그 간발의 틈을 전무심의 무정이 휩쓸고 지나갔다.

　올올이 이어지는 긴 궤적!

　파육음과 목멘 신음이 동시에 터져 나오고, 솟구치는 붉은 선혈이 등잔의 불빛을 더욱 붉게 물들였다.

　땡그랑. 텅. 털썩!

　무기가 떨어지고, 힘을 잃은 몸뚱이들이 쓰러지는 소리가 요란하게 회랑을 울린다. 바닥에 머리를 처박으면서도 자신들이 당했다는 것을 믿지 못하는 눈빛들이다.

　생명의 마지막을 알리는 옅은 신음 소리.

　회랑을 휘도는 칙칙한 공포와 비릿한 피 냄새.

　전무심은 그 사이를 지나 천천히 안쪽으로 걸음을 옮겼다.

비스듬히 비껴든 무정의 검첨에 맺힌 핏방울이 그의 발걸음을 따라 뚝뚝 떨어진다.

질식할 듯한 침묵 속에서 들리는 것은 핏방울 떨어지는 소리와 전무심의 발걸음 소리뿐이다.

전무심이 그렇게 안쪽의 문을 향해 다가갔을 때다.

삐걱.

경첩에서 나는 작은 소음과 함께 문이 천천히 열렸다. 그리고 눈에서 분노의 불길을 쏟아내는 세 사람의 얼굴이 보였다.

이미 자신의 출현을 알고 있었던 듯 방에서 나와 넓은 대전에 모여 있는 그들의 손에는 각자의 무기가 들려 있었다.

"네놈은 누구냐? 누군데 천왕교를 적대하려 하는 것이냐?"

천왕대전의 십대장로 중 한 사람인 고우첨이 분노를 씹으며 입을 열었다.

그러자 전무심이 오연한 표정으로 그들을 쓸어보며 나직이 말했다.

"그대들은 애초부터 이곳에 오지 않았어야 했소."

"뭐라?!"

"천왕곡을 나오지 말았어야 했다는 말이오."

고우첨의 눈에 기광이 번뜩였다.

그때 딸각, 간유량이 엄지로 검격을 밀어 올리며 앞으로 나섰다.

"고 장로님, 제가 상대하겠습니다."

"간 호법, 그대가?"

간유량이 천천히 고개를 끄덕였다.

천왕대전의 십대호법 중 제칠호법. 천혈검마 추관위 외에는 누구에게도 검을 양보하지 않는다는 검의 고수.

그는 전무심을 보는 순간 피가 차갑게 식는 기분이었다.

이십일 년 전 추관위에게 도전했을 당시에도 이런 기분이었던 듯했다.

하나 그는 이십일 년 전의 그가 아니었다. 그리고 앞에 서 있는 자도 추관위가 아니었다.

그는 자신이 그런 기분을 느꼈다는 것만으로도 불쾌했다. 눈앞의 전무심을 죽여 버리고 싶었다.

츠르릉!

맑은 검명이 울리며 그의 검이 검집에서 세 치가량 빠져나왔다.

만약 천가장에서 종추가 당하는 것을 보지 못했다면, 당장 검을 빼 들고 목을 치기 위해 달려들었을 터였다. 그러나 지금은 그럴 수가 없었다.

간유량은 신중한 표정으로 몸을 낮추고 천천히 검을 빼 들었다.

순간 그의 석 자 다섯 치 장검에서 푸르스름한 검기가 스멀거리며 피어올랐다.

전무심이 한 발을 내딛은 것은 바로 그때였다.

동시에 번쩍!

처져 있던 무정이 몸서리쳐지는 묵광을 발하며 간유량의 머리 위로 떨어져 내렸다.

생각지도 못한 날벼락에 간유량이 검을 치켜올렸다.

쾅!

굉음이 터지고, 주르륵 물러선 간유량의 표정이 창백하게 굳어졌다.

힘에서 밀렸다. 내력에서 밀렸다.

'말도 안 돼!'

상대는 자신의 반밖에 되지 않는 나이다. 적어도 내력에서는 자신이 우위여야 맞다는 말이다.

한데 밀렸다. 그것도 단 일격에!

그는 그제야 종추가 왜 단 세 번의 공격을 받고 팔이 부러졌는지 이해할 수 있었다.

하지만 그에게 닥친 상황은 그것이 끝이 아니었다.

전무심은 칠성의 내력을 실은 일검으로 간유량을 물러서게 하고는, 물러선 그가 정신을 차리기도 전에 두 번째 공격을 감행했다.

천고의 신법인 무령풍에 가공할 내력이 뒷받침된 그의 공격은 단순한 찌르기도 결코 단순해 보이지가 않았다.

주욱 늘어난 석 자 크기의 검강이 뇌전처럼 뻗어가거늘, 그것이 어찌 단순한 공격이란 말인가.

하얗게 질린 간유량은 단 한 번의 찌르기를 막기 위해 장검을 일곱 번이나 휘둘러야 했다.

따다다당!

고수들의 대결답지 않게 검과 검이 부딪치며 굉음이 일었다.

그러고도 모자랐는지 간유량은 대갈을 터뜨리며 검을 내려 쳤다.

"타앗!"

더 이상 물러설 수 없다는 절박감에 혼신의 힘을 다한 일격이었다.

쩌억!

대기가 갈라지며 비명을 터뜨렸다.

찰나였다. 전무심이 무정을 비틀며 앞으로 내질렀다.

쾅!

다시 한 번 굉음이 단말마처럼 터지고,

"크읍!"

간유량이 답답한 신음을 토하며 튕겨졌다.

순간이었다. 전무심의 그림자가 튕겨진 간유량을 덮쳤다.

"물러서!"

그러자 고우첨이 대경해 소리치며 전무심의 배후를 향해 몸을 날렸다.

종추도 성한 우수에 청강마기를 잔뜩 끌어올린 채 공격에 합류했다.

순간이었다. 간유량을 덮치던 전무심의 전신에서 지금까지와는 비교도 되지 않을 가공한 기운이 뿜어졌다.

무정에서도 시커먼 강기가 살아 꿈틀거리며 피어올랐다.

하나하나 죽이려 하면 누군가는 도망갈지도 모르는 일. 그래서 한 사람만 공격하며 때가 오기를 기다렸는데, 마침내 나머지 두 사람이 한꺼번에 덤벼드는 것이다.

기회였다! 세 사람을 한꺼번에 처리할 수 있는 기회!

전무심의 신형이 천장으로 쭉 말려 올라가고, 그의 손에 들린 무정에서 찬란한 묵광이 유성처럼 쏟아진 것은 바로 그때였다.

암천의 검 중 하나, 암천묵류성(暗天墨流星)이 마침내 처음으로 모습을 보인 것이다!

콰르르릉!

"마, 맙소사!"

도강이 실린 짧고 넓은 도로 전무심을 베어가던 고우첨의 아연한 눈빛이 절망으로 물들었다.

하물며 종추는 쳐들었던 손을 뻗어보지도 못한 채 입만 쩍 벌렸다.

"대체 그대는 누구인가!"

간유량의 악쓰는 소리가 그들의 유언처럼 대전을 울릴 때였다.

"암천혈왕의 이름으로 그대들을 단죄한다!"

전무심의 나직한 전음이 그들의 귀청에 작살처럼 꽂혔다.

고오오오!

동시에 세 사람이 묵빛 유성우에 휩쓸려 버렸다.

묵빛 수정처럼 빛나는 검강의 폭풍우는 결코 그들이 막아낼 수 있는 것이 아니었다.

간유량의 검을 부러뜨리고, 고우첨의 도를 반 토막내며 쏟아져 내린다.

콰과과쾅!

피분수를 뿜어내며 튕겨지는 세 사람이다.

종추는 머리에 구멍이 난 채 즉사하고, 벌떡 일어선 간유량은 파열된 심장에서 핏덩이를 쏟아내며 다시 앞으로 꼬꾸라진다.

그나마 목숨을 부지한 사람은 고우첨뿐.

그는 목과 가슴이 꿰뚫린 채 반 토막 난 도로 바닥을 짚고 힘겹게 일어섰다.

"크으윽! 어떻게 이런……."

그러다 뭘 생각했는지 시뻘게진 두 눈이 튀어나올 듯이 커졌다.

전무심의 말뜻을 알아들은 것이다.

"맙소사! 그럼 그대가 혈… 사자!!"

그것이 그가 남긴 이승의 마지막 말이었다.

비틀거리며 물러서는 그를 향해 전무심의 무정에서 시커먼 뇌전이 폭사되어 떨어져 내리고 있었다.

5

시간이 날 때마다 자신의 무공을 정립하며 비천산장의 소식에 귀를 기울였다. 그러나 나흘이 지나도록 비천산장에서는 아무런 소식도 들려오지 않았다.

약간의 소란이 있었다는 말이 들려오긴 했지만, 그 외에는 장안의 누구도 그곳에서 무슨 일이 벌어졌는지 모르는 듯했다.

생각보다 좋은 결과였다.

짧게는 보름, 길게는 한 달 정도의 여유가 생겼다. 이제 상황만 조금 바꾸어놓으면 천가장은 걱정하지 않아도 될 것 같았다.

마음이 편해진 전무심은 점심을 먹고 은행나무 아래를 산책했다. 노랗게 익은 은행잎이 어느덧 가을이 왔음을 알리며 어깨 위로 떨어진다.

검은 장포 위에 노란 은행잎. 전무심은 걸음을 멈추고 어깨 위에 내려앉은 은행잎을 집어 들었다.

"공자님!"

그때 천가장의 하인 하나가 정원으로 들어서며 그를 불렀다.

행여 향기가 나나 은행잎을 코로 가져가던 전무심은 눈을 들어 하인을 바라보았다.

"무슨 일입니까?"

"손님이 왔습니다요!"

태연한 표정으로 천가장의 정원을 둘러보며 자신이 나오기를 기다리는 자는 흑화령의 이령주 화운곡, 바로 그였다.

평범한 상인의 복장을 한 그는 전무심이 다가가자 깊숙이 허리를 숙였다.

"생각보다 잘 찾아왔군요."

"비룡표국에 행적을 알려놓으셔서 그리 어려움은 없었습니다."

"요즘 강호에 대해 공부를 하고 있소. 그러다 보니 흑화령에 대해서도 조금은 알게 되더군요."

화운곡은 움찔 어깨를 떨고는 슬며시 고개를 들었다.

"예전의 흑화령과 지금의 흑화령은 많이 다릅니다."

"그래서 다행이라고 생각하고 있소. 약속을 어길 수는 없고, 그렇다고 살수문파를 위해 살행을 할 수도 없는 일. 여차하면 내 손으로 정리해야 하지 않을까 생각했으니까 말이오."

화운곡의 얼굴이 창백하게 굳어졌다. 그는 황급히 좀 전의 말에 살을 붙였다.

"그리고 앞으로는 더 달라질 겁니다."

"그러길 바랄 뿐이오."

'걱정 마십시오. 당신을 주군으로 모시기로 했으니까.'

화운곡은 내심 가슴을 쓸어내리며 안도의 숨을 내쉬고 품속에서 작은 봉투를 하나 꺼내 들었다.

"이것은 신마성의 남황 지부에 대한 조사서입니다."

전무심이 봉투를 받아 들자 화운곡이 즉시 입을 열었다.

"남황 지부가 환락단의 직접적인 제조처는 아니었습니다. 하나 깊은 관련이 있는 것만큼은 분명했습니다."

"사천무련도 그 사실을 알고 있소?"

"저희만큼 자세히는 모를 겁니다. 그래도 환락단과 신마성의 관계만큼은 확신하고 있는 것 같았습니다."

추영산이 전부터 가지고 있던 심증을 확신시켜 주었을 것이다.

사천무련이 움직인다면 신마성이라 해도 고립되지 않을 수 없을 터. 본격적인 사냥은 그 이후에 해도 늦지 않았다.

"좋습니다. 그럼 다른 한 가지를 마저 조사해 주시오."

"말씀하십시오. 어느 곳이든."

화운곡이 자신있게 말했다.

정보를 모으고 분석하는 것이야말로 자신들의 특기인 것이다.

하지만 이어진 전무심의 말에 화운곡은 고개를 발딱 치켜들어야만 했다.

"천왕교와 환락단과의 관계를 조사해 주시오."

"처, 천왕교라 하셨습니까?"

이미 한 번 지독하게 당한 경험이 있는 화운곡이었다. 그는 천왕교라는 이름만 들어도 오한이 들고 손발이 떨리는 기분이었다.

"그렇소. 왜, 힘들 것 같소?"

"그건…… 아닙니다만."

"그들을 직접 상대하라는 말이 아니오."

직접 상대하지 않아도 된다고?

그 말에 화운곡은 마음이 조금 안정되는 것 같았다.

"하면 무엇을……?"

"만일 그들에게 환락단이 넘어가고 있다면, 그것이 그들에게 필요한 이유, 환락단이 누구에게 가는지, 당신들은 그에 대한 정보만 모아주면 되오."

"그 정도라면 할 수 있을 겁니다. 걱정 마십시오!"

겁먹은 표정을 보인 것이 무안한 듯 화운곡은 자신있게 고개를 끄덕였다.

'거참, 사람 간 떨어지게 하기는…….'

그렇게 화운곡이 또 한 번 가슴을 쓸어내릴 때다. 전무심이 무심히 말했다.

"아마 조사를 하다 보면, 어쩔 수 없이 천왕곡에 들어가야 할 경우가 있을 거요."

끝내 화운곡의 간이 덜컥 떨어졌다.

"처, 처, 천왕곡으로요? 천왕교가 있다는 그곳 말씀입니까?"

"그렇소. 하나 이것만은 명심하시오. 그곳에 들어가면 최대한 조심하고, 그들의 행동 양식을 익혀서 그들과 동화되어야 하오. 그러지 않으면 금방 들킬지 모르니까. 그리고 조사가 끝나거든 내가 알려주는 곳에 서신을 숨겨놓으시오. 그러면 나중에 내가 찾으러 가겠소."

"……."

이번에는 기분이 아니라 진짜로 손발이 가늘게 떨렸다.

'제기랄! 주인으로 삼으려 한 거, 취소해야 하나?'

그러다 문득 이상한 생각이 드는 화운곡이었다.

'어떻게 천왕교를 그렇게 잘 알지?'

하지만 생각을 정리할 틈도 없이 전무심이 또 물었다.

"섬서에 몇 사람이나 왔소?"

"저까지 스물아홉 명이 왔습니다."

"그중 몇 사람에게 정보 수집을 시켰으면 싶은데……."

그것 또한 자신들의 특기였다.

화운곡은 떨어진 간을 주워 달고 가슴을 내밀었다.

"걱정 마십시오! 어차피 신마성 쪽의 정보는 사천에 남은 아이들이 알아서 할 테니, 저희는 이쪽 일에 총력을 기울이겠습니다."

화운곡이 비장한 표정으로 천가장을 떠나자 전무심은 후원으로 발길을 옮겼다.

비록 책으로 본 것이 대부분이지만, 대충 강호에 대한 것도 파악했다.

그리고 자신이 군악이라면 강호에 세력을 뻗치기 위해 어떤 방법을 썼을까? 하는 가정을 세워봤었다. 그리고 그중에 몇 가지는 제법 쓸 만한 방법이었다.

자신이 그리 생각했다면, 백리군악도 그리 생각하고 있을 터였다. 아니, 그보다 더 확실한 방법을 세워놓고 있을지도 몰랐다.

'하지만 조금씩 틀어지면 아무리 너라 해도 쉽지 않을 것이다, 백리군악. 기대해도 좋을 것이다.'

창문 틈으로 새어 들어오는 햇살이 여느 날과 다름없이 따사로웠다.

하지만 전무심의 마음은 전날 같지가 않았다.

'이제 떠날 때가 된 것 같군.'

자신이 비천산장을 방문한 지 벌써 열흘이 지났다. 여전히 비천산장은 쥐 죽은 듯이 고요했다. 이청한도 움직이지 않았다.

내부에선 살얼음 같은 살기가 흐를 테지만, 겉으로 보기에는 잔잔한 호수와도 같은 분위기였다.

천왕교가 자신을 지켜주지 못한다는 것을 깨달은 이청한이 자신과 가족의 목숨을 지키기 위해서 입을 다물었다는 말이다.

'어쩌면 오히려 방패가 되어줄지도 모르지. 자신이 살기 위해서. 나를 죽일 수 있다는 확신이 들기 전까지는.'

전무심이 이청한을 죽이지 않은 이유 중 하나였다. 또한 그로 인해 당분간 여유마저 생겼으니 일거양득이었다.

게다가 장로와 호법과 십팔마신을 비롯한 열 명이 동일한 장소에서, 그것도 한 사람에게 죽었다는 사실로 인해 분명 천왕교도 청천벽력 같은 충격에 휩싸여 있을 터였다.

'놈들, 강호를 우습게 알고 있다 벼락 맞은 기분일 것이다.'

충격에 휩싸인 그들이 어떻게 행동할지 확실한 것은 아무것도 없다.

그러나 분명한 것은, 이전처럼 함부로 움직이지는 못할 거라는 사실이다. 범인을 알든 모르든 어젯밤의 일로 강호가 만만한 곳이 아니라는 것을 깨달았을 테니까.

물론 철저한 조사가 뒤따를 것은 자명한 일. 어쩌면 자신에 대한 정보도 들어갈 게 분명하다. 그렇다고 해도 당장은 이름도 알려지지 않은 자신이, 서른도 되지 않은 청년이 그들을 모두 죽였다고는 생각지 못할 것이다. 세상 사람들이 모두 그렇게 생각하듯이.

그래도 백리군악이라면, 인상착의에 대한 보고만으로도 도천기를 죽인 사람과 자신을 연관시킬 수 있을지 모른다. 그는 하나를 가지고 열을 만들어낼 수 있는 사람이 아니던가.

하나 그리되면 사천의 비룡표국과 운남의 백은궁과 장안의 천가장과의 관계까지 조사를 해야 할 터. 그래 봐야 기껏 얻는 것은 미미한 사실밖에 없을 것이다.

'그리고 결국은 별다른 관계가 아니라는 사실에 혼란만 가중되겠지…….'

전무심은 오랜 생각을 떨치고 고개를 들었다.

'고민 좀 해야 할 거다. 나의 정확한 정체를 모르는 한은.'

이제부터는 시간싸움이다.

언젠가는 천왕교도, 백리군악도 자신에 대해 알게 될 터. 그 전에 힘을 갖추고 만반의 준비를 해야만 한다.

이곳을 떠나려는 것도 바로 그 일을 위해서다. 화운곡에게 정보 수집의 명령을 내린 것도 그 때문이다. 좀 더 능동적으로 움직이기 위해서. 끌려가는 것이 아니라 끌고 가기 위해서.

그리고 천왕곡으로 가서 친구들을 꺼내려는 것 역시.

'진옥, 유상, 후명, 예종…….'

과연 그들은 어떻게 변했을까? 살아는 있겠지?

당연히 그래야 한다. 반드시!

'설아는…….'

전무심의 눈 깊은 곳에서 거센 떨림이 일다 스러졌다.

한순간 피식, 입가에 자조의 웃음이 걸렸다.

서릿발처럼 차가운 웃음이었다.

'잊었나? 지금의 너는 천유옥이 아니다!'

얼마나 지났을까.

전무심은 마음도 가다듬을 겸 후원의 방에 묵묵히 서 있는 아버지를 보기 위해 몸을 일으켰다.

이제 떠나면 언제 돌아올지 모르는 일. 마음 같아서는 오늘 만큼이라도 하루 종일 그곳에 있고 싶었다.

한데 그가 후원으로 가기 위해 방을 나섰을 때다. 저만치 별 원으로 들어서는 천소령이 보였다.

그녀가 자신을 봤는지 환하게 미소를 지으며 손을 흔든다.

"전 공자!"

손을 들어 올리며 큰소리로 전무심을 부르던 그녀는 반쯤 올린 손을 멈추고 어색한 표정을 지었다.

고개를 돌리는 전무심의 표정이 왠지 모르게 굳어 보인 것 이다.

"아침부터 무슨 일입니까?"

전무심이 묻자 그제야 천소령이 자신이 온 목적을 말했다.

"할아버지께서 모시고 오래요."

"장주님께서요?"

"예, 이유는 저도 잘 모르겠어요. 가요!"

천수경은 등을 기댄 채 앉아서 전무심을 맞이했다.

"어서 오게나."

전무심은 가볍게 고개만 숙이고는 아무것도 묻지 않고 천수경에게 다가갔다.

"이렇게 오라고 한 것은, 이 늙은이가 한 가지 물어볼 것이 있어서이네."

"말씀하시지요."

"자네가 온 지 얼마나 되었지?"

"며칠만 지나면 한 달이 됩니다."

"그래? 허, 벌써 그렇게 되었군. 령아에게 들으니 후원에 자주 간다고?"

"…마음이 편해지는 것 같아서 시간 나면 한 번씩 가봅니다."

아버지가 그곳에 계시거든요.

"하긴 그동안 정원을 계속 손봐서 그곳만큼 산책하기에 좋은 곳이 없지."

왜 아들에 대한 말씀은 한마디도 하지 않으십니까? 이제 완전히 잊으셨습니까?

"너무 오래 비워두었어. 언제든 새로운 주인을 맞이해야 할 텐데 말이야."

천수경은 고개를 주억거리면서 뜻 모를 말을 중얼거렸다. 그러고는 지그시 전무심을 쳐다보았다.

어색해진 전무심이 입을 떼어 물음을 재촉했다.

"하실 말씀이 있으시면 하시지요."

"흐음, 그러지."

그러고도 천수경은 잠시 더 전무심을 바라보았다. 그가 입을 연 것은 천소령이 차를 들고 들어온 직후였다.

"언제까지 이곳에 머무를 자네가 아니라는 것은 알고 있네만……. 그래, 언제 떠날 건가?"

전무심은 고요히 가라앉은 눈으로 천수경을 내려다보았다.

심술궂은 바람이 흩뜨려 놓은 듯한 머리카락, 발에 밟힌 잡초처럼 다듬어지지 않은 수염. 윤기 없는 백발백염이 영락없이 병든 촌부의 모습이다.

아직 마음이 완전히 풀어지지는 않았지만, 전무심이라 해서 노쇠한 조부의 모습에 마음이 좋을 리는 없었다.

"곧… 떠날 생각입니다. 어쩌면 내일이 될지도 모르겠습니다."

"아……!"

그 말에 뒤에서 안타까움이 깃든 짧은 탄성이 흘러나왔다.

전무심은 그 탄성이 천소령에게서 흘러나온 거라는 것을 알았지만 뒤를 돌아보지는 않았다. 그 이유를 알기 때문이었다.

'소령, 안타까워할 것 없다. 나중에 내가 누군지 알면 오늘의 일을 생각할 때마다 웃음이 나올 거다.'

그때 천수경이 나직이 입을 열었다.

"내일이라……. 생각보다 빠르군."

"해야 할 일이 있어서 더 늦출 수는 없을 것 같습니다."

"만일 이 장원을 자네에게 준다면, 그래도 떠나겠나?"

난데없는 말에 전무심의 눈이 조금 커졌다.

무슨 뜻일까?

분명 자신에 대한 비밀을 알지 못할 것이거늘, 백만금의 값어치를 지닌 장원을 자신에게 주겠다니.

하지만 그를 놀라게 하는 말은 그것이 끝이 아니었다.

"령아가 자네 이야기를 많이 하더군. 솔직히 나도 마음에 들고. 해서 하는 말이네만……. 자네가 령아와 혼인을 해준다면 이 장원을 자네에게 주겠네."

천수경의 이어진 말에 전무심은 하마터면 버럭 소리를 지를 뻔했다.

말도 안 된다고! 내가 누군지나 아느냐고!

제기랄! 젠장할!

하지만 그는 감정을 억누르고 담담히 말했다.

"못 들은 것으로 하겠습니다. 언제 죽을지 모르는 처지인 놈이 바로 접니다. 게다가 저의 가슴에는 다른 여인을 담을 여유가 없습니다."

그가 자신의 감정을 들키지 않으려 한마디 한마디 조심스럽게 말을 맺었을 때였다.

"흑!"

천소령이 울음을 터뜨리며 밖으로 뛰쳐나갔다.

전무심은 씁쓸한 마음으로 천수경을 바라보았다.

왜 그런 쓸데없는 말을 해서 여린 가슴에 못을 박게 만든단 말인가. 자신이 거부할 거란 것을 어느 정도는 알고 있었을 것이거늘.

"하긴 신룡 같은 자네를 이까짓 장원 하나로 붙잡으려 한 내가 어리석었을지도……. 후우……."

그런데도 자신이 무엇을 잘못했는지도 모르고 한숨을 내쉬는 천수경이다.

더구나 이까짓 장원이라니.

'아십니까? 이까짓 것이라고 말하는 장원과 명예를 지키기 위해서 며느리를 구박하고 자식을 외면하신 분이 당신이십니다!'

목구멍까지 기어오른 말이 앙다문 이를 밀어내고 금방이라도 터져 나올 것만 같았다.

'아버지가 어떻게 돌아가셨는지 아십니까?!'

바락바락 악이라도 써대며 지난 이십오 년의 세월을 따져 보고 싶었다.

하지만 전무심은 끝내 그 말을 뱉어내지 못하고 천천히 돌아섰다.

더 있으면 자신이 누군지 입을 열 것만 같았다.

쌓이고 쌓인 한을 다 쏟아내고 시원하게 한번 울면 좋으련만, 아직은…… 아직은 그러고 싶지 않은 그였다.

추적자의 눈을 피하느라 상처조차 제때에 치료하지 못하고, 영안촌의 쓰러져 가는 모옥에서 병에 시달리다 돌아가신 아버지의 모습이 아직도 눈에 선한 것이다.

"몸도 불편하신데 쉬시지요. 이만 나가보겠습니다."

의부가 돌아가신 후 처음인 듯했다.

전무심의 핏발 선 눈에 물기가 고였다.

밖으로 나서자 연못가에 쪼그리고 앉아 있는 천소령이 보였다.

그녀의 마음을 모르는 전무심이 아니었다. 그러기에 더욱 안타깝고 답답한 마음인 그였다.

"좋은 사람을 만날 수 있을 거요. 나보다 훨씬 더 좋은 사람을 말이오."

"…처음이었어요. 삶이 이렇게 아름다울 수도 있다는 걸 처음으로 알았어요. 그리고 솔직히… 앞으로 어떻게 해야 할지 자신도 없고요. 너무 무거워서 누군가에게 떠맡기고 싶었는데……."

충분히 이해할 수 있는 말이었다.

지켜보며 안타까웠던 때가 어디 한두 번이었던가.

그동안 혼자서 천만 근의 무게를 견디어내느라 얼마나 힘이 들었을까. 아마도 잠을 잘 때나, 깨었을 때나 항상 누군가에게 그 짐을 맡기고 싶었으리라.

생각 같아서는 그 짐을 나누어 들고 싶었다. 이제는 걱정하지 말라며 따뜻하게 말이라도 해주고 싶었다.

그러나 아직은 아니었다. 자신은 자신대로 할 일이 남아 있었다. 그리고 어쩌면, 돌아올 때쯤이면 지난 상처가 모두 아물어 있을지도 몰랐다.

'나중에 살아서 돌아오면 그때 가서 모든 것을 이야기해 주마. 소령, 힘들어도 그때까지만 견디거라.'

다행히 손을 써놓았으니 당분간은 걱정하지 않아도 될 터였다.

"가끔 세상에는 믿어지지 않는 일이 일어나곤 한다오. 그런 일이 천가장이라 해서 일어나지 말란 법은 없지 않겠소?"

천소령은 눈물이 흐르는 얼굴을 들어 전무심을 올려다보았다.

"정말 그런 일이 일어날 수 있을까요? 만일 그런 일이 일어난다면…… 비천산장이 갑자기 망하기라도 했으면 좋겠어요. 훗! 이런 말 하는 제가 우습죠?"

그러더니 자신이 말하고도 어이가 없는지 소매로 눈물을 닦으며 피식 웃었다.

전무심은 안쓰러운 눈으로 그런 천소령을 조용히 바라보았다.

'어쩌면 그렇게 될지도 모르지…….'

第五章
별리(別離), 그리고 약속(約束)

1

"그게 말이 된다고 생각하는가!"

헌원무강의 노성이 거대한 천왕대전을 뒤흔들었다.

떨리는 목소리가 즉시 뒤를 이었다.

"해서 일단 조사단을 먼저 급파했습니다, 원주."

"흥! 강호의 무인이라는 작자들 중에 누가 감히 그들을 혼자서 죽일 수 있단 말인가? 고우첨과 간유량만 해도 본 교의 장로 급 고수들 중 중간은 가는 사람들이네. 게다가 종추와 일곱 명의 수호단 무사가 함께 있었어. 한데 모두 한 사람에게 죽었다고? 도대체 그걸 지금 믿으라고 말하는 건가? 크음."

헌원무강이 콧방귀까지 뀌어가며 어불성설을 주장할 때였다.

"참으시지요. 화만 내실 일이 아닙니다."

잠깐의 틈바구니를 비집고 맑은 음성이 좌측에서 흘러나왔다.

"백리원주! 이게 어찌 화날 일이 아니란 말인가?"

"원인이 있으니 결과가 나온 것입니다. 조사도 해보지 않고 어찌 단정한단 말입니까? 일단은 조사 결과가 나올 때까지 기다려 보시지요."

백리군악의 태연한 말에 헌원무강의 이마에 핏줄기가 돋았다.

사천의 일과 마찬가지로 장안의 일 역시 자신의 의견이 많이 포함된 채 추진되었다. 한데 환장하게도 생각지도 못한 벽에 부딪쳐 이상하게 꼬이고 있다.

문제는 그로 인한 손해가 적지 않다는 것이다. 그래서인지 사람들의 눈빛이 꼭 욕심에 눈먼 노망난 늙은이를 바라보는 눈빛처럼 느껴진다.

그 중심에 항상 백리군악이 위치해 있다.

그래서 더 화가 나는 그였다.

'찢어죽일 놈! 네놈이 사람들을 선동한다고 해서 내가 눈 하나 깜박할 줄 아느냐?'

그렇다고 이 자리에서 자신의 기분을 표출할 수는 없는 일. 그는 먹이를 노리는 늙은 사자처럼 화가 날수록 목소리를 더 가라앉혔다.

"그럴 필요 있겠나? 본 원에서 혈마루를 파견하겠네. 그들을 시켜 이번 일에 관계된 놈들을 모조리 잡아들이겠네."

그 말에 이번에는 우측에서 반대의견이 나왔다.

"무리한 생각이십니다."

또 다른 반대에 헌원무강이 눈을 부라렸다.

"선우 전주, 자네까지 그러긴가?"

선우무혁은 귀밑으로 늘어진 진녹의 머리카락을 비비꼬며 골똘히 생각에 잠긴 표정으로 말했다.

"종남과 화산이 너무 가깝습니다. 장안의 일은 대외적으로 알리지 않고 진행하던 일, 대대적인 움직임은 그들을 자극할 뿐입니다."

"흥! 그들이 두려운 건가?"

선우무혁이 천천히 눈을 들었다.

"말씀이 너무 심하시군요."

헌원무강이 눈에 힘을 주고 마주 응시했다.

"아니라면 왜 그들의 이름을 들먹이며 안 된다 하는 건가?"

"만일 그들이 트집을 잡고 물고 늘어질 경우, 혈마루가 모든 책임을 지겠다면 반대하지 않겠습니다. 그렇게 하시겠습니까?"

"그거야……."

헌원무강의 이가 앙다물어졌다.

아무리 혈마루 이백 무사가 정예들로 이루어졌다 해도, 종남과 화산을 동시에 상대한다는 것은 말이 되지 않는 이야기였다.

선우무혁의 말인즉, 문제가 생기면 혈마루가 모든 책임을 뒤집어쓰고 자폭하라는 말이나 다름없었다. 그리고 그것이 끝이 아닐 것 또한 분명했다.

'저놈들은 그걸 핑계로 집마원을 고립시키고도 남을 놈들이지…….'

그때 백리군악이 조용히 입을 열었다.

"게다가 정천무맹이 때는 이때다, 하고 몰아붙일 겁니다. 그일은 누가 책임질 겁니까?"

정말 빌어먹을 놈이다. 시누이보다도 더 미운 짓만 골라하는 놈이다.

하나 헌원무강은 이를 갈면서도 고개를 끄덕이지 않을 수 없었다. 그는 어리석은 자가 아니었다. 분노는 분노고, 옳은 것은 옳은 것이었다.

"그럼…… 자네 의견은 뭔가?"

헌원무강이 겨우겨우 입을 열어 묻자 백리군악이 조용히 웃음을 배어 물고는, 한심하다는 표정으로 입을 열었다.

"조금 전에 말씀드리지 않았습니까? 조사를 지켜보자고요."

그랬다. 분명 그렇게 말했었다.

그런데 왜 이렇게 속이 끓는단 말인가!

'끄응, 갈기갈기 찢어서 개 먹이로 줘도 시원치 않은 놈!'

헌원무강이 손톱으로 팔걸이를 박박 긁어가며 분노를 참고 있는데, 백리군악이 웃음기 사라진 얼굴로 나직이 말했다.

"그렇다고 그냥 있기는 뭐하니, 제가 사건 분석에 능한 사람

몇을 보내보도록 하겠습니다."

그러더니 깜박 잊었다는 듯 눈을 조금 크게 뜨고 말을 이었다.

"아! 그러고 보니 깜박 잊은 것이 있군요. 조금 전에 천왕께서 말씀하시길, 천왕대전의 장로 두 분과 십팔마신 중 세 분을 조사단에 합류시킨다고 하시더군요. 진작 말씀드렸어야 했는데……."

순간 헌원무강의 얼굴이 납덩이처럼 굳어졌다.

간담이 서늘하다 못해 바늘로 콕콕 찌르는 것만 같았다.

천왕이 그렇게 말했다고? 저놈에게만?

이미 모든 것이 결정되었다는 말이 아닌가.

그는 오한이 드는 기분에 자신도 모르게 몸을 부르르 떨었다.

"더 이상 할 말이 없다면 일어납시다."

게다가 지옥전주마저 결론이 났다는 투로 말한다.

그제야 헌원무강은 어렴풋이 뭔가를 깨달았다. 이곳 천왕대평의회에서 자신은 혼자라는 사실을.

한여름에 등줄기로 고드름이 쑤셔 박히는 기분이었다.

"그, 그러지."

2

사실 챙길 것도 없었다.

처음 왔을 때와 달라진 것 하나 없는 자신이 왠지 처량하게 보일 지경이었다.

그런데도 전무심은 근 반 시진에 걸쳐 자신의 물건을 하나하나 살피며 몸에 걸치고, 보따리에 집어넣었다.

그때 문득 방문으로 다가오는 인기척이 느껴졌다. 천소령인 듯했다.

아니나 다를까, 방문의 고리를 잡아 흔드는 소리가 들리더니 천소령의 목소리가 작게 들려왔다.

"들어가도 돼요?"

"들어오시오."

전무심은 흑의 위에 흑의장포를 걸치고 돌아섰다.

방문을 열고 들어온 천소령이 머뭇거리며 작은 비단 보따리 하나를 내민다.

"뭐요?"

"그냥…… 만들어본 거예요."

천소령은 보따리를 탁자 위에 조심스럽게 내려놓고는 심통 난 표정으로 돌아섰다.

그러고는 두어 걸음 걸어가다 말고 멈추어 섰다.

"한 가지 물어봐도 돼요?"

"물어보시오."

여전히 쌀쌀맞은 전무심의 목소리에도 그녀는 흔들리지 않고 물었다.

"가면…… 안 올 건가요?"

"……."

"한 번이라도 들러줄 수는 없나요?"

"……."

"정말…… 한 번도 안 돼요?"

대답없는 전무심을 바라보는 천소령의 눈에는 어느새 이슬이 가득 차 있었다. 금방이라도 넘칠 것 같은 눈물을 바라보며 전무심은 한숨을 쉬듯이 말했다.

"올 거요."

'반드시 살아서 돌아올 거다, 소령.'

"정말이죠?"

끝내 천소령의 눈에서 주르륵 이슬이 굴러 떨어졌다.

전무심은 대답 대신 고개를 끄덕였다.

천소령의 얼굴에 환한 웃음꽃이 눈물과 함께 피어났다.

"고마워요."

한데 그때다. 환하게 웃던 천소령이 갑자기 몸을 날렸다.

피할 수도 없는 상황. 전무심은 얼떨결에 달려드는 천소령의 두 팔을 잡았다.

하지만 천소령의 팔은 전무심의 금나술을 비웃듯이 미끄러지더니, 전무심의 어깨를 거쳐 목을 휘어 감았다.

'뭐 어때? 동생인데.'

어쩌면 전무심의 그런 마음이 천소령의 팔을 잡지 못하게 손을 묶어놓았는지도 몰랐다.

문제는 그다음이었다.

어정쩡하니 서 있는 전무심의 얼굴을 향해 천소령의 얼굴이 덮쳤다.

'헛!'

전무심의 검지가 재빨리 두 얼굴 사이로 끼어들었다.

커다란 사과를 쪼개 엎어놓은 듯 풍만한 가슴의 감촉. 거기서 전해지는 쿵쾅거리는 심장의 박동. 그리고 닿을 듯 말 듯한 콧날에서 스며드는 여인의 향기.

천소령의 입술을 누르고 있는 전무심의 손가락이 절대지적을 만나기라도 한 것처럼 미미하게 떨렸다.

한참 동안 세상의 시간이 멈춰 버린 것 같았다.

그렇게 얼마나 지났을까, 발갛게 달아오른 천소령의 얼굴을 세 치 앞에 두고서 전무심은 천소령의 입술에서 손을 떼고 겨우 입을 열었다.

"반드시…… 돌아올 거다."

격정을 못 이기고 전무심의 입술을 덮쳤지만, 자신이 왜 그랬는지도 이해할 수 없었지만, 천소령은 그런 행동을 한 자신이 싫지 않았다.

오히려 손가락으로 자신을 제지한 전무심이 야속하다는 생각만 들었다.

그러던 차에 들려온 전무심의 목소리. 천소령은 천천히 고개를 끄덕이며 벌게진 얼굴을 전무심의 가슴에 묻었다.

전무심도 그것은 말리지 않았다. 오히려 천천히 팔을 둘러 천소령의 등을 토닥여 주었다.

조부가 원망스럽다고 동생까지 미워할 수는 없는 일. 안쓰러운 동생 좀 안았다고 누가 뭐라 할까.

'생각보다 가슴이 크군.'

그래도 기분이 이상한 건 어쩔 수 없었다.

전무심은 한참 만에야 가지 않으려는 천소령을 떼어내 내보내고, 그녀가 가져다놓은 보따리를 풀어보았다.

보따리 안에는 작은 주머니 하나와 흑의 장포가 한 벌 들어 있었다. 아마도 낡아서 여기저기 흠이 생긴 자신의 옷이 마음에 걸렸던가 보다.

그는 천천히 입고 있던 장포를 벗고 새 옷으로 갈아입었다.

그러고 나서야 주머니를 살펴보았다. 묵직한 것이 은자가 들어 있는 것 같았다.

그는 빙그레 웃으며 주머니를 탁자 위에 그대로 놔둔 채 무정을 옆구리에 꽂고서 보따리를 어깨에 걸쳤다.

밖을 나서자 별원의 입구에 서 있는 궁사한과 소미하란이 보였다. 그들의 어깨에도 먼 길을 떠나려는 것처럼 보따리가 매어져 있었다.

어차피 여기까지 온 것, 아마도 끝까지 자신을 따라가겠다는 생각인 듯했다.

별원을 나서 정문 쪽으로 걸어가는데 진성자가 나무 위에서 홀쩍 뛰어내렸다.

"정말 가는 건가?"

"너무 오래 있었소."

"우리도 가야 하는데……."

전무심은 천천히 고개를 저었다. 이제 마지막 상황을 정리할 때다.

"아니오. 당신들은 더 있어야 하오."

"무슨 뜻이지?"

"이전에 비천산장의 사람들과 함께 왔던 그들이 누군지 아시오?"

그들이 누군지, 대체 어떤 작자들이 그토록 강한지 미치도록 궁금하게 여기고 있던 진성자였다.

전무심이 마치 그들을 아는 듯 말하자 진성자의 처졌던 눈초리가 슬그머니 올라갔다.

"아… 나?"

"천왕교요."

"…누구?"

"그들이 바로 천왕교의 사람들이란 말이오."

진성자의 멍한 표정이 서서히 굳어졌다.

전설의 천왕교. 아니, 이제는 강호에 폭풍전야의 긴장을 몰고 온 바로 그 천왕교를 말하는 것인가?

전무심이 어떻게 그 사실을 알았는지 궁금했지만, 중요한 것은 그것이 아니었다.

"확실하겠지?"

"일전에 사천에서 그들을 본 적이 있소. 손을 나눠보기도 했고."

한꺼번에 두 가지 의문을 해결해 주는 말이었다.

진성자는 홱 고개를 돌려 멍하니 서 있는 송정을 바라보았다.

"들었지?"

"예? 예."

"그럼 뭐 해? 당장 뛰어가! 가서 천왕교의 사람들이 천가장의 일에 끼어들었다고 해!"

분명 본 산에서 더 많은 사람이 파견될 것이다. 어쩌면 방구들만 짊어지고 있던 노인네들도 올지 몰랐다.

진성자의 입가에 가느다란 웃음이 피어올랐다.

'만일 화산파까지 사람을 파견하면, 사숙들은 분명히 나를 산으로 돌아가라 할 거야.'

그가 바라는 것은 오직 하나였다.

장로들이 그를 돌려보내면 곧바로 산으로 돌아가 조용한 곳에서 현천무상검을 완성시키는 것.

'안 보내주면 깽판 한 번 치지 뭐. 저 무식하게 강한 인간도 없는데.'

누가 뭐래도 그는 종남의 문제아가 아니던가. 모두가 '그럼 그렇지' 하고 말 게 뻔했다. 지금까지 그래왔던 것처럼.

한편 전무심은 진성자가 송정에게 내리는 명령을 들으며 내심 만족했다.

천왕교라는 이름이 전해지면 종남뿐만이 아니라 화산도 움직일 것이다. 이제 천왕교의 본진이 대대적으로 쳐들어오지 않는 이상, 천가장은 걱정할 것이 없었다.

"왜 나가보지 않았느냐?"

"보면 바보처럼 또 울 것 같아서요. 그리고 곧 돌아올 텐데요 뭐."

"너무 슬퍼하지 마라."

천수경은 팔베개를 한 채 침상에 머리를 기댄 천소령이 한없이 안쓰러웠다.

"저는 할아버지만 편찮으시지 않으면 다 괜찮아요."

"허허허, 나야 살만큼 살았는데 무슨……. 그래, 그가 다시 온다고 했다고?"

"예, 할아버지."

"다음에 오면 무슨 일이 있더라도 꼭 붙잡아야 한다, 령아야."

언뜻 천소령의 얼굴이 붉어졌다.

"그럴 거예요. 꼭……."

다짐을 되새기며 멍하니 허공을 바라보는 천소령이다. 천수경은 한때의 잘못된 결정으로 어린 손녀의 운명이 꼬인 것 같아 너무도 가슴이 아팠다.

'쯔쯔쯔, 불쌍한 것…….'

천가장의 문을 나선 전무심이 삼십여 장 정도 걸었을 즈음이었다. 기다렸다는 듯이 건너편 골목에서 한 사람이 나오더니 그에게 다가왔다.

후원에 갔을 때 두어 번 본 적이 있는 유씨 노인이었다.

무슨 일일까? 왜 여기서 자신을 기다린 걸까?

묵묵히 바라만 보자 유씨 노인이 주섬주섬 품에 안고 있던 뭔가를 내민다.

낡은 비단으로 싼 얇고 작은 보따리였다.

"나중에 끌러보시구려."

그리 말할 때는 그만한 이유가 있을 터였다.

전무심은 천천히 고개를 끄덕이고 낡은 비단보따리를 받아 품속에 집어넣었다. 그때 유씨 노인이 머뭇거리며 물었다.

"돌아오실 거요?"

오늘 하루만도 벌써 두 번째 물음이다. 고개를 끄덕인 전무심이 나지막이 말했다.

"그럴 겁니다."

"꼭… 돌아오시구려."

할 말이 많은 눈치였다. 그러면서도 당장 입을 열지는 않았다.

아무래도 옆에 있는 두 사람 때문인 듯했다.

의아했지만 전무심도 더 물어보지는 않았다. 나중에 돌아와

서 물어보면 되겠지, 그렇게 단순히 생각했다.

전무심이 가볍게 고개를 끄덕이고 돌아서자 유씨 노인, 유종원도 돌아섰다.

돌아선 유종원의 눈에 성근 눈물이 맺힌 것은 바로 그때였다.

'반드시 돌아와야 하오, 작은 주인. 그때는 무심(無心)이 아니라 유심(有心)이 되어서 돌아오시구려.'

그는 전무심의 이름이 천수경을 원망해서 지은 이름이라 생각했다. 해서 전무심이 천유명의 자식임을 확신하고도 누구에게도 말하지 않았다. 심지어 마누라에게도.

잘못하면 영원히 떠나 버릴지도 모른다는 불안감 때문이었다.

매듭은 묶은 자가 풀어야 온전히 풀린다 하지 않던가.

몇 년 더 걸리든 시간이 문제가 아니었다.

천유명의 핏줄이 살아 있다는 것, 그것이 중요할 뿐이었다.

3

작수(柞水)에 도착한 것은 성루의 깃대에 붉은 태양이 꽂힐 즈음이었다.

유난히 심한 황사 바람을 등에 지고 성문을 통과한 전무심은 작수에서 하루를 쉬어가기로 했다.

달빛조차 황사에 먹혀 버린 그날 저녁.

두 차례에 걸쳐 대주천을 마치고 침상에 누우려던 전무심은 유 노인이 준 낡은 비단 보자기가 생각나자 몸을 다시 일으켰다.

대체 뭔데 나중에 풀어보라고 했을까?

그리고 얼마 후.

보자기 속에 들어 있던 곱게 접힌 종이를 펼치는 전무심의 동공이 점점 커지기 시작했다.

절대부동일 것 같던 손가락 끝은 봄바람에 부끄럼을 떠는 사시나무처럼 파르르 떨렸다.

뇌리가 하얗게 비어가는 기분!

그는 가슴 깊은 곳에서 무언가가 울컥 솟구치는 것만 같아 목에 힘을 주어야만 했다.

종이에는 한 사람의 초상이 그려져 있었다.

여인이었다. 아름답기 그지없는 여인. 보고 있으면 아무런 생각도 나지 않을 정도로 백치미를 보이는 여인이었다.

그러나 전무심이 격정에 떠는 이유는 여인의 아름다움 때문이 아니었다.

이보다 열 배나 더 아름다운 여인의 초상이라 해도, 단순한 여인의 초상이었다면 전무심에게 아무런 감흥도 주지 못했을 터였다.

전무심이 이토록 격정에 떠는 이유는 단 하나였다.

"어머니……!"

그랬다. 자신도 모르게 초상을 본 순간 튀어나온 한마디.

어머니!

바로 그 이름 때문이었다.

보는 순간 느꼈다. 이 여인은 어머니다. 어머니의 초상이다!

모조리 타버려 숯으로 가득 차 있을 거라 생각했던 가슴이 끓고 있지 않은가.

말라 버렸을 거라 생각했던 눈물샘이 가득 차 넘치지 않는가 말이다.

모두가 어머니라는 이름 때문이다.

평생 한 번도 불러보지 못했던 그 이름. 죽을 때까지 불러볼 수 없을 거라 생각했던 그 이름.

어머니…….

석상처럼 굳은 전무심은 시간이 가는 줄 모르고 어머니의 초상을 바라보았다. 아무리 쳐다봐도 질리지가 않았다.

일각, 이각…….

반 시진이 지나 사위가 어두워지고 나서야 고개를 드는 전무심이었다.

그는 탁자 위에 펼쳐진 어머니의 초상화를 행여나 다칠세라 천천히, 조심스럽게 접었다.

그리고는 낡은 비단 보자기로 꼼꼼히 쌌다.

"꼭 돌아오시구려."

보자기를 건네주던 유 노인의 목소리가 아직도 귓전에 울리는 듯했다.

그는 알고 있었던 것이다. 자신이 누군지.

어떻게 알았을까 하는 것은 중요하지 않았다. 중요한 것은, 그가 누구보다 자신이 원하는 것을 많이 알고 있을 것 같다는 것이다.

'돌아갈 겁니다, 반드시! 그리고 물을 겁니다. 어머니에 대해서, 아버지에 대해서……'

되돌아가서 붙잡고 날 새며 이야기를 듣고 싶었다.

하지만 그러지 않기로 했다. 돌아가면 쌓이고 쌓였던 모든 것을 다 쏟아낼지도 몰랐다.

당장은 그럴 수가 없었다.

'제가 천유옥이라는 이름을 되찾는 날, 그날 돌아가겠습니다.'

아직은 전무심으로서, 의부인 전풍백의 아들로서, 패왕과 혈왕의 제자로서 해야 할 일이 있는 것이다.

전무심은 객잔의 일층으로 내려갔다.

잠이 오지 않았다. 하긴 오늘 같은 날 잠이 온다면 그것이 이상한 일이었다.

해서 술이나 한 잔 마실까 하고 내려갔는데, 일층에는 자시가 가까워진 늦은 시간임에도 불구하고 제법 많은 사람이 삼삼오오 앉아서 술을 마시고 있었다.

언뜻 봐도 열 명은 넘어 보인다.

개중에는 몇 사람의 무인들도 끼어 있었다. 호탕하게 웃으며 무용담을 나누던 그들은 전무심이 내려가자 힐끔 눈길을 돌렸다.

하지만 그것도 잠시뿐이었다. 그들은 또다시 자신들의 이야기에 열을 올리기 시작했다.

전무심이 구석진 곳에 자리를 잡자 점소이가 졸린 얼굴로 다가왔다. 주인은 보이지 않았다. 아마도 점소이에게 맡기고 잠자기 위해 들어간 듯했다.

"뭘 드시겠습니까요? 곧 끝날 시간인데…….."

이제 그만 끝났으면 싶은 표정이었다.

전무심은 품속의 주머니에서 반 냥은 됨직한 은두(銀豆) 하나를 건네주었다.

"간단하게 술 한 병과 음식을 좀 주게나."

은두를 보더니 졸린 두꺼비 같던 점소이의 눈이 먹이를 노리는 오소리의 눈으로 변했다.

지금 이 시간에 할 수 있는 음식이라고 해봐야 뻔한 것들뿐. 한 냥의 은자면 분주와 야채를 넣어 버무린 삶은 양고기를 주고도 반은 남길 수가 있었다. 끝물에 봉을 만난 기분인 것이다.

"잠시만 기다려 주십시오."

은두를 휙 낚아 챈 점소이의 행동이 갑자기 빨라졌다.

그는 뛰다시피 움직여 엽차를 가져다주고는 주방으로 들어

갔다. 숙수마저 철수했기 때문에 자신이 직접 음식을 차리려
는 것 같았다.

시간이 걸릴지도 모른다는 생각에 전무심은 점소이가 가져
온 엽차로 먼저 입을 축였다.

그때 이층에서 또 사람이 내려왔다. 궁사한과 소미하란이었
다.

두 사람은 전무심을 보고도 놀라지 않았다. 오히려 다행이
라는 표정이었다.

전무심은 그 표정의 뜻을 눈치 채고 쓴웃음을 지었다.

'혼자 가버린 줄 알았나 보군.'

그사이 계단을 내려온 두 사람은 곧바로 전무심을 향해 다
가왔다.

그들이 두 개의 탁자를 지나쳐 객잔을 반쯤 가로질렀을 때
였다.

전무심의 고개가 객잔 입구를 향해 천천히 돌아갔다.

곧이어 덜컹! 객잔의 문이 열리더니, 몇 사람이 어깨와 옷에
쌓인 먼지를 털며 안으로 들어왔다.

순간 그들을 바라보는 전무심의 눈에서 싸늘한 한광이 번뜩
이다 사라졌다.

'천왕교? 장안으로 가는 길인가?'

예순 전후로 보이는 노인이 둘, 각기 다른 무기를 든 마흔
전후의 무사가 셋, 그리고 청년부터 서른 초반까지 나이가 골
고루 섞인 서생이 넷. 들어선 자들은 모두 아홉이었다.

'절정의 고수들과 천기원의 서생들, 군악이 움직였다는 말이군.'

그들에 대해 나름대로 판단하고 있을 때다. 궁사한과 소미하란이 그들을 바라보는 것이 보였다.

전무심은 급히 두 사람을 향해 전음을 보냈다.

"그들에게 신경 쓰지 말고 곧바로 오시오."

갑작스런 전무심의 전음에 궁사한과 소미하란은 태연히 고개를 돌리고 곧장 전무심의 자리로 향했다.

그러고는 자리에 앉자마자 소미하란이 의아한 표정으로 물었다.

"저들이 누구기에 그러시는 거죠?"

전무심이 두 사람에게 동시에 전음을 보냈다.

"천왕교의 사람들이오. 장안의 일을 조사하러 가는 길 같소. 마주쳐 봐야 좋을 게 없는 사람들이오."

궁사한과 소미하란의 눈이 커졌다.

천왕교!

자세히는 아니어도, 전무심 곁에 있으면서 벌써 세 번째 주워듣는 이름이었다.

그들은 들을 때마다 여전히 놀라지 않을 수 없었다.

대체 전무심과 천왕교는 무슨 관계일까? 저들이 천왕교의 사람이라는 것을 어떻게 알아본 걸까? 장안의 일은 또 무슨 말이지?

두 사람의 뇌리가 복잡하게 돌아가는 사이, 점소이가 술과 음식을 내왔다.

"일행 분들이신가요?"

탁자에 술과 음식을 내려놓으며 떫은 감을 베어 문 표정을 짓는 점소이를 보고, 전무심이 다시 은두 하나를 더 꺼내 탁자 위에 올려놓았다.

눈치로 먹고사는 점소이가 그 뜻을 모를 리 없었다.

잽싸게 탁자를 훑어 은두를 낚아챈 점소이가 허리를 반쯤 구부리며 말했다.

"조금만 기다려 주십시오. 즉시 술과 음식을 더 가져오겠습니다."

점소이가 자신들은 쳐다보지도 않고 전무심 일행만 상대하는 것에 기분이 나빴는지, 천왕교의 무리들 중 한 사람이 큰소리로 점소이를 불렀다.

"이봐! 우리도 음식 좀 가져다주게나!"

점소이는 짜증이 잔뜩 묻은 얼굴로 그들을 바라보고는, 곧바로 표정을 바꾸며 소리쳤다.

"혼자라 바빠서 그러니 조금만 기다리십시오!"

그러더니 중얼거리며 다시 주방으로 들어갔다.

"씨발, 봉 잡나 했더니 막판에 똥 밟는 거 아닌지 모르겠군."

그 말을 듣지 못할 궁사한과 소미하란이 아니었다.

두 사람은 '봉'인 전무심을 바라보며 가까스로 웃음을 참았다.

그러자 전무심이 말했다.

"그래도 '똥' 은 아니어서 다행이군."

생각지도 못했던 말에 두 사람의 입에서 웃음이 터져 나왔다.

"푸웃!"

"호호호!"

그러잖아도 입 안에 가득 황사를 물고 오느라 짜증이 잔뜩 나있던 나목상이었다.

본래 계획대로라면 해가 지기 전에 작수에 도착해서 지금쯤은 푹신한 침상에 누워 있어야 했다. 그런데 길을 잘못 들어 자시가 다된 지금에서야 작수에 도착했다. 순전히 길에서 만난 삼류표사가 길을 잘못 알려준 때문이었다.

언제고 그놈을 만나면 개 패듯 패죽이고 말겠다는 각오를 황사 가득한 침을 뱉어낼 때마다 몇 번이고 다진 그였다.

그런 나목상이었기에 점소이의 퉁명스런 목소리는 꼭 '나 죽여줍쇼' 하는 것처럼 들릴 수밖에 없었다.

배만 고프지 않았다면, 다른 점소이만 있었다면, 옆에 장로만 없었다면! 그는 당장 점소이의 머리를 한바퀴 돌려 죽여 버렸을 것이다.

감히 점소이 따위가 십팔마신을 비웃다니!

'건방진 놈. 먹고 나서 두 바퀴 돌려주마.'

나목상은 점소이의 목숨을 조금 더 유지해 놓기로 하고는 가까스로 분노를 누르며 자리에 앉았다.

바로 그때다. 때맞춰 들려오는 웃음소리.

한데 그 웃음이 꼭 자신을 비웃는 것처럼 들리지 않는가 말이다.

나목상은 자리에서 벌떡 일어섰다.

하지만 이번에도 그는 자신의 분노를 토해낼 수가 없었다.

"소란 떨지 말고 자리에 앉게."

부드러운 목소리. 십대장로 중 서열 오위이며, 장로들 중 성질이 제일 온순하다고 알려진 무노비자(無怒秘子) 온정유가 자신의 행동을 막은 것이다.

그는 온정유의 나직한 목소리에 찍소리도 못하고 자리에 앉았다.

다른 사람은 몰라도 그는 안다. 온정유에 대한 소문은 하나에서 열까지 전부 거짓이라는 것을.

'저 마귀의 성격이 온순하다고? 차라리 미친개가 풀만 먹고 산다고 하면 내가 믿지.'

사람 좋은 웃음을 지으면서 상대의 눈알을 빼내고, 부드러운 목소리로 고통에 신음하는 사람을 위로하며 힘줄을 빼내는 사람이 바로 눈앞의 무노비자 온정유인 것이다.

오 년 전 우연히 보았던 그 모습이 떠오르자 나목상은 몸을 부르르 떨었다.

그때 온정유가 특유의 부드러운 목소리로 물었다.

"저들이 누군지 아느냐?"

네 명의 서생 중 이십대 중반의 서생이 조용히 답했다.

"인명록에는 없는 자들입니다."

그러자 삼십 초반에 얼굴이 긴 서생이 말을 이었다.

"하나 얼마 전 들어온 정보에 저들과 비슷한 자들에 대한 것이 있습니다."

온정유의 초승달처럼 휘어진 가느다란 눈이 그를 향했다. 그가 말을 이었다.

"앉은키로 봐서 섰을 경우 육 척이 훨씬 넘어 보이는 커다란 키, 흑의에 긴 머리, 허리의 짧은 검. 그리고 서른이 조금 넘은 듯한 나이에 휘어진 칼을 지니고, 아닌 듯하지만 백족으로 보이는 남자와 미모의 여자."

그의 말이 거기까지 이르자 묵묵히 앉아 있던 또 다른 노인이 묵직한 목소리로 결론을 내리듯 입을 열었다.

"도천기를 죽였을 것으로 추정되는 자와 똑같군."

"아직 확실하지는 않습니다. 천하에는 그와 같은 인상착의를 지닌 사람들이 적지 않으니까요."

천기원 잠사단의 부단주인 백여민이 여지를 남긴 채 말을 맺자, 십대장로 중 서열 삼위이며 도에 관한한 적수를 찾기 힘들다는 구박도(具縛刀) 황우담이 고개를 저었다.

"하지만 같은 인상착의에 절정에 달한 무공을 지닌 자는 강가의 모래 속에서 바늘을 찾는 것만큼이나 찾기가 쉽지 않지."

황우담의 말이 떨어짐과 동시였다.

"속하가 알아보지요."

등에 가위처럼 두 자루의 낫을 매고 있던 자가 자리에서 일어났다. 십팔마신 중 쌍마겸(雙魔鎌)이라 불리는 소규염이 바로 그였다.

전무심은 소규염이 일어나는 것을 보며 천천히 술잔을 입에 털어 넣었다.

'그냥 지나가기는 틀렸군.'

궁사한과 소미하란의 몸이 굳어가는 게 느껴진다. 저들이 나누는 말을 들었다는 말이다.

어쩔 수 없는 일이었다. 피하기에는 이미 늦은 데다 피할 이유도 없었다. 오늘 일이 어떻게 발전될지는 알 수 없지만, 최선을 다하면 그뿐이었다.

진인사대천명(盡人事待天命)이라 하지 않던가.

'피할 수 없다면 흔적을 깨끗이 지운다!'

탁!

전무심이 소리나게 술잔을 내려놓자 소미하란이 재빨리 술병을 잡았다.

"제가 따라 드릴게요."

멈칫한 전무심이 잔을 잡았다.

어차피 벌어질 일이라면 두 사람의 굳은 몸을 풀어주는 것도 좋을 듯했다.

술을 따르는 소미하란, 그걸 바라보는 궁사한. 단순히 자신이 소미하란의 술을 받는 것만으로도 두 사람의 굳은 표정이 풀어져 있지 않은가 말이다.

한데 술잔이 거의 채워졌을 즈음이었다.

전무심의 눈에 이채가 떠올랐다. 동시에 객잔의 문밖에서 소란스런 소리가 들려왔다.

소규염이 막 걸음을 떼려 할 때다.

덜커덩!

객잔의 문이 거칠게 열렸다. 곧이어 십여 명의 무인이 우르르 몰려들어 왔다. 밤늦게 객잔을 찾는 사람이 유난히 많은 밤이었다.

"무슨 놈의 바람이 이렇게 지독한 거야? 가을에 이렇게 지독한 황사바람이 부는 건 처음 봤군."

"그냥 하루 늦게 출발했으며 좋았을 거 아닙니까, 부단주님?"

"이제 와서 후회하면 뭐 해? 하루 더 머물면 애향이 년이 아랫도리라도 열어주었을 것 같아?"

"혹시 압니까? 싸우러 가는 서방님 힘내라고 열어줬을지."

"에이, 좌우간 산골에 처박혀 있던 미친놈들이 주제도 모르고 설쳐 대니까 하늘도 짜증내는 것 같구만."

"그 자식들은 그냥 처박혀 있지, 뭐 하러 나와서 사람을 생고생시키는 겁니까?"

"그야 자기들이 대단한 줄 알고 착각하는 거 아니겠나. 옛날하고 지금하고 어디 똑같은가? 마도의 종주? 흥! 개도 안 물어갈 소리지."

"조용들 하게! 손님들이 많잖은가!"

왁자지껄 떠드는 소리에 객잔이 다 들썩일 지경이다.

한데 말뜻이 묘하다.

산골에 처박혀 있던 미친놈들……. 옛날이 어쩌고, 마도의
종주가 저쩌고…….

그 바람에 전무심 일행을 주시하던 천왕교 사람들의 눈이
천천히 그들을 향했다.

어정쩡하니 서 있던 소규염의 고개도 그들을 향해 돌아갔
다.

관심의 초점이 자연스럽게 옮겨간다.

갑작스럽지만 그리 나쁘지 않은 상황. 술잔을 목구멍에 털
어 넣은 전무심은 기광을 발하며 돌아가는 상황을 지켜보았
다.

떠들며 들어선 자들의 가슴에 수놓아진 붉은 글자가 유난히
눈을 끈다.

마존(魔尊).

섬서에서 마존(魔尊)이라는 글자를 가슴에 새기고 다니는
자들은 오직 한 부류뿐. 칠대마세 중 하나로 불리면서도 스스
로는 마도문파임을 거부하는 태백산 마존궁의 무사들이 바로
그들이었다. 그들 외에는 누구도 가슴에 저 글자를 새긴 자가

없었다.

'마존궁의 무사들이 왜 적수에 온 것이지?'

결코 단순한 이유 때문은 아닐 것이다.

어수선한 행동과는 다르게 모두가 일류무사들. 개중에는 절정에 달한 고수도 두 명이나 섞여 있다. 저런 자들이 십여 명이나 움직였다는 것은 그만한 일이 있다는 말이었다.

한데 말투로 봐서 천왕교와 무관한 것 같지가 않았다. 마치 그들을 조사하기 위해 나온 것 같은 말투가 아닌가.

이유야 어쨌든 적절한 등장이 아닐 수 없었다.

'아프다던 마존궁주의 딸은 나았는지 모르겠군.'

전무심이 잠시 엉뚱한 생각을 하는 사이, 분위기가 이상함을 느꼈는지 마존궁의 무사들이 목소리를 낮췄다.

그제야 무노비자 온정여가 부드러운 목소리로 물었다.

"마존궁에서 오신 분들이신가?"

마존궁의 무리 중 당당한 체구에 눈마저 부리부리한 중년인이 턱을 치켜들며 되물었다.

"그러는 그대들은 어디서 왔소?"

온정여가 미소를 지으며 나직한 목소리로 말했다. 하지만 조금 전처럼 부드럽지는 않았다.

"우리는 산골에서 나왔다네."

"산골?"

"그래, 산골 말이야. 아주 깊은 산골."

"짜증나 죽겠는데, 이 양반이 장난하나? 산골이라고 하면 내가 어떻게 안단 말이야?"

당당한 체구를 지닌 중년인, 마존궁 철패단의 부단주인 대황수 사광문은 그러잖아도 부리부리한 눈을 더욱 크게 부릅뜨며 소리쳤다.

그러자 온정여의 미소가 더욱 짙어졌다.

온기가 느껴지지 않는 미소, 살소였다.

"모른다고? 알 텐데?"

"알기는 개뿔이나! 내가 뭘 알아?"

사광문은 어이없다는 듯 피식 웃으며 비아냥거렸다.

그러자 들어올 때부터 서 있던, 등에 낫을 꽂은 놈이 노려본다.

제법 싸늘한 눈빛이다. 싸한 기분이 들 정도다.

'이놈들, 뭐야? 한가락 하는 놈들 같은데……'

물론 그렇다고 해서 기죽을 사광문이 아니었다. 뒤에서 수하들이, 상관이 지켜보고 있잖은가 말이다.

그는 오히려 더욱 큰소리로 상대를 윽박질렀다.

"이봐, 당신들! 취했으면 들어가 자빠져 자기나 하라고! 배고파서 당신들하고 장난할 기운도 없거든!"

"광문, 그만 하고 물러서게."

아마 단주인 모용창이 말리지 않았다면, 그가 자랑하는 육두문자도 아낌없이 뱉어냈을 터였다.

하지만 규율을 칼같이 따지는 모용창의 말을 어길 수는 없었다. 명령절대복종을 신조로 삼고 있는 사람이 바로 모용창이다. 어기면 무슨 벌이 떨어질지 아무도 몰랐다.

"쳇, 별 거지깽깽이 같은 자들이 기운 빠지게 하네."

사광문은 아쉬움을 털 듯 마지막으로 투덜거리며 돌아섰다.

그러자 온정여가 씩 웃으며 말했다.

"조금 전에는 아는 것처럼 말하더니, 모르고 한 말이었나?"

돌아선 사광문이 움찔 어깨를 떨고는 고개를 모로 꺾었다. 마치 수십 년 지난 일을 어렵게 떠올리기라도 하려는 것처럼.

그러다 갑자기 그대로 굳어버렸다.

마침내 생각이 난 것이다.

'산골에 처박혀 있던 미친놈들이…….'

그랬다. 분명히 그렇게 말했다. '산골'이라고.

사광문의 눈이 더할 수 없이 커졌다.

'그, 그럼 저자들이……?'

앞에 앉아 있던 모용창의 딱딱하게 굳은 얼굴이 보인다. 모용창도 그 말뜻을 알아들은 듯하다.

"단주……."

"물러서게."

그때 온정여의 나직한 목소리가 그의 어깨를 짓눌렀다.

"남자라면 자기가 뱉은 말에 책임을 져야 하는 법이지."

부드럽기는커녕 악마의 속삭임처럼 들리는 목소리다.

'책임을 지라고? 어떻게?'

사광문의 이마에 굵은 땀방울이 맺혔다.

무형의 기운에 짓눌려 움직일 수가 없다.

그렇다고 돌아서면 악마가 자신의 심장에 검을 쑤셔 박을 것만 같다.

난생처음으로 느껴보는 두려움. 사광문은 비참한 마음에 이를 악물었다.

사광문의 표정에서 뭔가 일이 삼상치 않음을 느낀 모용창은 천천히 자리에서 일어났다.

"미처 몰랐소이다. 천왕곡에서 나오신 분을 이런 곳에서 만나다니."

순간 앉아 있던 철패단의 단원들이 일제히 벌떡 일어섰다.

천왕곡! 천왕교를 말함이다.

지난 몇 시간, 황사바람에 시달릴 때마다 이를 갈며 씹어댄 이름을 어찌 모를까.

일순간에 객잔 안의 공기가 만 근이라도 되는 듯 무거워졌다.

당장 사지가 잘리고 피가 튄다 해도 무엇 하나 이상하지 않은 상황.

질식할 것 같은 분위기에 그때까지도 남아 있던 양민들이 슬금슬금 빠져나가기 시작했다. 주방에서 음식을 들고 나오던 점소이도 슬그머니 자취를 감춘 지 오래다.

구석진 곳에는 전무심 일행이, 이층으로 오르는 계단 아래에는 천왕교의 사람들이, 그리고 그 반대편에는 마존궁 철패단의 단원들이 자리하고 있다.

마치 그러려고 했던 것처럼 묘하게 삼각의 대치를 이룬 상황이다.

전무심은 그런 배치 상황이 마음에 들었다.

자신들에 대해 모르는 마존궁의 무사들은 천왕교만 상대하면 된다. 하지만 천왕교의 무리들은 걸리는 것이 한두 가지가 아니다.

저들은 장안의 일을 조사하려는 목적으로 나온 자들일 터. 기분대로 마존궁과 다툼을 벌일 수도 없을 테고, 게다가 자신들에 대해 신경 쓰지 않을 수도 없다.

그때 문득 뇌리를 스치는 생각 하나. 전무심은 소미하란이 또다시 가득 채워논 술잔을 입 안 깊숙이 털어 넣었다.

'백리군악, 어쩌면 네 머리가 더 아파질지도 모르겠구나.'

천천히 잔을 내리는 전무심의 눈이 무저의 늪처럼 진득하니 가라앉았다.

그때 갑자기 살얼음처럼 얼어붙었던 대기가 갈라졌다.

소름 돋는 느낌에 등골이 오싹하다.

픽!

바늘 끝이 허공을 찌르는 소리!

소광문은 가까스로 목을 꺾었다.

누군가의 전음이 없었다면 피하지 못했을지도 몰랐다.

목거죽을 뚫고 지나가는 장침 같은 꼬챙이 하나. 소광문은 신음을 토할 시간도 없이 목을 꺾음과 동시에 허리를 접었다.

빙글 몸을 돌리는 그의 목에서 핏물이 튀었다.

"조심해!"

모용창의 경고가 터져 나온 것은 그 이후였다.

소광문은 생각할 겨를도 없이 몸을 굽혀 바닥을 뒹굴었다.

그러자 모용창이 검을 빼 들고 뒹구는 소광문의 몸을 타넘었다.

따당!

두어 번의 짧은 격돌음이 들리고, 모용창이 주춤거리며 물러선다.

"제법이군."

"그대 역시."

그사이 벌떡 일어선 소광문은 주먹을 움켜쥐고 앞을 노려보았다.

석 자 길이의 쇠꼬챙이를 들고 있는 장한이 보였다.

얇은 입술, 쭉 찢어진 눈. 첫눈에 독랄함이 그대로 느껴지는 자였다. 그가 바로 십팔마신 중의 한 사람이자 지옥사자라고도 불리는 지옥귀검 공여였지만, 소광문의 눈에는 그저 자신의 뒤통수를 노리던 때려죽일 놈으로밖에 보이지 않았다.

"비겁하구나! 뒤를 공격하는 것이 천왕교의 법도인가!"

"법도라… 마존궁은 모욕을 당하고도 그냥 웃으며 넘어가는 곳인가 보군."

사광문의 얼굴이 성난 늑대처럼 일그러졌다.

분명 잘못은 자신들이 먼저 했다. 그렇다고 자신의 목덜미에서 흐르는 피가 아직 굳지도 않았는데 먼저 꼬리를 말 수는 없었다.

설령 상대가 천왕교라 해도 말이다.

"홍! 아무리 그래도 우리는 누구처럼 뒤통수에 꼬챙이를 들이밀지는 않는다!"

"물러서게, 광문."

모용창이 다시 한 번 사광문을 말렸다. 그리고 쇠꼬챙이를 들고 있는 공여를 향해 말했다.

"싸우겠다면 마다하지 않겠소. 본 궁의 무사들은 겁쟁이가 아니니까. 하나 또한 불필요한 싸움을 무턱대고 할 정도로 앞뒤 못 가리는 사람들도 아니외다. 어떻게 하시겠소? 다행히 광문도 거죽만 조금 찢겼을 뿐이니 그만 했으면 좋겠소만."

공여도 바라던 바였다. 그렇다고 당장 수긍하고 자리에 앉을 수도 없었다.

온정유의 눈짓으로 시작한 일이었지만, 어쨌든 먼저 공격하고도 남는 게 하나도 없는 상황. 공여로선 자존심 상하는 일이 아닐 수 없었다.

"그것도 좋겠지. 정식으로 사과만 한다면야……."

"사과를 하라고? 홍! 무릎이라도 꿇으란 말인가?"

사광문이 여전히 분이 풀리지 않은 말투로 비꼬듯이 말했다.

이번에는 모용창도 말리지 않았다.

그는 아랫사람 대하듯 말하는 공여의 말투가 영 마음에 들지 않았다. 천왕교의 사람만 아니었다면 진즉 손을 썼을 그였다.

마존궁의 무사들 역시 같은 마음인지 눈에 힘을 주고 공여를 노려보았다.

그러나 열세 명의 칼날 같은 눈빛을 받고도 공여는 조금도 흔들리지 않았다. 그는 오히려 턱을 치켜들며 냉랭한 표정으로 사광문을 직시했다.

"그것도 좋겠지."

"못하겠다면?"

갑자기 활시위를 잡아당긴 것 같은 긴장감이 흘렀다.

어느 한쪽도 먼저 놓을 수 없는 그런 상황.

그때 전무심이 일어났다.

앉아 있던 황우담과 나목상 등이 반사적으로 전무심을 바라보았다.

전무심은 그들의 시선에 아랑곳없이 객잔의 문 쪽으로 걸음을 옮겼다.

궁사한과 소미하란이 그 뒤를 따랐다. 전무심이 객방이 아닌 입구로 가는 게 의아했지만 굳이 묻지는 않았다.

객잔의 입구로 가기 위해서는 대치하고 있는 두 무리의 중앙을 관통해야 한다는 것. 그것만으로도 다른 것을 생각할 겨를이 없는 것이다.

어쨌든 갑작스런 전무심의 움직임에 당겨진 활시위처럼 팽팽하던 긴장이 느슨해졌다.

느닷없는 상황 변화에 모용창은 어이가 없었다.

온정유와 공여를 비롯해 천왕교 모든 사람들의 눈길이 키가 큰 청년의 움직임을 따라 돌아간다.

자신들은 안중에도 없는 것 같은 행동.

모용창은 대체 저 청년이 누구기에 이런 상황에서 천왕교의 모든 시선을 사로잡을 수 있는지 궁금해졌다.

'아무리 봐도 키가 큰 것 외에는 별 볼일 없어 보이는데…… . 아! 얼굴 하나는 끝내주게 잘생겼군. 무표정해서 그렇지.'

그때 문득 한 가지 생각이 떠올랐다.

그러고 보니 자신들이 들어왔을 때 낯을 맨 자가 서 있었다. 분명 자신들을 상대하기 위해 서 있었던 것은 아닌 것 같았다.

'저자 때문이었나?

천왕교 무리들의 반응으로 봐서는 아무래도 자신의 생각이 잘못된 것 같지는 않았다.

'그렇다면 남의 싸움에 우리들이 엉겁결에 끼어들었다는 말?

그것이야말로 진짜 어이없는 일이었다.

고래 싸움인지 새우 싸움인지는 몰라도, 어쨌든 등이 터진 것은 자신들이 아닌가 말이다.

모용창의 입이 반쯤 벌어졌다.

그때였다.

"자네에게 물어볼 말이 있네."

온정유가 뒤늦게 입을 열어 전무심의 발걸음을 붙잡았다.

"나는 노인장과 이야기를 나눌 이유가 전혀 없소."

담담히 입을 연 전무심은 걸음을 멈추지 않고 그대로 입구로 향했다.

온정유의 웃는 얼굴에 가는 금이 그어졌다.

그러자 이때라는 듯 소규염이 앞으로 나섰다.

"건방진!"

온정유가 손을 들어 소규염의 행동을 제지하더니 전무심을 향해 물었다.

"자네는 혹시 운남에 간 적이 없나?"

부드러운 목소리가 더욱 낮게 가라앉았다.

그제야 걸음을 멈춘 전무심이 온정유를 바라보았다.

"있다면?"

"그렇다면 나누어야 할 말이 많을 것 같은데 말이야."

"노인장은 어떨지 몰라도 나는 할 말이 없소."

그때 조용히 서 있던 공여가 끼어들었다.

"과연 그럴까?"

동시였다.

쐐액!

갑자기 공여의 쇠꼬챙이가 전무심의 심장을 찔렀다.

일 장의 거리. 금방이라도 심장이 꿰뚫려 피분수가 솟구칠 것만 같았다.

찰나였다!

전무심이 몸을 반 정도 돌려 쇠꼬챙이를 비켜내고는, 쇠꼬챙이가 흐른 동선을 거슬러 가며 오른손을 뻗었다.

퍽!

모래부대를 두드린 듯한 격타음.

"으음……."

주르륵 물러선 공여의 입에서 옅은 신음이 흘러나왔다.

눈에 보이지도 않을 정도로 빠른 공방은 현란하지도, 그렇다고 위력적이지도 않았다. 하지만 결과마저 그런 것은 아니었다.

모두가 눈을 부릅뜨고 경악한 표정을 감추지 못했다.

공여의 한쪽 팔이 축 처져 있다. 창백한 표정, 어딘가가 부러진 듯 고통으로 일그러진 얼굴이다.

모용창을 비롯한 마존궁의 무사들은 믿을 수가 없었다. 모용창과 비등한 무위를 지닌 것으로 보이는 공여가 단 일격에 당하다니.

반면에 천왕교의 사람들은 자신들의 생각을 더욱 확신했다.

'저놈이 도천기를 죽인 놈이다!'

마침내 황우담이 천천히 몸을 일으켰다.

"운남에서 본 교의 사람들 몇이 죽임을 당했지. 그들을 죽인 자의 인상착의가 자네와 비슷하다고 하더군."

"글쎄, 당시 내 손에 죽은 사람이 워낙 많아서 말이오."

"게다가 얼마 전에는 장안에서도 사람들이 죽었네. 혹 자네는 장안에도 다녀오지 않았는가?"

몸을 돌리는 전무심의 입가에서 냉소가 피어났다.

"그 일을 알고 싶다면 따라오시오. 이곳은 모두가 설치기에는 너무 좁으니까."

누가 말을 걸 틈도 주지 않고 전무심은 객잔의 문을 향해 걸어갔다. 그리고 거침없이 문을 열어젖히고 어둠 속으로 발을 내딛었다.

순간 황사바람이 훅 밀려들어 왔다.

모르는 사람이 보면 모두가 일행인 듯했다.

앞장서서 걷는 사람이나 십여 장의 간격을 두고 따르는 사람들이나 급할 것이 없다는 듯 태연했다.

오히려 맨 뒤에 처져서 어정쩡하니 따라가는 마존궁의 무사들만이 잔뜩 긴장한 채 몸이 굳어 있을 뿐이었다.

사실 마존궁의 무사들은 따라가지 않아도 상관이 없었다. 하지만 그놈의 호기심이 끝내 그들을 그냥 놔두지 않았다.

아무도 보지 못한 천왕교의 행사를 직접 볼 수 있는 기회를 어찌 놓친단 말인가. 더구나 그들이 궁을 나선 목적이 천왕교의 움직임에 대한 조사가 아니던가.

특히 소광문이 슬쩍 보낸 전음이 결정적으로 모용창의 마음을 움직였다.

"저자가 조금 전에 전음을 보내 나를 구해준 자요, 단주."

모용창에게는 치명적인 단점이자 최고의 장점이 하나 있었다.

받은 것은 반드시 돌려 줘야 한다는 것.

'젠장, 하필이면 천왕교라니. 도움이 될지나 모르겠군.'

그렇게 누구 하나 재촉하지 않는 기이한 행렬은 객잔을 빠져나온 지 일각이 조금 더 지나서야 멈추었다.

전무심의 걸음이 멈춘 곳은 달빛이 비늘처럼 반짝이는 강가의 풀밭이었다.

황사바람이 멎은 강가에서는 짝을 찾는 물새 떼의 울음소리만이 귀청을 찢을 듯이 들려온다.

구름도 아닌 것이 자신을 가린 것에 화가 났는지, 황사구름을 뚫고 얼굴을 내민 달빛이 토라진 여인처럼 차갑게만 느껴진다.

스스스스……

색 바랜 강아지풀이 잔바람에 진저리를 치며 발등에 몸을 부벼댈 즈음, 전무심은 묵묵히 흐르는 강물에서 눈을 떼고 돌아섰다.

삼 장의 거리. 멈춰 선 사람들의 얼굴이 달빛에 창백하게 보인다.

앞으로 나선 자는 네 명의 서생을 제외한 다섯.

오연한 자세, 자신만만한 표정. 그들의 희미한 웃음 속에는 은은한 살기마저 잠재되어 있다.

아마도 행운이라 생각하는 듯하다. 손에 들린 전병을 누가 빼앗아갈까 봐 걱정하는 어린아이 같은 표정들이다.

지옥이 코앞에 있는 줄도 모르고 말이다.

'의부의 한이 풀릴 때까지, 내 가슴이 채워질 때까지, 의부

의 죽음에 관련된 자, 천왕율을 어긴 자, 모두 죽인다! 설사 그것이 하늘일지라도!'

전무심은 뒷짐 진 손을 풀며 조용히 내력을 끌어올렸다.

순간 천라혈왕기가 임독이맥을 치달리고는 순식간에 전신 세맥으로 퍼져 나갔다.

끝 모를 하늘이 가득 채워지는 것만 같은 기분, 대기가 가슴으로 안겨드는 듯했다.

그제야 무심한 얼굴로 한 발 앞으로 나서는 전무심이었다.

휘이잉!

바람 한줄기가 앞으로 나선 전무심의 머리를 흩날리며 지나간다.

천왕교의 무리 중 고요히 서 있는 전무심을 바라보며 긴장하는 사람은 공여뿐이었다.

그는 피가 모조리 빠져나간 것 같은 사자(死者)의 얼굴로 이를 지그시 깨문 채 전무심을 노려보았다.

직접 부딪쳐 본 그만은 아는 것이다.

불길함. 그 정체가 무엇인지.

'단 한 수에 팔이 부러졌어. 절대 우연이 아니야. 만일 도천기, 고우첨, 간유량, 종추…… 정말 그들이 모두 저자에게 죽었다면…….'

온정유와 황우담은 그 일에 대해 어떤 생각을 가지고 있을까?

자신들이 그들보다 강하면 얼마나 강할까?

과연 이자를 따라 이곳까지 온 것이 잘한 일일까?

바람 때문인지, 아니면 어떤 생각 때문인지 공여의 옷자락이 파르르 떨렸다.

그때 온정유가 나직이 입을 열어 물었다.

"이제 대답해 줄 때도 되지 않았나?"

전무심이 무심한 목소리로 되물었다.

"강호 활동이 금지된 것으로 알려진 천왕교가 왜 밖으로 나온 것이오?"

온정유의 초승달 같은 눈이 더욱 가늘어졌다.

"그것은 네가 상관할 일이 아니다. 네놈은 내가 묻는 말에만 답하면 된다. 장안에 갔느냐?"

전무심이 고개를 끄덕였다.

"물론 그곳에서 오는 길이오. 몇 사람 죽인 것도 사실이고."

전무심이 몇 사람을 죽였다는 말을 하자 온정유의 가느다란 눈에서 새파란 광망이 번뜩였다.

"그래? 그럼 죽어도 여한이 없겠군."

그 말이 떨어진 순간, 황우담이 옆구리의 기다란 도를 움켜쥐고 두어 걸음 앞으로 나섰다.

동시에 소규염과 나목상이 좌우로 갈라지며 전무심 일행을 에워쌌다.

폭발할 듯한 살기에 잡풀들이 고개를 숙였다.

바람조차 스며들지 못하고 비켜가는 공간. 전무심이 그 한가운데 서서 물었다.

"한데 궁금한 것이 하나 있소. 천왕교가 장안에 분타를 설치하려 한 것은 섬서가 목적이오, 아니면 더 큰 것을 바라기 때문이오?"

온정유가 하얗게 웃었다.

"클클, 재미있는 놈이군. 뭐가 그리도 궁금한 것이냐?"

"천왕교의 진정한 목적."

"죽을 놈이 별걸 다 궁금해하는군. 내가 그걸 말해줄 거라 생각한 건 아니겠지?"

순간 전무심의 얼굴에 잔잔한 웃음이 떠올랐다.

"물론 그럴 거라 생각했지. 해서…… 내가 직접 알아볼 생각이야."

바람에 흩날리는 듯한 목소리가 끝남과 동시였다.

후우웅!

갑자기 거센 바람이 전무심을 중심으로 휘몰아쳤다.

처음부터 잔뜩 긴장한 채, 다른 사람과 달리 일장 뒤에서 전무심을 주시하고 있던 공여가 눈을 부릅떴다.

"조, 조심!"

전무심의 신형이 달빛에 흩어지고 있었다.

어둠 속으로 녹아드는 그의 몸에서 사신의 살기가 쏟아지는 듯했다.

대경한 소규염이 등 뒤의 낫을 빼 들고 몸을 날리지만, 허공만 베고 지나갈 뿐이다.

"타아!"

허공으로 몸을 띄운 나목상의 쌍권도 어둠 속으로 맥없이 스러진다.

그때 황우담의 옆구리에 매달려 있던 기다란 도가 허공을 갈랐다.

쉬이익!

잔물결처럼 어둠을 갈라가는 도기에 달빛이 이지러진다.

쩌엉!

처음으로 격돌음이 터져 나왔다.

그리 크지 않은 소리였다. 한데도 듣는 사람들은 고막이 터질 듯한 충격에 귀를 감쌌다.

온정유만이 굳은 얼굴로 앞만 노려볼 뿐, 심지어 십여 장 밖에 있던 마존궁의 무사들조차 주춤거리며 물러섰다.

하지만 그것도 잠시, 사람들은 전무심의 행적을 찾아 허공으로 눈을 돌렸다.

거대한 날개로 달빛을 가린 붕새처럼 전무심은 십 장 허공에 떠 있었다.

허공에 머문 그의 등에서 쏟아져 내리는 교교한 달빛.

그것은 경이(驚異), 그 자체였다.

"아!"

"굉장하군!"

마존궁 무사들의 입에서 탄성이 터져 나오는 가운데, 허공에 떠 있던 전무심은 천라혈왕공을 팔성까지 끌어올렸다.

황우담의 도세는 그가 생각했던 것보다 더 강했다. 고우첨이나 간유량과 비교되지 않는 강함이었다.

도에 관한한 적수를 찾기 힘들다더니, 그 말이 결코 허언이
아니었던 것이다.

더구나 유일하게 자신의 행적을 감지한 자다.

위험 부담이 많은 자.

전무심은 황우담을 제일 먼저 처리하기로 작정했다.

생각은 곧 행동으로 옮겨졌다.

친라혈왕공이 실린 그의 무정이 시커먼 묵기를 뿜어내며 넉
자가량 늘어났다.

그러고는 정강이까지 파묻힌 다리를 땅에서 빼내는 황우담
을 향해 떨어져 내렸다.

그 모습이 마치 먹구름 사이에서 시커먼 벼락이 뚝 떨어지
는 듯했다.

암천의 검 중 다섯 번째, 암천벽뢰(暗天霹雷)였다!

우르르릉!

뒤따르는 천둥소리!

"어림없는 짓!"

그제야 정신을 차린 온정유가 전무심의 생각을 눈치 채고
몸을 날렸다.

그는 날아가며 품속에서 꺼내 든 한 자 반 크기의 철필을 쥐
고 황우담의 머리 위로 휘둘렀다.

순간 철필 끝이 터져 나가더니, 진기가 가득 실린 철침(鐵針)
이 철통에서 쏘아진 우모침마냥 전무심을 향해 새카맣게 날아

갔다.

다급한 김에 평생 한 번밖에 쓰지 않았던 구명 절초 귀혼살모공(鬼魂煞毛功)을 펼친 것이다.

온정유가 펼친 공격은 전무심에게도 뜻밖이었다.

설마 천왕교의 십대 장로 중 한 사람이 암기술을 펼칠 줄은 생각지도 못했던 터였다.

더구나 진기가 가득 실린 철침은 호신강기조차 뚫을 듯하지를 않은가 말이다.

피하기에는 늦은 상황. 전무심은 하는 수없이 무정을 그대로 내려치면서 좌수로 천강벽월수를 펼쳐 원을 그렸다.

찰나였다. 휘황한 묵광이 우산처럼 펼쳐지며 철침을 튕겨냈다.

따다다당!

기왓장에 우박이 튕겨지듯 철침이 사방으로 비산했다.

동시에 황우담의 도와 무정이 한 자의 거리를 둔 채 부딪쳤다.

콰아앙!

도강 대 검강의 정면 충돌!

비산하는 철침, 폭발하듯 터져 나간 청광과 묵광이 사방을 휩쓸었다.

"어헉!"

"모두 피해!"

그 여파에 십여 장 떨어져 있던 마존궁 사람들이 정신없이 뒤로 몸을 날렸다.

미처 피하지 못한 두어 명은 비명을 지르며 바닥을 굴렀다. 철침에 뚫리고, 강기의 파편에 맞은 그들은 바닥을 기어서라도 전장을 벗어나려고 바둥거렸다.

가공할 광경이었다!

평화롭기만 하던 강가에 갑자기 공포의 파도가 몰아쳤다.

그 와중에도 미리 멀찌감치 물러나 있던 궁사한과 소미하란은 슬그머니 자리를 이동하는 소규염과 나목상을 주시했다. 마치 자신의 몫이 어디로 달아나려는 것을 감시하는 사람들처럼.

하지만 누구보다도 큰 충격을 받은 사람은 황우담이었다.

풀어헤쳐진 채 파도에 밀린 해초처럼 출렁거리는 머리. 난파선처럼 흔들리는 눈빛. 이를 악물고 뒤로 물러서는 그는 믿을 수 없는 무엇을 본 것 마냥 넋이 빠진 표정이었다.

"어떻게… 이런 일이……?"

그사이 전무심의 신형은 온정유를 향해 쏜살같이 날아갔다.

동시에 터져 나오는 일갈!

"고수란 자가 부끄럽지 않은가!"

전무심의 일갈이 천둥처럼 온정유의 머릿속을 뒤흔들었다.

하지만 온정유는 부끄러움 따위를 생각할 여유가 없었다.

조금 전만 해도 모든 것이 자신의 생각대로였다.

'저놈의 심장을 뽑아내고, 대가리를 잘라 키를 나만 하게 만

들어서 죽이는 거야! 동료들의 복수를 위해서! 크크크, 내가 장안에 가지도 않고 범인을 잡아가면 아마 몇 놈은 배가 아파서 며칠간 아무것도 먹지 못할걸?

　그렇게 될 것 같았다. 아무리 생각해도 그렇게 되지 못할 이유가 없었다. 자신이 누군가 말이다!

　그런데 지금은, 믿을 수 없게도 두려움이라는 독버섯이 가슴을 뚫고 자라나고 있었다.

　조금 전의 자신감은 바람피우다 들킨 마누라처럼 천 리 밖으로 도망가고 흔적도 보이지 않았다.

　새파랗게 젊은 놈이 황우담과 자신의 협공을 받아내다니!

　천왕이라 해도 완전히 피할 수 없을 거라 자신했던 귀혼살모공으로도 놈의 털끝 하나 상하게 할 수 없다니!

　말도 안 돼! 믿을 수 없어!

　그는 전무심의 무정에서 사발만 한 둥근 검강이 튀어나오는 것을 보며 미친 듯이 손에 든 철필을 휘둘렀다.

　철모가 사라진 철필 끝에는 한 자 크기의 검날이 튀어나와 있었다. 그 검날의 끝에서 피어난 석 자 크기의 검강이 그의 무위를 대변하고 있었다.

　그러나 이미 마음이 흔들린 온정유였다.

　심력에 금이 간 상태. 그런 상황에서 단순한 검강도 아니고 지고무상이라는 검강지환을 상대하기에는 역부족일 수밖에 없었다.

채 오초가 지나기도 전이었다.

철필을 든 온정유의 오른손이 허공으로 튀었다.

연이어 무정이 그의 가슴을 손바닥만 하게 도려내며 심장을 부숴 버렸다.

"끄어억!"

하늘을 가르는 참담한 비명에 사위가 숨을 죽였다.

어둠 속에서 솟아오르는 피분수.

전무심은 무심한 표정으로 무정을 거두어들이고는 황우담을 향해 돌아섰다.

쿵!

피분수를 뿜어내며 무너지는 온정유를 보고 사람들은 자신이 당하기라도 한 것처럼 움찔 몸을 떨었다.

그때다. 돌아서서 흩어진 내력을 다스리던 전무심의 눈에 이채가 떠올랐다.

황우담이 주저앉아 있다.

비록 상당한 내상으로 인해 정상은 아니라지만, 그렇다고 주저앉을 정도는 아니었다. 그런데 마치 죽음을 기다리는 사람처럼 멍한 표정으로 주저앉아 있지 않은가.

'무슨 뜻이지? 포기하겠다는 말인가?'

하긴 온정유가 맥없이 죽어갔으니 그럴 수도 있었다.

그러나 욕심이 많은 자들은 결코 쉽게 포기하지 않는다. 차라리 도주를 생각하면 몰라도. 도주하려다 마존궁의 무사들에게 발목이 잡혀 있는 공여나 천기원의 서생들처럼.

아니면 소규염과 나목상처럼 궁사한과 소미하란을 인질로 잡아 삶을 꾀하려 하든지.

더구나 황우담은 저들보다 월등히 강하지 않은가 말이다.

어쨌든 기이한 일. 전무심은 무정을 늘어뜨린 채 황우담에게 다가갔다.

그렇게 일 장의 거리가 되었을 때다. 멍하니 하늘을 바라보던 황우담이 고개를 내리더니 힘없이 물었다.

"천강벽월인가?"

전무심의 눈 깊은 곳에서 자책의 빛이 어른거렸다.

급박해서 어쩔 수없이 손에 익은 무공을 썼더니 알아본 듯했다.

너무나 큰 실수였다. 자칫 했으면 지금까지의 고생이 헛짓이 될 뻔하지 않았는가.

전무심은 자신의 실수를 자책하며 진기를 이용해 자신과 황우담을 감쌌다. 두 번의 실수를 할 수는 없었다.

"알아봤다면 내가 누군지도 알았겠군."

"혈사자… 허허허, 그대가 살아 있었다니……."

"왜 포기했소?"

"자격이 없으니까. 그대에게 칼을 겨눌 자격이……."

조금은 이상한 말이었다. 그 말을 하면서 고개를 숙이는 황우담의 눈빛이 거세게 흔들린다. 무슨 사연이 있기에 저러는 걸까?

"무슨 뜻이오?"

전무심의 물음에 황우담이 천천히 고개를 들었다.

문득 그의 눈이 충혈되어 있는 것처럼 보였다.

무엇 때문인지 알 수는 없지만, 분명한 것은 격정으로 인한 것이라는 것이다.

황우담이 격정을 가라앉히고 남 이야기하듯 입을 연 것은 잠시 후였다.

"구박도라는 이름 외에 나에겐 또 다른 이름이 하나 있다네."

담담한 목소리. 모든 것을 포기한 자의 음성이다.

문득 전무심의 뇌리로 번개처럼 한 가지 생각이 스치고 지나갔다.

그때 황우담이 말을 이었다.

"천목사자(天木獅子)가 바로 나라네……."

그 말에 놀란 전무심이 눈을 크게 뜨는 순간이었다.

황우담이 울컥 피를 토하며 옆으로 꼬꾸라졌다.

내상 때문이 아니었다. 스스로 심맥을 터뜨리자 혈류가 역류했기 때문이었다.

"이런……!"

전무심이 급히 몸을 살피려 하자 황우담이 쓴웃음을 지으며 고개를 저었다.

"그냥 놔두게. 죽어도 싼 몸이니……."

"어떻게 된 겁니까? 왜 진흙탕에 몸을 담그신 겁니까?"

황우담이 씁쓸한 표정으로 허공을 응시했다.

그의 시선 끝에선 냉랭히 고개 돌린 반쪽 달이 서쪽으로 흘러가고 있었다. 마치 그의 혼을 인도하듯.

"비록 이렇게 되었지만, 친구를 팔고 싶지는 않네. 그도 그만한 이유가 있어 그런 것이니까. 다만 한 가지… 염치없지만 부탁이 하나 있네."

살면 친구를 배반할 수밖에 없을 터, 그런 자신이 싫어 스스로 죽겠다는 사람이다.

전무심의 눈빛이 심해 저 깊은 곳에서 출렁였다.

"말씀해 보시죠. 제가 할 수 있는 일이라면 해드릴 테니까."

"아들이 하나 있네. 그 아이를 구해주시게."

구해달라고? 천왕대전 장로의 아들이 갇혀 있기라도 한단 말인가?

"어디에라도 갇혀 있습니까?"

"뇌옥에 스스로를 가두었네. 당금의 천왕을 인정하지 못한다면서……."

태대원로처럼 우직한 자가 또 있었던 건가?

그런 자라면 자신이 먼저 구하고 싶은 전무심이었다.

"이름은 황무곤이라 하네. 혹 구하거든 그 아이에게 내 말을 전해주시게나. 항상 함께 앉아서 이야기하던 초석(礎石)을 들춰보라고, 그럼 내 마음을 알 거라고……."

점점 줄어드는 황우담의 목소리였다.

죽음이 가까워오고 있다는 말이었다.

심맥이 파괴된 상태. 구천마령침이 또 있다면 몰라도, 화타가 옆에 있어도 살릴 수 없는 상황이었다.

전무심이 할 수 있는 일은 조용히 서서 줄어드는 그의 목소리에 귀를 기울이는 것뿐이었다.

"…모두가 천왕의 뜻을 따르는 것은 아니네. 은밀히 뭉쳐서…… . 그들…… 은천비원(隱天秘院)…… ."

그 후로 얼마나 지났을까, 황우담의 목이 옆으로 툭 떨어졌다.

기이하게도 살아 있을 때보다도 더 평온해 보이는 표정이었다.

모든 번뇌를 털어냈다는 마음일까.

전무심은 반쯤 뜨인 그의 눈을 감겨주고 자리에서 일어났다.

'그럴지도…… . 한데 은천비원이라…… .'

확신할 수 없어 짐작만 하고 있던 것이었다. 분명 모두가 천왕을 따르는 것은 아닐 테니까.

어쨌든 그것은 천왕곡에 가면 알 수 있을 터. 전무심은 주위에 펼친 진기막을 거두고 격전을 벌이고 있는 궁사한과 소미하란을 바라보았다.

두 사람은 십팔마신 중 둘을 맞이해 한 치의 양보도 없는 접전을 벌이고 있었다.

천가장에 머무르는 동안 한시도 쉬지 않고 죽어라 수련만 하더니 이전과는 판이한 실력이었다.

전이었다면 둘이서 전력을 다해 한 사람을 상대해야 했을 터였다. 그런데 이제는 일 대 일로 싸우면서도 밀리지 않는다. 단 세 달여, 무위가 훌쩍 절정의 경지에 올라섰다는 말이었다.

'곧 끝나겠군.'

바라보는 사이 두 명의 장로가 죽었다는 것을 안 십팔마신의 손발이 흐트러진다. 본래는 궁사한과 소미하란이 조금 미흡한 실력이었지만, 저런 상황이라면 이길 수 있을 듯했다.

전무심은 나름 흡족한 마음에 고개를 끄덕이고는 마존궁의 무사들이 있는 곳을 향해 고개를 돌렸다.

쇠꼬챙이를 사용하던 자가 바닥에 쓰러져 버둥거리는 게 보였다. 철패단의 광문이라는 자에게 무지막지하게 두들겨 맞으면서.

하지만 그도 손해만 보지는 않은 듯 그의 쇠꼬챙이에 찔려 죽은 자만도 세 명이나 되었다.

의외인 것은 천기원의 서생들이 한쪽에 얌전히 앉아 있다는 것이었다.

그들은 결코 단순한 서생들이 아니었다. 일 대 일로 싸워도 결코 마존궁의 무사들에게 뒤지지 않는 무공을 지닌 자들이었다. 그런데도 아예 싸워보지도 않고 체념한 표정이다. 설마 죽이기야 하겠냐는 듯.

전무심은 그들의 시선에 깃든 뜻을 짐작하고 내심 코웃음을 쳤다.

마존궁의 무사들이 따라오는 것을 제지하지 않은 데에는 나름대로의 계획이 있기 때문이었다.

그러기에 서생들을 바라보는 그의 눈빛은 싸늘할 수밖에 없었다.

'죽이지는 않는다. 그러나 무사히 돌아갈 생각도 버려야 할 것이다.'

그때 마존궁의 무사들 틈에서 한 사람이 걸어나왔다. 모용창이었다. 그의 딱딱하게 굳은 표정에는 아직까지도 경악이 가시지 않은 상태였다.

"귀공은 뉘시오?"

오 장의 거리를 두고 멈춘 모용창이 먼저 물었다.

"전무심이라 하오."

당연히 처음 듣는 이름인데도 모용창은 행여나 자신의 기억 속에 그런 이름이 있는지 알아내려 억지로 머리를 쥐어짰다.

"크억!"

그 순간 신음과 함께 궁사한과 싸우던 자가 가슴을 부여잡고 쓰러졌다.

전무심은 고개를 돌려 헐떡이는 궁사한에게 가볍게 고개를 끄덕여 주고는 다시 모용창을 바라보았다.

"고민하실 필요 없소. 처음 듣는 이름일 테니까."

하지만 그의 생각과는 다르게 뭐가 생각났는지 모용창의 눈이 크게 떠졌다.

"아! 이제야 생각났소! 혹시 비룡표국의 표두들과 함께 표행했던 분이 아니시오?"

소대붕이 자신에 대해 말한 듯했다.

기이한 일이었다. 표행이 끝난 이상 자신은 국외자였다. 굳이 말할 필요가 없었을 텐데 왜 말했을까?

어쨌든 알고 있는 일, 부인할 필요까지는 없었다.

"맞습니다. 그런 일이 있었지요."

전무심이 순순히 인정하자 모용창이 환하게 웃었다.

"하하하, 말로만 들었던 전 소협을 여기서 만나다니. 정말 반갑소이다. 철패단의 모용창이라 하외다."

뭐가 그리도 반가운지 그는 과장된 몸짓으로 말을 이었다.

"신마성이 고수들을 파견해서 표행을 악착같이 방해했다는 말을 들었소이다. 한데 소협 덕분에 혈정을 무사히 가져왔다 하더구려. 궁주님께서는 그들에게 촉산의 이야기를 들으시고 전 소협을 꼭 한 번 만나 뵙고 싶어 하셨소이다. 화양에서 걸음을 돌리셨다는 말씀을 듣고 매우 안타까워하셨지요."

언뜻 들으면 모든 것이 사실을 말한 것 같았다. 하지만 자세히 생각하면 의문이 드는 말이었다.

'표행을 악착같이 방해했다고?'

유난히 신마성과의 관계를 부각시키는 그들이다.

사실 나중에 신마성이 그들을 공격한 것은 혈정보다는 복수 때문이라 할 수 있었다. 촉산에 이르기 전에도 그랬고, 촉산의 싸움에서도 그들은 혈정에 대해 한마디도 하지 않았다. 오직 전무심을 죽이려 광분했을 뿐.

결국 그들에게 혈정은 부수적인 것이었다는 말이다.

'그러고 보니 신마성이 혈정의 운반에 대해 미리 알고 있었

지. 어쩌면 그때부터 꼬인 것인지도…….'

문득 한 가지 생각이 머릿속에 떠올랐다.

"비룡표국에서는 혈정의 대가로 무얼 원했습니까?"

모용창이 머뭇거리더니 말해도 괜찮다 생각했는지 어깨를 으쓱이며 말했다.

"사천무련이 신마성을 공격하는데, 혹시 그들이 도와달라 하거든 도움을 주지 말았으면 하더구려."

그토록 힘들게 혈정을 구하고 운반하는 것에 비하면 너무 이상한 요구였다.

사문천은 어떤 대가라도 치를 생각을 하고 있었을 터였다. 사람을 빌려달라 해도 거부하지 않았을 게 분명했다.

한데도 그런 요구가 전부라니.

정말 협의의 마음으로 혈정을 보낸 걸까?

'웃기는 소리. 표국의 표사들이 죽어가는 데도 나 몰라라 하고 있던 그들이 아니었던가.'

그 순간이었다. 전무심의 눈이 반짝 빛을 발했다.

'가만? 모른 척했다? 그럼…… 혈정이 신마성에 넘어가도 괜찮았다는 말인가?'

만일 자신이 없었다면 그렇게 되었을 게 확실했다.

'설마 혈정이 신마성에 넘어가길 바랐다는 말은 아니겠지?'

그런데 그것이 사실처럼 생각되는 전무심이었다.

'대체 왜?'

의문이었다. 만일 그게 사실이라면, 송만상은 왜 혈정을 신마성에 넘겨주려 했던 것일까. 신마성이 혈정을 미끼로 마존궁을 끌어들이면 사천무련이 엄청난 타격을 입을 것이 아닌가 말이다.

그때 드는 생각.

'만일 혈정에 뭔가 수작을 부렸다면……?'

전무심이 모용청에게 물었다.

"궁주의 따님께선 병이 나으셨습니까?"

모용창이 고개를 끄덕였다.

"그렇소이다. 혈정과 함께 약을 썼더니 보름도 지나지 않아 걸어 다닐 수 있을 정도로 좋아지셨지요."

그렇다면 혈정에는 이상이 없다는 말이었다.

전무심은 자신이 공연한 의심을 하는 것만 같았다. 어차피 지난 일이 아니던가.

'하긴 독의 대가인 당가의 가주도 있었는데, 이상이 있으면……'

바로 그때였다. 머릿속에서 번쩍 한 가지 생각이 스쳤다.

당가의 가주가 한밤중에 왜 그곳에 온 것일까?

자신을 만나는 것이 목적이었을 리가 없다. 오대세가에 꼽힌다는 당가의 가주가 미쳤다고 자시가 다된 밤에 이름도 없는 사람을 만나러 온단 말인가.

그가 그 시간에 그곳에 있을 때는 그만한 이유가 있다는 말이다. 그리고 자신이 생각할 때 그 이유는 한 가지뿐이다.

송만상에게 그가 필요했다는 것. 독의 대가인 그가 말이다.

좋은 뜻으로든 나쁜 뜻으로든.

'나중에 한번 알아봐야겠어. 왜 그가 그곳에 있었어야만 했는지……'

만일 그들이 뭔가 수작을 부렸다면, 전무심은 그들에게서 혹독한 대가를 받아낼 생각이었다.

비록 작은 인연이지만 한때 자신의 동료였던 사람들의 혼을 달래기 위해서라도.

그러나 그것은 어쨌든 나중 일. 전무심은 천기원의 서생들을 눈으로 가리키며 모용창에게 말했다.

"저들을 맡아주실 수 있겠습니까?"

"예?"

"저들이 이대로 돌아가면 분명 섬서가 시끄러워질 겁니다. 어쩌면 그 화살이 마존궁을 향할지도 모르지요."

갑작스런 말에 모용창의 얼굴이 굳어졌다.

이미 소광문이 천왕교의 사람 중 한 사람을 얼굴도 알아보지 못할 정도로 뭉개놓은 상태였다. 비록 그가 세 명의 동료를 죽였다고 해도 자신들이 그를 죽인 것 또한 분명한 일이었다.

그가 진한 살기를 흘리며 말했다.

"그럼 죽여서 흔적을 지워 버리는 게 낫지 않겠소이까?"

일순간 서생들의 낯빛이 창백하게 변했다. 개중에는 간절한 눈빛으로 전무심을 바라보는 자도 있었다.

"이미 마을 사람들 중 많은 사람들이 마존궁의 등장을 알고 있습니다. 저들을 죽이는 것은 결코 현명한 일이 아닙니다."

그 말에 모용창의 이마가 잔뜩 찌푸려졌다.

"하면 어떻게 하면 좋겠소?"

그 말이 떨어짐과 동시였다.

전무심의 오른손이 서생들을 향해 쫙 벌어졌다.

순간 네 줄기 지력이 어둠을 뚫고 뇌전처럼 뻗어나가 서생들의 마혈을 봉쇄했다.

퍼버버벅!

맥없이 나뒹구는 서생들의 눈빛이 암담한 빛으로 물들었다.

"저들을 데리고 있다가 그들이 오늘의 일을 문제 삼으면 그때 협상을 하십시오. 아마 저들도 마존궁과 정면으로 부딪치는 것은 원치 않을 겁니다. 이미 종남과 화산이 저들의 장안 진출 계획을 알고 있는 데다 정천무맹과의 신경전만으로도 충분히 골치가 아픈 상태일 테니까요."

"호오, 그거 괜찮은 생각이외다."

이제 죽나 보다 생각하고 있던 서생들이 전무심을 혼란스런 눈으로 바라보았다. 장로들을 죽인 냉혹한 살귀가 자신들의 목숨을 구해준 셈이 아닌가.

하지만 그들은 전무심의 내심을 알 도리가 없었다.

'이로써 마존궁마저 끌어들인 셈인가?'

백안마군 사문천은 자존심이 강한 것으로 유명한 자. 쉽게 천왕교의 힘에 굴복하지 않을 사람이다.

백리군악도 이미 그 정도는 파악하고 있을 터였다. 하기에 종남과 화산에 이어 마존궁마저 견제에 들어가면 그는 섬서에 대한 계획을 미룰 수밖에 없을 것이다.

'그리고 사천을 먼저 도모하려 하겠지. 그곳에는 그나마 손을 잡은 신마성이 자리를 잡고 있으니까.'

그러나 마존궁의 무사들이 직접 서생들을 죽이면, 그것은 자신이 장로들을 죽인 것과는 다른 문제였다.

백리군악은 복수라는 명분을 내세워 마존궁을 치려 할 게 분명하다. 종남이나 화산도 그 일에는 끼어들 수가 없다.

결국 섬서에 피의 폭풍이 분다는 말!

그것은 자신이 바라는 바가 아니었다. 폭풍이 불면 천가장은 태풍 앞의 조각배 신세가 될 수밖에 없는 것이다.

그러니 서생들은 살아 있어야만 했다. 오늘 벌어진 일의 증인으로서. 마존궁은 단지 참관자였을 뿐이라는 것을 말해줄 입으로써.

전무심은 서생들에게서 고개를 돌려 숨을 헐떡이는 소미하란을 바라보았다.

모용창과 이야기를 나누는 사이 소미하란과 나목상의 싸움도 끝이 났다.

빙천류혼비 하나가 나목상의 심장에 박혀든 게 보였다.

그래선지 거친 숨을 몰아쉬는 소미하란의 눈빛이 여느 때보다 강렬하다. 자신의 실력이 예전보다 훨씬 강해졌다는 것을 충분히 느낀 듯했다.

'그들도 강해졌겠지?'

문득 사진옥 등이 보고 싶어지는 전무심이었다.

'박쥐 고기에 질릴 때도 되었는데…….'

아무래도 동굴을 나오면 맛있는 것부터 먹여야 할 것 같았다. 원망을 덜 듣기 위해서라도.

第六章
혈응마환(血鷹魔環)

死星
天血

1

모용창에게 천기원의 서생들을 맡기고 남하한 지 사흘이 지났을 때다. 흑화령의 수하 하나가 전무심을 찾아와 서신 하나를 건넸다.

혈곡(血谷)의 무사들이 섬서의 남쪽으로 몰리고 있습니다. 뭘 찾는 것 같기도 하고, 누구를 쫓는 것처럼도 보입니다.
섬서 남부 일대에 이상한 소문이 돌고 있습니다. 대문파의 주인들이 원인 모르게 사망하고, 비정상적인 방법으로 승계가 이루어진다고 합니다.
수상한 무리들이 암암리에 움직이고 있습니다. 모두가 굉장한 고수들로 보입니다.

서신의 내용은 간단했다. 그러나 뭔가 고약한 냄새가 풍겨 나고 있었다.

더구나 혈곡은 칠대마세 중 하나. 하남의 서쪽 대별산 북부에 위치한 그들이 섬서의 남부까지 몰려갔다면 결코 단순한 일일 리가 없었다.

전무심은 일단 천왕곡으로 향하며 혈곡의 움직임을 주시하기로 했다. 다행히 혈곡의 무사들이 몰려가는 진로가 천왕곡으로 가는 길과 크게 어긋나지 않아 그다지 큰 방해는 되지 않을 듯했다.

'바람이 불 때는 반드시 그 원인이 있는 법. 더구나 한 줄기가 아니라 여러 줄기라면…….'

2

"그들로부터 소식이 두절되었습니다."

"무엇 때문이라고 생각하느냐?"

백리군악은 천천히 찻잔을 잡아가며 조용히 말했다.

"작수에 마존궁 철패단의 무사들이 나타났다는 정보가 들어왔습니다, 외숙부. 본 교의 사람들이 모두 사라진 그곳에 말이지요."

"흠, 설마 마존궁의 소행이라고 생각하는 것은 아니겠지?"

"그들로서는 온정유와 황우담은커녕 십팔마신 중 세 사람조차 어찌할 수 없습니다. 백안마군 사문천이 직접 측근의 고수들을 이끌고 나섰다면 몰라도 말입니다."

"사문천이 마존궁에서 나왔다는 말은 듣지 못했다."

"저 역시 그가 나왔다고는 생각하지 않습니다."

"그럼 사문천만 한 고수가 그곳에 나타났다는 것이 더 정확하겠구나."

소리없이 한 모금 찻물을 삼킨 백리군악이 스산한 눈빛을 빛내며 찻잔 속의 찻물을 바라보았다.

"그럴지도 모르지요. 좌우간 마존궁의 철패단이 뭔가를 알고 있을 겁니다. 일단은 그들을 찾아가 당시의 상황을 알아보는 것이 급선무일 것 같습니다."

"천왕대전의 반응은 어떠하더냐?"

"장안에 이어 작수에서도 천왕대전의 장로와 십팔마신이 다섯이나 죽었습니다. 발칵 뒤집히지 않으면 이상한 일이지요."

"범인에 대해 알려진 것은 있느냐?"

"대충의 인상착의는 들었습니다만……."

대답하는 백리군악의 표정에 알 수 없는 그림자가 드리워졌다.

'큰 키에 젊은 자라 했지?'

범인에 대한 보고를 받고 첫 번째로 생각난 사람은 천유옥이었다. 이제는 죽어 뼈도 남지 않았을 그가.

백리군악은 그가 생각날수록 스스로에게 화가 나면서도 마음 한구석에서는 아련한 그리움이 피어올랐다.

'네가 조금만 덜 뛰어났으면 얼마나 좋았을까.'

그랬으면 굳이 죽이려고까지 하지는 않았을 것이다.

하지만 천유옥은 너무나 뛰어난 친구였다.

자신이 끌어안고 갈 수 없을 정도였다.

죽이지 않으면 모든 것이 그를 중심으로 흘러갈지도 몰랐다.

그런 강박감이 결국 자신으로 하여금 그를 죽이게 했다.

그리고 그 대가로 청아의 웃음을 잃었다. 후원에 스스로 몸을 가두다시피 한 청아를 볼 수 있는 날은 일 년에 두어 번. 부모님의 제삿날뿐이었다.

나는 과연 무엇을 얻은 걸까?

백리군악이 상념에 잠겨 조용히 찻잔만 바라보고 있자 중년인이 물었다.

"음… 천기원의 아이들 시신은 발견되지 않았다고?"

"아무래도 대항하지 않아 무사한 듯합니다. 그에 대해서도 알아보라 했으니 곧 어떤 소식이 있을 것입니다."

중년인은 묵묵히 고개를 끄덕이고는 백리군악을 바라보았다.

"그래, 너는 앞으로 어찌할 생각이냐?"

"다행히 두어 가지 일은 순조롭게 진행되고 있으니, 그게 잘되면 일을 좀 더 키워볼 생각입니다."

"흠, 그나마 그 일들이라도 잘되고 있다니 다행이구나. 하지만 그럴수록 마음을 놓지 말거라. 방심이야말로 실패의 가장 큰 원인이 아니겠느냐?"

"명심하고 있습니다. 그리고… 천왕대전이 정신없을 때 한 가지 일을 추진해 볼까 합니다만……."

"한 가지 일? 뭐냐?"

백리군악이 천천히 찻잔의 테두리를 쓰다듬으며 대답했다.

"집마원을 정리할까 합니다."

"집마원? 그럼 헌원무강을? 너무 빠르지 않을까?"

"그가 외부 문파의 주인들과 암암리에 통하고 있습니다. 아마 이대로 있다가는 나에게 당할지 모른다는 생각으로 그런 것 같은데, 덕분에 잘하면 희생없이 그를 정리할 수 있을 것 같습니다."

"마땅한 방법은 있느냐?"

계속되는 물음에 백리군악이 싸늘하게 웃었다.

"그에겐 아무도 모르는 조문(照門)이 하나 있지요. 오직 저만 알고 있는……."

"흠. 너무 많은 일을 한꺼번에 추진하는 것은 아닌지 모르겠구나."

'그럴 수밖에 없습니다. 그럴 수밖에……'

하지만 백리군악은 속마음과는 다르게 조용히 웃으며 말했다.

"정신없이 흔들다 보면 길이 보이겠지요. 천하를 취할 길이 말이지요."

그제야 중년인의 표정도 펴졌다.

"그래, 네가 그리 생각했다면 하고 싶은 대로 하거라. 내 모든 힘을 다해 너를 도울 것이니 말이다."

그날 저녁, 백리군악은 오랜만에 청아가 기거하는 수미원(秀美園)을 찾아갔다.

월동문 안으로 들어가자 지나가던 시비가 대경하며 허리를 숙였다.

"원주님을 뵈옵니다."

"음, 그래. 청아는 안에 있느냐?"

그 말을 들었는지 갑자기 방 안에서 싸늘한 목소리가 들려왔다.

"왜 여기에 오셨죠?"

"동생의 방에 오라비가 들린 것이 뭐 잘못이겠느냐?"

"오라비요? 자기 목숨처럼 생각했던 친구를 죽일 정도로 인정머리없는 오라버니 말인가요?"

백리군악의 표정이 굳어졌다.

"잠깐 할 말이 있다. 안으로 들어가도 되겠느냐?"

"유옥 오라버니가 살아오기 전에는 절대 안 돼요! 돌아가세요!"

백리군악은 하는 수 없이 방 밖에서 대화를 나누는 수밖에 없었다.

"아직도 나를 원망하느냐?"

"오라버니의 얼굴을 보는 것만으로도 괴로워 미칠 것 같아요."

"너는 아버지의, 어머니의 한에 대해선 생각도 안 한단 말이냐?"

"그거와는 다른 문제잖아요! 오라버니라면 얼마든지 다른 방법을 생각해 내실 수 있었을 거예요! 그런데도 오라버니는 유옥 오라버니를 희생시켰어요. 안 그런가요?"

백리군악은 보이지 않는다는 것을 알고 있으면서도 고개를 저었다.

항상 올 때마다 듣는 말이다.

그리고 자신은 그 말을 들을 때마다 반복해서 같은 말을 했다. 벌써 이 년이 훌쩍 넘도록.

"그건 시간이 없었기 때문이다."

그런데 오늘만큼은 반응이 달랐다.

듣기 싫으니 가라는 말 대신 차가운 코웃음이 흘러나왔다.

"시간요? 흥! 그게 아니라 그 알량한 질투심 때문이겠죠. 왜요? 제가 모를 줄 알았나요? 오라버니가 유옥 오라버니에 대해 말할 때마다 변하는 눈빛을 제가 모를 줄 알았나요? 오라버니는 모두를 속였다고 생각할지 몰라도 저는 어릴 때부터 오라버니의 가슴 깊숙한 곳에 유옥 오라버니에 대한 질투심이 쌓여 있다는 것을 알고 있었어요."

순간 백리군악의 가슴에 시퍼런 날이 선 창이 틀어박혔다.

"청아야……."

그는 터져 버릴 듯이 고동치는 심장의 박동을 가라앉히기 위해 두 손을 움켜쥐었다. 어찌나 세게 움켜쥐었는지 두 손에선 금방이라도 핏물이 뚝뚝 떨어질 것만 같았다.

그렇게 한참이 지나서였다.

그는 미칠 듯이 뛰는 심장의 고동을 가라앉히려 깊은 한숨을 몰아쉬었다.

"후우, 너는 나를 너무 몰아붙이는구나."

"됐어요! 이제는 이곳에 오지 마세요. 한 번만 더 오면 머리 깎고 천왕사로 들어갈 테니까!"

백리군악은 묵묵히 백리청의 방문을 바라보고는 천천히 돌아섰다.

두 남매 사이의 벽은 너무나도 두터웠다.

하늘 아래에서 그 벽을 무너뜨릴 것은 단 하나밖에 없었다. 그리고 그는 그것이 무엇인지 누구보다도 잘 알고 있었다.

"그래, 가마."

돌아서는 백리군악의 두 눈에 반쪽 달이 틀어박혔다.

'하지만 그때는 정말 시간이 없었단다. 시간이 조금만 더 있었다면……. 그랬다면 좋았을 것을……. 하아, 언젠가는 너에게 그 속사정을 할 수 있을 때가 오겠지. 미안하다, 청아야. 내 사랑스런 동생.'

3

작수를 떠난 지 닷새. 마침내 한수가 보이고 제법 큰 마을이 하나 나왔다. 호북으로 들어가는 관문인 촉하(蜀河)였다.

전무심은 이곳에서부터 배를 타고 가기로 했다.

객점에서 호북으로 들어가는 길을 물었는데, 점소이가 말하길 육로보다 뱃길이 훨씬 빠르다는 것이었다.

그러면서 반 시진 정도만 기다리면 단강구(丹江口)로 내려가는 배가 온다며 술이라도 한잔하면서 기다리라는 말을 덧붙였다.

하지만 전무심은 식사를 마치자마자 강가로 나갔다. 그 정도의 시간이면 한수의 강바람을 맞으며 기다리는 것도 좋을 듯했던 것이다.

작은 배 예닐곱 척이 강물에 출렁이는 선창은 한산하기만 했다. 배를 타려는 손님도 없었고, 그물질을 나가려는 어부들도 보이지 않았다. 보이는 사람이라고는 강가에서 작대기를 들고 칼싸움을 벌이며 뛰어다니는 서너 명의 아이들뿐이었다.

생사결을 치르는 무사처럼 부릅뜬 눈. 기선을 제압하기 위해 질러대는 고함 소리. 옷이 더러워지는 것조차 잊은 채 진흙탕을 뒹구는 아이들의 천진난만한 표정에는 그 어떤 아픔도, 그늘도 보이지 않았다.

자신의 어린 시절과는 다르게 사는 아이들. 전무심은 그 아이들을 지나쳐 강가를 따라 내려갔다.

그렇게 강을 따라 얼마를 내려갔을까, 언뜻 갈대가 우거진 곳에 불룩 튀어나온 바위 하나가 보이자 전무심은 훌쩍 몸을 날려 바위 위에 내려섰다.

순간 강바람이 그의 긴 머리를 후려치고 아래쪽으로 질풍처럼 달려갔다.

같은 한수인데도 영안촌의 강바람과는 또 다른 느낌이었다. 훨씬 따뜻할 줄 알았는데, 보다 부드러울 줄 알았는데, 이곳의 바람은 오히려 메마르고 공허하기만 했다.

그 때문일까? 강물을 바라보는 전무심의 눈 깊은 곳에서 진한 아픔이 소용돌이쳤다.

그가 서 있는 곳에서 백하(白河)까지 뱃길로 하루면 갈 수 있다고 했다. 그렇다면 영안촌도 그리 멀지 않다는 말이었다.

'가봐야겠지?'

이미 이곳으로 내려오면서 내심 결정한 일이었다.

어쩌면 황토로 덮인 그곳에는 아무것도 없을지 몰랐다. 그래도 그는 가보지 않을 수가 없었다.

어차피 천왕곡으로 가는 길이었기도 했지만, 아버지가 그곳에 묻혀 있기 때문이었다.

'무사할까?'

마을 사람들이 제법 높은 곳에 무덤을 썼으니 분명 무사할 터였다. 다만 그곳을 떠난 지 어언 십오 년, 무사히 있을지 그것이 문제였다.

'가보면 알겠지.'

전무심이 깊게 가라앉은 눈을 들었을 때다.

"전 공자, 배가 옵니다."

선창가에 있던 궁사한이 상류 쪽을 바라보며 소리쳤다.

전무심도 고개를 돌려 상류를 바라보았다. 궁사한의 말대로 멀리서 한 척의 배가 돛을 내리며 강가로 접근하고 있었다. 자신을 영안촌으로 실어 나를 배가.

자신도 모르게 전무심은 뒷짐 진 손에 힘을 주었다.

배는 제법 컸다. 한수를 오르내리는 배 중에서 세 손가락에 든다는 것이 선원의 말이었다.

아니나 다를까, 올라가 보니 안에 따로 만들어진 선실이 세 개나 있을 정도로 배는 보기보다도 더 컸다.

"정운(鄭雲)까지 이틀 정도 걸릴 거요. 식사 제공 일인당 한 냥입니다."

하지만 아무리 그래도 일인당 은자 한 냥은 너무 비쌌다.

그런데도 전무심이 말없이 세 냥을 건네주려 하자 소미하란이 재빨리 홍정에 나서더니 세 명이 두 냥을 내는 걸로 마무리 지었다.

선원도 만족했는지 씩 웃으며 돌아섰다.

전무심이 손에 남은 한 냥짜리 은두를 멀뚱히 바라보자 소미하란이 핀잔주듯이 말했다.

"천가장에서 받은 은자도 모두 놓고 오셨으면서 그렇게 헤프게 쓰면 어떻게 해요?"

뜻밖의 말에 궁사한이 놀란 눈으로 소미하란을 바라보았다.

천가장을 떠나면서부터 표정이 조금 풀어진 것은 느끼고 있었다. 하지만 저런 말, 저런 표정을 지을 정도는 아니었다.

대체 언제 저렇게 변했을까?

한참 만에야 궁사한은 소미하란이 변한 때를 생각해 낼 수가 있었다. 그녀가 급격히 변하기 시작한 것은, 이틀 전 작수에서의 격전 이후였던 것 같았다. 천왕교의 십팔마신 중 한 사람을 이긴 그 싸움 말이다.

그제야 그는 무엇이 소미하란을 변하게 했는지 이해할 수 있었다.

자신감! 바로 그것이었다.

예전 같으면 십초도 받아내기 힘들었던 고수를 이김으로써, 마침내 그녀는 자신도 모르게 과거 백은궁에서의 악몽을 떨쳐낸 것이었다.

'축하한다, 사매.'

한편으로는 씁쓸한 마음이 드는 그였다.

"들어갑시다."

전무심이 머쓱함을 보이지 않으려 몸을 돌리자 소미하란이 밝은 표정으로 그 뒤를 따른다.

점점 더 멀어지는 것만 같은 그녀다. 잡으려 해도 잡히지 않는 바람처럼.

도를 잡은 손에 힘을 준 궁사한은 바닥을 내려다보았다.

'이대로 보내야만 하나?'

전무심이 들어간 선실(船室)은 세 개의 선실 중에서도 가장 큰 곳이었다. 그런데도 선객(先客)은 달랑 세 명밖에 없었다. 모두가 무인이었다.

'흠, 무인은 무인끼리라 이건가?'

전무심은 내심 이 배의 손님을 받는 방침에 고개를 끄덕이면서 세 명의 선객을 살펴보았다.

그중 마흔 전후로 보이는 두 명은 감색 도복을 입고 있었고, 서른이 갓 넘었을까 생각되는 한 명만이 평범한 하늘색 무복을 입고 있었다.

선실에 들어선 전무심은 그들을 바라보며 눈을 빛냈다.

문득 두 도인의 도복 위로 삐죽이 튀어나온 검병에 송문이 보인 것이다.

'무당의 도인인가 보군.'

반들거리는 검병에 새겨진 송문(松文)은 자신들이 무당의 제자임을 증명하는 거와도 같았다. 그것도 직전을 잇고 출행이 허락된 제자들 말이다.

사실 무당과 그리 멀지 않은 곳이라 하지만, 그렇다고 해서 송문검을 들고 다니는 무당의 제자들을 본다는 것은 쉽지 않은 일이었다.

그러나 전무심은 그 사실까지는 알지 못했다. 그렇기에 그들이 무당의 제자라는 것을 알고 관심을 가졌을 뿐, 이후로는 마치 소 닭 보듯 한쪽으로 걸어가 자리를 잡았다.

뒤이어 소미하란과 궁사한도 전무심의 옆에 자리를 잡고 앉았다.

그제야 세 사람의 선객이 고개를 쳐들었다.

그들은 들어온 사람들이 무인인 데다가 젊어 보이는데도 자신들을 보고 흔들리지 않는 것이 의외인 듯했다.

하지만 전무심 등이 더 이상 반응을 보이지 않자 그들 역시 편한 자세로 배가 출발하기만을 기다렸다.

그렇게 일각이 지날 즈음이었다.

"출발합니다! 타실 분들은 빨리 타십시오! 어이, 거기! 돈도 안 내고 올라온 멍멍이는 밑에다 넣어버려! 오늘 저녁거리로 삼게 말이야!"

"낄낄낄, 들었나 본데? 뒷 빠지게 도망가는구만."

"에이, 도망가기 전에 넣으라니까. 쩝, 아까워 죽겠네."

밖에서 겁에 질린 개 소리와 함께 선원의 왁자지껄한 고함 소리가 들려왔다. 곧 출발하려는 듯했다.

그때까지 여섯 사람은 아무도 입을 열지 않았다.

한데 배가 출발하려할 때였다.

"잠깐 기다리시오! 우리도 타겠소!"

다급한 목소리가 들리더니 몇 명의 손님이 더 배에 올랐다.

"어디까지 가쇼?"

"노하구까지 갑니다."

"그럼 네 명이니, 은자 여섯 냥이우."

"얼마 전만 해도 세 냥이었는데 그새 배로 올랐단 말입니까?"

"쿵, 단골들이신가 보구만. 그럼 세 냥만 내슈."

그들의 흥정을 듣던 소미하란이 슬그머니 전무심을 바라보았다.

왜 바라보는지 모를 전무심이 아니었다. 전무심은 무심한 표정으로 조용히 눈을 감았다.

'한 냥만 내도 되었을지 모르겠군.'

노하구는 정운보다 두 배는 더 멀었다. 거기다 저들은 네 명. 굳이 계산할 것도 없이 바가지 쓴 것이 확실했다.

그래도 혹시 몰랐다. 저들은 더 안 좋은 선실에서 지내게 될지도 모르는 일이 아닌가.

한데 잠시 후, 그들은 선원의 안내에 따라 전무심 등이 있는 선실로 들어왔다. 차이가 없다는 말이었다.

전무심은 실눈을 뜨고 그들을 살펴보았다.

삼십대로 보이는 장한과 영준하게 생긴 소년 둘. 그리고 나이를 짐작키 힘든 텁석부리장한까지 모두 네 명이었다.

그들은 두어 걸음 옮기다 말고 멈칫했다. 뜻밖에도 선실에 있는 사람이 모두 무인이라는 것이 마음에 걸린 듯했다.

그때 백의를 입은 소년이 뒤를 돌아보며 중얼거리듯 말했다.

"차라리 잘되었어요. 들어가요, 숙부."

그 말에 턱수염을 짙게 기른 텁석부리장한이 고개를 끄덕였다.

"무당의 도사님들인 것 같구나. 들어가자."

마치 다른 사람에게 들으라는 것 같은 말투였다.

그리고 그 말에 움직인 황의 소년의 행동 역시 결코 자연스럽지가 못했다.

"그, 그래요. 숙… 부님."

'경극 배우로 성공하기에는 틀린 소년이군. 비록 분장은 그럴듯하지만……'

전무심은 그렇게 생각하며 천천히 눈을 감았다.

사람이 말을 않고 살아갈 수는 없는 일이었다. 더구나 열 명의 사람이 모두 그렇게 하기는 더욱 힘들었다.

하지만 전무심이 있는 선실의 사람들은 마치 그것이 당연하다는 것처럼 행동했다.

배가 출발한 지 어느덧 세 시진이 흐르고, 태양이 서쪽으로 넘어가지 않으려고 얼굴을 붉히며 버둥거리는데도 그때까지 아무도 입을 열지 않았다.

질리는 사람들이었다.

하지만 언제까지고 그럴 수는 없는 일. 결국 그들은 선원이 쟁반 가득히 먹을 것을 가져오자 그제야 입을 열었다.

처음으로 말을 한 사람은 황의소년이었다.

"더는 못 먹겠어요."

볶아서 채소와 대충 버무린 오리 고기였다. 한데 입에 맞지 않은 듯 그는 몇 점을 집어 먹고는 젓가락을 놓았다.

"그래도 먹어둬. 어서."

백의소년이 굳은 얼굴로 재촉하자 황의소년은 마지못한 듯 두어 점 더 집어 먹었다.

그러더니 진짜 더는 못 먹겠는지 슬며시 젓가락을 놓고 뒤로 물러앉았다.

백의소년도 더는 재촉하지 않고 묵묵히 젓가락질만 했다.

그때 무당의 도사들과 함께 있던 평복을 입은 자가 그들을 향해 물었다.

"혹시 공손세가의 분들이 아니시오?"

음식을 막 입에 집어넣던 소년이 손을 멈췄다. 그러자 텁석부리장한이 경계심을 늦추지 않고 되물었다.

"그렇게 묻는 분은 뉘신지요?"

평복을 입은 자가 눈 하나 깜박이지 않고 답했다.

"화산의 등운평이라 하오."

텁석부리장한의 눈이 조금 커졌다.

"등운평? 귀하가 삼절매검(三絶梅劍)이라 불리는 등운평 대협이란 말이오?"

"강호의 친구들이 그렇게 불러주긴 하지만 소생에겐 과분한 별호외다."

"미처 몰랐소이다. 이런 곳에서 매화오검영 중 한 분을 만나다니."

매화오검영이라는 말에 백의소년은 젓가락을 내려놓고 해연히 놀란 표정을 지었다.

화산의 다음 대를 책임질 거라 생각되는 다섯 사람. 사람들은 그들을 일컬어 매화오검영이라 불렀다.

그들은 그리 많지 않은 나이임에도 장로들과 어깨를 겨룰 수 있는 고수들이었다.

특히 등운평은 그중 가장 젊은 나이인 데다 유일한 속가인이었기에 더욱 유명했다. 아직 강호 경험이 없는 두 소년조차 그 이름을 듣고 경이의 눈빛을 감추지 못할 정도로.

'후우, 어쩌면 차라리 잘되었을지도……'

텁석부리장한은 더 이상 자신들의 정체를 숨길 수 없다 생각했는지 속으로 가벼운 한숨을 쉬며 입을 열었다.

"맞습니다. 저희는 공손세가의 사람들입니다."

무당의 두 도인이 반쯤 감았던 눈을 치켜 올렸다.

그러자 백의소년이 조용히 일어나 그들을 향해 포권을 취했다.

"공손위가 무당의 도장님들께 인사드립니다. 사정이 있어 미리 인사드리지 못했습니다. 송구스럽습니다."

"원시천존, 영운이라 하네."

"영호라 하네."

두 도장이 도호를 외우며 이름을 밝힌 후에야 등운평이 백의소년에게 다시 물었다.

"공손위라면, 혹시 얼마 전에 돌아가신 공손 가주의 아들이 아닌가?"

"그렇습니다."

"한데 웬일로 이곳까지 온 것인가?"

의문이 일만도 했다. 공손세가의 가주가 죽은 이상 이제 그가 가주나 마찬가지라는 말이었다. 한데 부친상을 당한 지 얼마나 되었다고 출행을 한단 말인가. 그것도 몇 사람만을 데리고 비밀스럽게.

연이은 등운평의 물음에 공손위가 착잡한 표정으로 대답했다.

"가문에 일이 있어 이렇듯 나왔습니다."

암담한 눈빛, 축 처진 어깨. 누가 봐도 그 일이라는 것이 결코 단순한 것이 아님을 알아볼 수 있을 정도였다.

그 모습을 보고 안 되겠는지 텁석부리장한이 나섰다.

"어차피 아시게 될 일, 제가 말씀드리지요."

"양 당주님……."

공손위가 흠칫 텁석부리장한을 바라보았다.

한데 호칭이 다르다. 숙부라 부르지 않고 당주라 부른다. 대체 무슨 일이기에 저리도 조심하는 걸까.

모든 사람이 의문을 가질 때다. 텁석부리장한, 공손세가 호검당의 당주인 절영도(絶影刀) 양추상이 입술을 깨물며 말했다.

"쉬쉬한다고 해결될 문제가 아닙니다, 공자."

"하긴……."

공손위가 할 수 없다는 듯 고개를 끄덕였다. 그러자 의문이 가득한 눈들을 향해 양추상이 말했다.

"공자께선 쫓기고 있습니다. 그것도 숙부라 불렀던 분들에게 말입니다."

뜻밖의 말에 무당의 두 도인과 등운평이 해연히 놀란 눈을 크게 떴다. 양추상이 말을 이었다.

"가주님이 돌아가신 것은 모두 아실 겁니다."

공손세가는 섬서 남부 석천 일대를 아우르며 삼백 년을 이어온 가문이었다.

그들이 섬서삼패라 불리는 종남, 화산, 마존궁이 존재하는 섬서에서 그토록 오랜 기간 존립할 수 있었던 데는 그만한 이유가 있었다.

그들은 동쪽과 서쪽과 북쪽으로는 백 리 이상 세력을 뻗치지 않았고, 그나마 대문파가 없는 남쪽으로도 삼백 리 이상 세력을 뻗치지 않았다. 아무리 힘이 강해져도 그들은 그것만큼은 철저히 지켰다.

물론 욕심을 부리려는 가주가 없던 것은 아니었다. 하나 그럴 때마다 장로들이, 가솔들이 목숨을 걸고 막았다.

화무십일홍(花無十日紅)이라 하지 않던가. 그들은 한때의 영광보다 가문의 오랜 존속을 더 원했던 것이다.

그로 인해 그들은 섬서삼패의 견제로부터 어느 정도 자유로울 수가 있었고, 또한 그만큼의 내실을 다질 수가 있었다. 힘과 부, 모두에 있어서 섬서삼패가 은근히 부러워할 정도로.

그렇게 삼백 년을 이어온 가문이거늘, 최근에 벌어진 한 가지 일이 공손세가의 모든 것을 뒤흔들었다.

가주인 공손양의 갑작스런 죽음이 그 발단이었다.

"가주님이 돌아가시자 아우이신 두 분이 야욕을 드러냈습니다."

말투에서 비감이 그대로 묻어 나왔다.

"허, 어찌 그들이……."

영운 도장은 그 두 사람이 누군지 아는 듯 탄식하며 고개를 저었다. 그도 이번 출행에서 얼핏 공손세가에 대한 소문을 듣기는 했었다. 하지만 이토록 심각한 일일 줄은 생각지도 못하고 있었다.

'본 산에 속히 알려야겠군.'

어찌 보면 집안일이라 할 수도 있었다. 그러나 단순히 집안일로 치부하기에는 왠지 심상치가 않았다. 만에 하나라도 공손세가 그동안 지켜온 철칙을 바꿔 남으로 내려온다면 무당에도 영향을 미칠 수밖에 없을 터였다.

영운 도장이 어떤 생각을 하는지도 모르고 양추상은 부드득 이를 갈며 말을 이었다.

"그들은 아드님이신 공손 공자가 너무 어리다는 이유를 내세웠습니다. 웃기는 소리가 아닙니까? 공자의 나이도 이제 열여덟이나 되었는데 말입니다."

열여덟 살의 나이. 어리다면 어리지만 스스로 생각을 정립할 수도 있는 나이였다. 주위에서 조금만 보필해 주면 충분히 가주의 위를 지탱해 갈 수도 있는 일이었다.

문제는 그들이 아예 그걸 원치 않았다는 것이다.

양추상의 말에 참담함을 느꼈는지 공손위가 고개를 저으며 나직이 입을 열었다.

"이해할 수가 없어요. 두 분 숙부가 왜 그렇게 변하셨는지……. 작년 이맘때만 해도 저희를 보며 가문의 미래를 걱정하지 않아도 되겠다고 하셨던 분들이신데…….”

부친의 갑작스런 죽음, 돌변한 두 숙부의 태도, 그리고 도주. 혼란을 느끼지 않으면 오히려 이상한 일이었다.

그때 입을 꼭 다물고 있던 황의소년이 조그마한 목소리로 말했다.

“나는 작년에 그 일이 있고나서부터 조금씩 이상한 기분이 느껴졌었어.”

공손위가 황의소년의 말에 이마를 찌푸렸다.

“작년의 그 일? 아! 아버지가 저녁에 찾아온 손님과 한바탕 설전을 벌였던 그날의 일을 말하는 것이냐?”

황의소년이 고개를 끄덕였다.

“응, 말씀 중에 죽어도 그렇게 할 수는 없다고 하셨는데, 왠지 자꾸 그 말이 마음에 걸려.”

공손세가의 가주가 그런 말을 했다는 것 자체가 놀라운 일이었다. 누가 감히 공손세가의 가주를 그토록 몰아세울 수 있단 말인가. 설령 구대문파의 장문인이라 해도 대놓고 그리할 수는 없을 터였다. 해서 더 괴이한 일이기도 했다.

그 말에 잠자코 듣고만 있던 영호 도장이 물었다.

“찾아왔다는 손님이 누구였는가?”

황의소년은 고개를 저으며 의기소침한 표정으로 대답했다.

“정확히는 모릅니다. 그날의 일에 대해 아버지가 다시는 입을 열지 않으셔서…….”

그 말이 떨어지고 나서 잠시 침묵이 흘렀다.

단순히 전대 가주의 동생이 권력을 잡기 위해 벌린 일인 줄 알았다. 한데 들어보니 그 일에 뭔가 타 세력의 간섭이 있었다는 것 같지 않은가.

하지만 누구도 그 일에 대해서는 쉽게 입을 열지 못했다. 그만큼 신중히 생각해야 할 문제였다.

한참 만에 입을 연 것은 등운평이었다.

"그래, 어디로 갈 생각인가?"

천 리 길을 숨어 다니다시피한 공손위였다. 사람과 접촉하지 않으려 조심에 조심을 한 지 벌써 닷새, 그는 오랜만에 가슴에 쌓여 있던 답답함을 토하고 나자 어느 정도 마음이 가라앉았다.

"융중산으로 갈 생각입니다."

"융중산? 하면 제갈세가 말인가?"

"예, 그곳이 돌아가신 어머니의 고향이지요. 어릴 적에 한번 가본 적이 있으니 그리 박대하지는 않을 겁니다."

"흠, 그것도 괜찮은 생각이군."

양추상이 공손위의 말에 한마디를 덧붙였다.

"세가의 사람들 중 삼 할은 공자가 돌아오기만 기다리고 있습니다. 제갈세가가 도와준다면 충분히 세가를 되찾을 수 있을 겁니다."

그 말에는 무당파도 도와주었으면, 하는 마음이 숨어 있었다.

영운 도장이 그 뜻을 간파하고 넌지시 말했다.

"음, 본 산에 돌아가면 도와줄 수 있는 방법이 있는지 한 번 알아봐야겠구려."

"그리만 해주신다면야 무엇을 더 바라겠습니까?"

바로 그때였다.

그때까지 눈을 감은 채 그들의 대화에 끼어들지 않고 벽에 비스듬히 기대어 앉아 있던 전무심이 천천히 몸을 세웠다.

그의 움직임에 궁사한과 소미하란이 제일 먼저 반응했다. 두 사람은 마치 짜기라도 한 것처럼 똑같이 몸을 세우고 전무심을 바라보았다.

그리고 곧이어 공손세가 일행과 무당의 두 도장을 비롯해서 등운평까지 일제히 전무심을 향해 시선을 돌렸다.

그저 키가 큰 것을 빼고는 특별해 보이지 않던 자였다.

그나마 곁에 있는 두 사람에게서 범상치 않은 기운이 느껴지긴 했지만, 자신들이 못 알아볼 정도의 능력을 지녔으리라고는 생각지 않았었다. 하기에 들어온 지 일각도 지나지 않아서 전무심 일행의 존재 자체를 잊어버린 그들이었다.

한데 가슴이 답답해지는 이 기분은 뭐란 말인가.

존재감이 느껴지지 않던 그가 그저 눈을 뜨고 몸을 세웠을 뿐이거늘, 마치 만 근 수압이 전신을 짓누르는 것 같지 않은가 말이다.

일순간 시간이 멈춘 듯 전무심을 향한 일곱 사람의 눈빛이 허공중에서 굳어버렸다.

하지만 전무심은 그들을 상관하지 않고 무릎 위에 빼놓았던 무정을 집어 들더니 몸을 일으켰다.

그의 움직임을 따라 일곱 사람의 눈도 위로 올라갔다.

동시에 온몸을 짓누르던 압박감이 흔적도 없이 사라졌다.

그런데도 사람들의 눈길은 전무심에게서 떠날 줄을 몰랐다. 마치 조금 전에 느낀 감정의 원인을 찾지 못하면 절대로 물러서지 않을 것처럼.

그때 전무심이 처음으로 입을 열었다.

"귀찮게 됐군. 그들인가?"

누구도 그 말뜻을 정확히 깨달은 자는 없었다.

그렇다고 전혀 못 알아들은 것도 아니었다. 비록 각자의 생각이 다르긴 했지만.

'우리가 뭘 귀찮게 했다는 거지?'

'시끄럽게 해서 저러는 건가?'

'귀찮은 일? 그들? 혹시……?'

문득 떠오른 생각에 등운평이 옆에 놓아두었던 검을 잡고 일어서며 신중한 표정으로 물었다.

"뭐가 귀찮다는 거요? 우리가 그대 일을 방해라도 했소?"

그 말이 떨어지자 무당의 두 도인도 천천히 일어섰다.

그러자 등운평이 다시 물었다.

"혹시 해서 묻소만, 그대는 저들을 쫓아온 것이 아니오?"

일시지간, 선실 안에 싸늘한 냉기가 흘렀다.

어정쩡하니 앉아 있던 공손세가의 사람들도 자리에서 벌떡 일어섰다.

"화령아, 뒤로 물러서라."

공손위가 급히 소리치며 황의소녀를 뒤로 물러나게 하자, 양추승이 두 사람의 앞을 가로막고는 전무심 일행을 쏘아보았다.

그럴지도 몰랐다. 충분히 가능한 일이었다.

자신들의 움직임을 조금이라도 파악하고 있었다면, 먼저 선실에 자리를 잡고 자신들을 기다렸을 수도 있는 일인 것이다.

한 번 그렇게 생각하자 자꾸만 자신들의 생각이 맞는 것처럼 생각되었다.

조금 전에 느낀 압박감이 더욱 그런 생각을 하게 했는지도 모르지만, 그는 미처 그것까지는 깨닫지 못하고 있었다.

게다가 그것이 아니라면 저런 행동과 말을 할 이유가 없다는 생각을 하자 의심이 확신으로 굳어졌다.

'일단 제압해서 족쳐 보면 알겠지!'

마음을 굳힌 양추승은 내력을 끌어올리며 싸늘히 말했다.

"누가 보냈는지는 모르나, 이제 허튼짓거리는 통하지 않을 것이다!"

무당의 중견 고수가 둘. 그리고 화산의 신성이라는 삼절매검 등운평까지 있는 상황.

그는 자신감을 가지고 옆구리의 도를 잡았다.

문제는 선실이 크다 해도 마음대로 움직일 만큼의 공간이 아니라는 것이다.

'한 수로 승부를 낸다!'

그 광경을 지켜보던 등운평은 뭔가 위화감이 드는 기분에 이마를 찡그렸다.

그가 위화감의 정체를 깨달은 것은 양추승이 칼을 반쯤 뽑았을 즈음이었다.

'왜 저렇게 태연하지?'

키가 큰 흑의청년이야 너무 무심해 보여서 아무것도 알 수 없지만, 다른 두 남녀마저 그런 것은 아니었다.

어이가 없다는 표정. 거기다 너무나 태연해서 이 상황을 전혀 급박하게 생각하지 않고 있는 듯하다.

그만큼 자신이 있다는 것인가?

그가 생각에 잠긴 시간은 한순간이었다. 그사이 모습을 완전히 드러낸 양추승의 칼이 은은한 빛을 발했다.

"양 대협, 잠시만 기다리시지요."

상황이 이상함을 느낀 등운평이 황급히 양추승을 말리려 할 때다.

전무심이 고개를 살짝 쳐들고 눈살을 찌푸렸다.

동시에 양추승의 칼이 선실의 대기를 가르며 전무심의 가슴을 갈랐다.

쉬익!

칼날에서 토해지는 비늘 같은 백광!

백광이 한 치의 오차도 없이 전무심을 파고들려는 순간이었다. 전무심의 몸이 칼바람에 밀리듯 스르르 한 자가량 옆으로 흘렀다.

단 한 자였지만, 작심을 하고 손을 쓴 양추승이 느낀 거리는 삼 장도 더 되어 보였다.

그가 멈칫하며 손목을 돌려 칼날의 방향을 틀었을 때다.

전무심의 좌수가 바뀐 칼날의 궤적을 따라 흐르더니, 꼿꼿이 세워진 검지가 두 자 앞으로 다가온 도면을 그대로 찍어버렸다.

천강벽월의 힘을 싣고서!

따앙!

맑은 쇳소리가 울리고, 양추승의 몸이 도신과 함께 파르르 떨리며 비틀비틀 밀려났다.

이어지는 전무심의 무심한 음성.

"충심(忠心)을 생각해서 한 번은 봐주겠소. 하지만 두 번은 없소. 명심하시오."

어린 주인을 지키기 위해 대세에 휩쓸리지 않고 목숨을 걸었다는 것. 전무심은 그것만으로도 양추승이 한 번의 실수 정도는 용서받을 수 있는 자라 생각했다. 하기에 더 손을 쓰지 않고 밖의 동향에만 신경을 썼다.

구석에서 그런 전무심을 바라보는 공손위의 눈빛이 뜨겁게 달아올랐다.

'머, 멋지다!'

하지만 일단은 양추승의 안위가 먼저였다.

"양 당주님, 괜찮습니까?"

서너 걸음 물러선 양추승은 정신이 없었다.

그는 자세를 잡자마자 벌떡 고개를 들고 대답했다.

"괘, 괜찮습니다, 공자."

비록 말은 그렇게 했으나 팔도, 얼굴도, 아직 떨림이 가라앉지 않은 상태였다.

고막을 울리며 윙윙거리는 칼의 울음소리.

그는 떨고 있는 칼을 놓치지 않기 위해 이를 악물고 손에 힘을 주었다.

'어떻게 이런……'

하지만 전무심은 그를 보지도 않고 선실의 문 쪽을 향해 고개를 돌렸다.

밖에서 선원들의 웅성거림이 들린 것은 그때였다.

"저 배, 우리에게 오는데?"

"누구지? 컴컴해지는데 위험하게……"

"이봐! 가까이 오지 마! 부딪쳐서 다 죽고 싶나!"

누군가가 배에 접근하는 듯했다. 기이한 것은 그 소리가 들린 순간 전무심 일행을 뺀 모두의 눈빛이 흔들렸다는 것이다.

"제가 나가보겠습니다."

전무심이 대답도 하기 전이었다. 궁사한이 잔뜩 긴장해 있는 사람들의 눈길을 받으며 선실을 나섰다.

누구도 그의 앞을 막지 않았다. 그러기에는 조금 전의 충격이 너무나 강렬했다.

특히 등운평은 눈 한 번 깜박이지 않고 전무심만 쳐다보았다.

'절영도 양추승을 단 일지로 물러서게 하다니. 그게 가능한 일인가?'

한편으로는 '한 번 붙어보고 싶다!' 란 마음이 강렬하게 솟구쳤다.

그가 알고 있는 한, 젊은 층에서 그의 적수는 두 손으로 꼽을 정도였다. 설령 그 이상이라 해도 다섯을 더 넘지는 않을 터였다.

그런데 눈앞에 있는 자는 자신이 알고 있는 자가 아니다. 그러면서도 자신이 압박감을 느낄 정도다.

얼마나 강할까? 정말 자신보다 강할까?

은근히 피가 끓었다.

말도 필요없이 검부터 뽑아 들고 싶었다.

넓은 곳으로 나가 한바탕 검무를 추며 모든 열기를 발산하고 싶었다. 허공이 아닌 사람을 상대로 자신이 가진 모든 것을 뽐어내고 싶었다.

하지만 그럴 수 없다는 것을, 그래선 안 된다는 것을 누구보다도 그 자신이 잘 알고 있었다.

그는 흥분을 가라앉히기 위해 조용히 숨을 들이쉬고는 천천히 입을 떼었다.

"정말 굉장한 일지였소. 양 대협의 칼솜씨는 섬서에서도 알아주거늘."

"과찬이오."

전무심은 간단히 대답하고는 무심한 눈빛으로 등운평과 무당의 두 도인을 바라보았다.

"당신들의 뒤를 쫓는 자들이 있소?"

난데없는 질문에 세 사람의 눈빛이 흔들렸다.

"무슨 소리요?"

"누가 쫓아오기라도 했다는 말인가요?"

이마를 찌푸린 영운 도장과 선원들의 목소리가 들리면서부터 불안한 표정을 짓고 있던 공손위가 동시에 되물었다.

그러나 전무심은 아무런 대답도 하지 않고 입구를 향해 고개를 돌렸다.

잠시간 침묵이 흘렀다.

마치 몸이 굳어버리기라도 한 것마냥 전무심을 바라보는 사람들의 몸은 움직일 줄을 몰랐다.

커다란 키, 어둠보다 짙은 흑의, 누구도 자신을 어찌할 수 없다는 듯 오연하게 느껴지는 무심한 표정.

밀려드는 어둠이 조용히 서 있는 그를 덮는다.

항거할 수 없는 어떤 존재를 보는 것만 같은 기분. 보고 있는 것만으로도 숨이 막힐 지경이다.

그들은 감히 침묵을 깨지 못하고 자신들도 모르게 소리 죽여 숨을 쉬었다.

그사이 전무심은 자신의 초감각이 느낀 기운을 하나하나 해부하듯이 살펴보았다.

'제법 강한 기운……. 천왕교는 아닌 것 같군. 음? 그냥 가는 건가?

자신의 생각과 다르게 전개되자 전무심은 눈을 살짝 치켜뜨며 보일 듯 말 듯 이마를 찌푸렸다.

'분명 살기도 느껴졌었는데……. 이상하군.'

순간 등운평은 핏줄이 돋아나도록 손을 움켜쥐었다. 하지만 곧 상대의 미세한 움직임에 격렬히 반응하는 자신을 느끼고는, 어이없는 표정을 지으며 손에 들어간 힘을 풀었다.

'생각보다 더 강하다, 이건가?'

그때 궁사한이 안으로 들어왔다.

"전 공자, 다가오던 자들이 그냥 스쳐 지나갔습니다."

그 말에 전무심은 눈빛을 빛내며 궁사한에게 물었다.

"그들 중 궁 형을 본 사람이 있소?"

"예? 예, 아무래도 뱃전에 나가 있다 보니 그들 중 몇 사람과 눈이 마주쳤습니다. 하지만 별다른 일은 없었습니다."

"어느 정도의 무공을 지닌 자들이었다고 생각되시오?"

궁사한이 잠시 생각하는 듯하더니 천천히 자신의 생각을 말했다.

"그다지 염려할 만한 자는 보이지 않았습니다만, 숫자가 제법 되는 데다 그들 중 뱃머리에 서 있던 사람은 결코 제 아래가 아닌 듯 보였습니다."

"그럼 내 생각이 맞을 것 같군."

"예?"

전무심의 말에 궁사한을 비롯해서 모든 사람이 의아한 표정을 지었다.

먹이를 바라고 입을 벌린 제비 새끼들 같은 모습.

그들을 향해 전무심이 먹이를 던져 주었다.

"그들은 궁 형 때문에 그냥 간 것 같소."

나직한 목소리에는 어떤 확신이 실려 있었다.

하지만 양이 차지 않는다는 듯 사람들은 재촉하는 눈빛으로 전무심을 쏘아보았다. 심지어 호승심에 마음이 달아 있던 등운평이나, 일수에 물러선 채 참담한 표정을 짓고 있던 양추승마저 다음 말을 빨리 하라는 듯 안달한 표정이었다.

결국 소미하란이 전무심에게 물었다.

"그러니까 전 공자께선, 그들이 궁 사형을 꺼려해서 그냥 물러갔다, 그 말씀인가요?"

전무심이 슬쩍 고개를 끄덕였다.

"하지만 그들은 숫자도 많고, 그중에는 궁 사형과 비슷한 무위를 지닌 자가 있었다면서요?"

"그들은 자신들이 목표한 자들을 보지도 못한 상태였소."

그게 뭐 어쨌다고?

사람들이 의아한 눈빛을 지을 때 황의소년, 공손화령이 조그맣게 입을 열었다.

"목적한 자들도 보지 못했는데, 또 다른 고수가 있어서 피했다는 말 같아요."

그제야 이해가 가는 듯 사람들은 고개를 끄덕이고, 눈을 동그랗게 뜨고, 탄성을 터뜨리며 저마다의 방법으로 수긍했다.

그렇다고 의문이 다 풀린 것은 아니었다. 정작 중요한 것은 아직 나오지도 않은 상태였다.

"그럼 그들이 누구를 쫓아온 걸까요? 저희들일까요?"

한 번 말문이 터진 공손화령이 연이어 입을 열어 물었다. 그러자 전무심이 낮게 깔린 목소리로 물었다.

"대문파의 장로조차 무서워하지 않을 자들 몇이 피해가야 할 정도로 그대들이 강하다고 생각하나?"

그 말이 뜻하는 바는 간단했다.

저들이 노리는 것은 공손세가의 사람들이 아니다.

그렇다면 답은 하나였다.

전무심과 공손세가 사람들의 눈이 등운평과 무당의 두 도장을 향했다.

"으음……."

끝내 영운 도장의 입에서 침음성이 흘러나왔다. 그리고 영호 도장이 궁사한에게 물었다.

"도우, 혹시 그 배에 있는 자들 중 붉은 매가 그려진 자는 없었소?"

궁사한이 말했다.

"제가 말한 두 사람 중 커다란 칼을 등에 맨 자의 가슴에 붉은 매가 새겨져 있었습니다."

등운평이 놀라서 소리쳤다.

"설마 혈도응(血刀鷹) 거승? 그가 직접 왔다는 말인가?!"

궁사한이 자신과 비슷한 무위를 지닌 자들이 있다는 말을 할 때만 해도 별 신경을 쓰지 않았다. 그러다 전무심이 대문파의 장로 어쩌고 하는 것을 들으며 속으로 코웃음을 치기까지 했다.

하지만 궁사한이 잘못 보지 않았고, 그가 자신이 생각한 혈도응 거승이라면, 결국 지금까지 잘못 생각하고 사람을 잘못 본 것은 자신이라는 말이었다.

"그가 그냥 지나갔다고? 단지 자기들이 모르는 고수가 한 사람 더 있다고?"

말도 안 된다는 듯 고개를 젓는 그를 보고 전무심이 한마디 했다.

"밖에 나와서 상황을 살피는 사람이 자신과 비슷한 고수라면 그가 어떤 생각을 했을 것 같소?"

전무심이 군이 더 말을 하지는 않았지만 등운평도 뒷말을 떠올리지 못할 정도로 멍청한 자가 아니었다.

'안에는 더 강한 고수가 있을지 모른다 생각했을지도. 아니면 그와 비슷한 고수가 더 있다고 생각했든지…….. 젠장! 그렇게 간단한 것을…….'

그가 굳은 표정으로 다시 손에 움켜쥘 때다. 한숨을 쉬며 영운 도장이 나섰다.

"후우, 일단 자리에들 앉으시오. 내 자초지종을 말해주겠소."

"도장님!"

등운평이 황급히 소리치자 영운 도장이 고개를 저었다.

"어차피 당장 배에서 내릴 것이 아니라면 모두의 문제가 될 수도 있네. 그렇다면 하나라도 알고 있는 것이 좋겠지. 그나마 공손세가의 사람들도 그렇고, 저 도우들도 적은 아닌 듯하니 다행이 아닌가."

엉거주춤 공손세가의 사람들이 자리에 앉자 전무심도 다시 본래의 자리에 앉았다.

흑화령의 수하들이 전한 쪽지에 적힌 내용과 이들의 이야기가 한 곳으로 흘러가고 있다.

예상했던 대로다.

바람이, 피의 바람이 흐르고 있는 게 느껴진다.

과연 그 바람은 어디서 시작되었고, 어디가 종착지일까?

전무심의 눈 깊은 곳에 서리가 내렸다.

'일단 이야기를 들어보면 대충은 알게 되겠지.'

그리고 영운 도장의 이야기가 시작되었다.

"그러니까 사흘 전이었소……."

그들 세 사람이 그 일에 연루된 것은 그야말로 우연이었다.

장문인의 명을 받고 화산에 다녀오던 영운 도장과 영호 도장이 화산 장문인의 서신을 지닌 등운평과 함께 화산을 출발한 것이 닷새 전이었다.

그런데 화산을 출발한 지 이틀째 되던 날, 깊은 산중을 지나던 그들은 노숙을 하기 위해 들어간 동굴에서 다 죽어가는 사람을 한 명 구하고, 죽기 직전 정신을 차린 그로부터 한 가지 물건을 부탁받았다.

그것이 사건의 발단이었다.

문제는 죽은 그가 대별산맥의 북단을 지배하는 혈곡의 주인인 혈응마제 여환령의 아들인 여동천이라는 것이었다.

칠대마세 중 하나. 강호에 거의 모습을 드러내지는 않지만, 누구도 건드리지 못할 정도로 강한 곳. 강호인들은 간단하게 혈곡을 그렇게 평했다.

구대문파나 오대세가의 어느 곳조차 그들과의 정면대결을 꺼릴 정도였으니 더 설명할 필요 자체가 없었다.

좌우간 그런 혈곡의 곡주 아들이 죽으면서 맡긴 물건이 평범할 리는 없었다. 그리고 진정 평범한 물건이 아니었다.

두 도장과 등운평은 한참 만에야 그 물건이 무엇인지를 알고 놀라지 않을 수 없었다.

"우리는 한참 만에야 그 물건이 혈응마제 여환령의 신물인 혈응마환이라는 것을 알았소. 어이가 없었지. 대체 혈응마환이 왜 깊은 산중의 동굴 속에서, 다 죽어가는 여환령의 아들 손에 있단 말이오?"

영운 도장의 이야기가 이어지는 동안에는 선실의 누구도 입을 열지 않았다.

사람들이 영운 도장의 이야기가 뜻하는 바를 깨닫는 것은 그리 어렵지 않았다.

혈곡. 그들이 노리고 있다. 혈응마환을 찾기 위해서.

으슬으슬한 추위가 몸에 스미는 것만 같았다.

밖에서 들려오는 술을 마신 선원들의 왁자지껄한 음담패설과 웃음소리조차도 위안이 되지 않았다.

그들은 분명 혈응마환에 얽힌 사실을 알고 있는 모든 입을 막으려 할 것이다.

과연 이곳에 있는 사람들이 막아낼 수 있을까?

사람들은 불안한 표정으로 영운 도장의 입이 열리기만을 기다렸다. 오직 전무심과 궁사한과 소미하란만이 처음과 같은 표정으로 묵묵히 앉아 있을 뿐.

그때 짓눌린 침묵에 말을 하는 것조차 버거운지 숨을 한 번 크게 몰아쉰 영운 도장이 말을 이었다.

"이후부터 우리는 조심스럽게 행동을 했소. 곧바로 동굴을 나와서 남쪽으로 달렸지요. 주위의 흔적에 신경을 쓰면서 말이오. 그렇게 하루가 지났을 때였소."

마침내 다음날 오후, 그들은 산양을 지나던 중 혈곡의 무사들과 마주쳤다.

하지만 제아무리 혈곡이라 해도 무당과 화산의 중견고수들을 함부로 건드릴 수는 없는 일. 세 사람과 혈곡의 무사들은 서로를 견제했을 뿐 별다른 충돌 없이 그 자리를 지나쳤다.

그때만 해도 그렇게 끝나는 줄 알았다. 그러나 석양이 질 무렵, 세 사람의 뒤를 일단의 무리들이 쫓아왔다. 혈곡의 무사들이었다.

어떻게 알았는지, 그들은 세 사람이 여동천이 죽어 있는 동굴에 들어갔다는 것을 알고 있었다.

그들은 다짜고짜 손을 쓰며 혈곡주의 신물인 혈응마환을 내놓으라고 했다.

그렇다고 순순히 혈응마환을 내줄 수는 없는 일. 결국 양보할 수 없는 싸움이 벌어졌다.

세 사람은 전력을 다해 혈곡의 무사들을 상대했다.

강호의 일반적인 평가보다 세 사람의 무공은 더욱 강했다. 싸우면서 서로가 그 사실을 알았지만 누구도 그 일에 대해 신경을 쓰지 않았다. 그럴 시간에 한 명의 적이라도 더 줄여야 했던 것이다.

피가 튀고 팔다리가 잘려 나가는 싸움이 이어지길 반 시진. 결국 승리는 세 사람이 차지했다. 하지만 그들은 기뻐하지도, 흥분하지도 않았다. 그저 지친 몸을 이끌고 황급히 그 자리를 벗어나기에도 바빴다.

적이 언제 또 달려올지 모르는 것이다. 그들이 혈응마환을 포기할 리는 없을 테니까.

그리고 본 산에 연락도 하지 못한 채 조심스럽게 이동한 지 이틀째인 오늘, 마침내 그들이 자신들을 찾아낸 것이다.

"그날 이후 더 이상의 추적을 느끼지 못했소. 그렇다고 해서 그들이 추적을 그만둘 거라는 생각도 하지 않았소. 그래서 그토록 조심하면서 여기까지 왔거늘……."

영운 도장이 말을 흐리며 침중한 표정을 짓자, 전무심이 즉시 질문을 던졌다.

"혈응마환이 왜 그곳에 있었다고 생각하시는 겁니까?"

확신을 가지지 못한 듯 영운 도장은 이마를 찌푸리며 느릿느릿 대답했다.

"우리는…… 혈곡에 무슨 변이 생기지 않았나 생각하고 있소."

"혈응마제 여환령이 죽었다고 보십니까?"

"어쩌면 그럴지도 모르오."

참지 못하겠는지 양추승이 끼어들었다.

"그럼 정파로선 잘된 일이 아닙니까? 혈곡의 힘이 약해질 테니까 말입니다."

"단순히 그런 문제라면 괜찮겠는데……. 어떤 일이든 순리에 따르지 않고 갑작스럽게 벌어진 일에는 반드시 또 다른 변고가 따르는 법이라오."

영운 도장의 심각한 말에 전무심이 나직이 물었다.

"만일 여환령이 죽고, 그를 죽인 자들이 다른 곳의 사주를 받았다면, 강호에 어떤 파장이 일어날 거라 생각하십니까?"

영운 도장의 얼굴이 딱딱하니 굳어졌다. 전무심의 말에 문득 공손세가의 일이 겹쳐 떠오른 것이다.

"도우는 혈곡의 곡주가 타 세력에 의해 죽었다고 보는 거요?"

"그럴 가능성이 없지는 않지요."

"으음……. 그렇긴 하오만, 만일 그게 사실이라면 강호에 한바탕 거센 혈풍이 불 것이오."

"왜 그렇게 확신하십니까?"

"그런 자들이 혈곡에 만족할 거라 생각하오?"

전무심은 내심 감탄하지 않을 수 없었다.

조금 전 등운평의 도발적인 말에도 흔들리지 않는 모습을 보고 전무심은 영운 도장이 침착하며 논리적인 사고를 지닌 자라 생각했었다.

한데 말을 나누어보니 자신의 생각이 잘못되지 않은 듯했다.

"그자들이 혈곡 외에 다른 곳에도 손을 썼다면, 정천무맹으로선 상당히 곤란해질 수도 있겠군요."

영운 도장처럼 은근히 공손세가의 일이 마음에 걸린 전무심의 말이었다.

같은 시기에 대문파 두 곳의 주인이 소리 소문도 없이 비정상적인 방법으로 바뀌었다. 아무리 강호가 험하다 해도 흔한 일은 결코 아닐 것이다. 더구나 난세도 아니지 않은가 말이다.

말뜻을 이해한 영운 도장의 얼굴이 서서히 일그러졌다. 그러자 영호 도장이 고개를 저으며 말도 안 된다는 듯 강하게 말했다.

"솔직히 나로선 어떤 것도 확신할 수가 없네. 물론 도우의 말대로 가능성이야 있겠지. 하나 혈곡과 같은 거대 세력은 단지 주인이 바뀌었다고 해서 모든 것이 바뀌는 것이 아닐세. 천하의 누가 혈곡을 자기 마음대로 움직일 수 있단 말인가? 더구나 아직 혈응마제 여환령이 죽었다는 것도 확실한 것이 아니지 않는가?"

"그럼 혈응마환이 왜 아들인 여동천의 손에 있었다고 보십니까?"

"그거야 그럴 만한 사정이 있겠지요. 여동천이 몰래 훔쳤을지도 모르고."

머뭇거리며 답하는 그에게 전무심이 쐐기를 박듯이 물었다.

"혈곡의 무사들이 공격할 때 여동천의 복수를 하려고 공격했습니까, 아니면 혈응마환을 뺏기 위해 공격했습니까?"

"그, 그건⋯⋯."

영호 도장이 더듬거렸다.

말을 듣고 생각하니 이상했다. 그들은 분명 혈응마환을 우선시 했었다. 그것만 돌려주면 살려주기라도 하겠다는 것처럼.

미처 그 차이를 생각하지 못한 그로선 대답할 말이 마땅치 않았다. 그러자 등운평이 힘없이 말했다.

"그들은 혈응마환을 내놓으라고 했을 뿐, 여동천의 죽음에 대해선 어떤 분노도 표현하지 않았소."

그때 영운 도장이 딱딱하게 굳은 얼굴로 전무심에게 물었다.

"하지만 사제의 말대로 혈곡과 같은 거대 세력은 주인 하나

바꾸었다고 모든 것을 마음대로 움직일 수는 없다오."

'공손세가와는 다른 경우지' 라는 말은 차마 하지 못했다.

그렇다고 알아듣지 못할 전무심이 아니었다.

"그럴 만한 힘이 있다면 이야기가 달라지지요."

"그럴 만한 힘? 그런 곳이 있단 말이오? 혈곡을 좌지우지할 만한 힘을 지닌 곳이?"

"있지요. 그것도 두 군데나. 한 곳은 정천무맹, 그리고 다른 한 곳은……."

영운 도장이 차마 말하기 싫은 표정을 지으며 이 사이로 한 마디를 내뱉었다.

"설마…… 천왕교?"

바람의 시작된 곳은 그곳일 가능성이 가장 크다.

그 이유를 누구보다도 전무심이 잘 알고 있었다.

"아직 확실한 것은 아무것도 없습니다만, 가능성은 충분하지요."

그랬다. 단지 가능성일 뿐이었다. 하지만 자신의 초감각이 지금까지 거짓을 말한 적이 없다는 게 문제일 뿐.

어쩌면 그래서 그토록 영운 도장의 이야기를 들으며 기분이 좋지 않았는지도 몰랐다.

'군악의 계획일까?'

단순히 혈곡의 문제일 수도 있었다.

그러나 확인해 볼 가치는 충분했다.

굳이 혈곡까지 갈 필요도 없이.

지나쳐 간 자들이 쉽게 포기하고 돌아가지는 않을 테니까.

하루가 지나자 배는 백하에 도착했다.

배는 그곳에서 한 시진을 머물며 많은 짐을 내리고 또 실었다. 그리고 전무심 일행과 무당의 두 도장과 등운평도 그곳에서 내렸다.

공손세가의 사람들은 따라서 내리려다 전무심의 말에 계속 배를 타고 가기로 했다.

"혈곡의 목표는 당신들이 아니오. 어쩌면 그들로 인해서 당신들을 쫓던 자들도 돌아갔을지 모르오. 그러니 계속 배를 타고 가시오. 그것이 더 안전하니까."

그의 말을 제일 먼저 이해한 것은 역시 공손화령이었다.

"그래요, 오빠. 오히려 함께 있으면 우리도 위험하고 저분들도 위험해져요. 우리를 보호하려면 힘이 분산될 수밖에 없잖아요."

그제야 공손위도 순순히 그 말을 따랐다. 하지만 전무심을 바라보는 그의 눈빛만큼은 아쉬움이 여전히 남아 있었다.

"언제든, 공손세가의 주인 이름이 공손위라 들리거든 찾아주십시오."

"그것도 좋겠지. 하지만 그보다 더 먼저 만날지도 모르겠군."

전무심은 기이한 뜻이 담긴 말을 남긴 채 몸을 돌렸다.

공손위는 전무심의 등을 향해 포권을 취하며 깊숙이 고개를 숙였다.

'당신은 제가 여태껏 봤던 그 누구보다도 멋진 분입니다. 언제고 형님으로 모시고 말겠습니다. 형님의 이름은…… 천하가 진동할 테니 그때 알도록 하지요.'

장대한 체격에 커다란 도를 등에 맨 중년인은 선착장에서 멀어지는 여섯 명의 등을 노려보았다.

"저들에 대해 아는 것이 있느냐?"

그가 묻자 옆에 서 있던 장한이 대답했다.

"세 사람 모두 알려지지 않은 자들입니다."

"확실한 것이더냐?"

중년인의 이마에 깊은 내천 자가 새겨졌다.

골치가 아팠다. 배에서 완만히 휘어진 칼을 옆구리에 매달고 있는 자를 본 순간 팽팽한 긴장감이 느껴졌었다. 자신보다 하수가 아니라는 말이었다.

그래서 공격을 미루고 상황을 먼저 파악하기로 했다. 한데 아니나 다를까, 그 옆에 있는 여인도 그 못지않은 고수가 분명했다.

'일단 배에서 내린 판단은 정확했는데……'

문제는 저들이 누군지 알아야 대책을 세울 텐데 아는 자가 없다는 것이었다.

대답을 한 사람은 자신이 이끌고 있는 십팔혈웅객 중 한 사람으로 강호의 인물에 가장 밝은 식견을 가지고 있는 수하였다. 그가 모른다면 수하 중에서 저들을 아는 사람이 없다는 말과도 같았다.

무당의 중견 고수가 둘, 화산의 매화오검영 중 하나인 등운평. 그들만이라면 자신과 십팔혈응객의 손을 벗어날 가능성은 백에 하나도 되지 않는다.

하지만 자신과 비슷한 고수 둘이 합해지면 이야기가 달라진다. 잘해야 양패구상이다. 그것은 자신이 바라는 바가 아니었다.

'아무래도 홍가가 올 때까지 기다려야겠어.'

그때 문득, 거승의 눈이 키가 큰 전무심의 등에 꽂혔다.

'그런데 저 키만 지랄 맞게 큰 놈은 또 뭐지?'

머리가 좀 더 강하게 지끈거렸다.

함께 있는 걸로 봐서 보통 놈이 아니라는 것은 분명했다. 그런데 그의 어디에서고, 그가 고수라는 것이 느껴지지 않는다.

어쩌면 그래서 더 신경이 쓰이는지도 몰랐다.

'제기랄! 까짓 거 일단 붙어보면 알겠지!'

『천사혈성』 제4권 끝

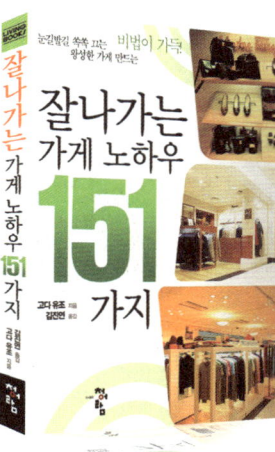

눈길발길 쏙쏙 끄는 **비법이 가득!**
왕성한 가게 만드는

잘나가는
가게 노하우
151 가지

고다 유조 지음
김진연 옮김
가격 9,800원

물건이 팔리지 않는 시대!
왕성한 가게 만드는 비법이 가득!

가게 안에 웅덩이를 만들어라
조명만 조금 바꿔도 매출이 팍 늘어난다
보기 쉽고, 집기 쉬운 가게 배치는 '경기장 형'이 최고 등등
가게에 실제로 적용했을 때 매출이 오른 노하우만 알차게 수록
외관, 입구, 배치, 내장, 조명, 디스플레이에서 사원교육까지

도움이 되는 '발견'이 가득가득.
당신 가게를 회생시키기 위한 소중한 책!

유행이 아닌 자유추구 -
www.chungeoram.com

초등학생이 반드시 읽어야 할 좋은 책 49권

각 학년별로 초등학생이 반드시 읽어야할 좋은 책을 선정하여 통합논술의 기본이 되는 '올바른 독서법'을 일깨워 줍니다.

교과서와 함께하는
초등학교 통합논술

초등1학년 | 값 12,000원 | 초등2학년 | 값 9,500원 | 초등3학년 | 값 11,000원 | 초등4학년 | 값 9,500원 | 초등5학년 | 값 9,500원 | 초등6학년 | 값 11,000원

♣ 혼자 할 수 있어요.
엄마가 책 읽는 방법을 가르쳐 주어도 좋아요.
독서지도하는 선생님이 가르쳐 주어도 좋답니다.
"초등 교과서와 함께하는 **통합논술 시리즈**"는
아이 스스로 독서할 수 있도록 꾸며진 책이에요.
엄마와 선생님은 요령만 가르쳐 주시면 된답니다.

♣ 교과서의 중요한 내용이 총정리되어 있어요.
각 학년별로 중요한 교과 내용이 함께 수록되어 있어요.
초등학생은 교과서 내용을 충실하게 공부해야 합니다.
아울러 그와 병행한 독서가 대단히 중요하지요.
"초등 교과서와 함께하는 **통합논술 시리즈**"는
두가지 방법 모두 알려준답니다.

♣ 이 책은 훌륭하신 선생님들이 함께 쓰신 책이랍니다.
동화작가 선생님들이 쓰셨어요. 소설가 선생님도 쓰셨답니다.
국어 논술독서지도 선생님들도 함께 쓰셨지요.
"초등 교과서와 함께하는 **통합논술 시리즈**"는
엄마의 마음으로 모든 선생님들이 함께 꾸민 책이랍니다.

입소문을 통해 아는 분은 다 알고 계십니다!
올 한해 공인중개사 최고의 화제작!

1~2권 합본 | 이응훈 지음
3~4권 합본 | 이응훈 지음
5~6권 합본 | 이응훈 지음
용어해설 | 이응훈 지음

수험생 기본 필독서

만화 공인중개사

제목 : 만화공인중개사 쓰신 분에게 감사드립니다.

학원을 두 달 다녔어요. 근데 과연 그 숫자 외우기 그런 게 몇 문제나 나올까 생각을 했어요.
아니라는 생각이 드네요. 학원강의를 뒤로하고 서점을 갔어요. 내 머리에 가장 이해될 수 있는
책이 없나 하구요. 거기서 만화를 발견했어요. 무조건 세 번 봤어요. 3개월 걸렸어요. 문제집을 보라고
했는데 그건 시행을 못했어요. 근데 합격을 했네요.
어떻게 감사의 말을 해야 될지…….
도서관에서 만화책 들고 다니니까 사람들이 비웃더라구요. 만화책으로 공인중개사를 공부한다고
미친 사람처럼 보더라구요. 근데 그거 다 감수하고 했던 내가 자랑스럽습니다.
어떻게 감사의 말을 해야 할지… 정말 감사합니다.
부디 행복하세요. 제 나이 41살에 좋은 스승을 만난 것 같습니다.
엎드려 감사드립니다.

—본사 홈페이지에 독자분이 올린 메일 中 에서 발췌—

이명박

기도하는 리더십
이명박의 삶과 신앙 이야기

젊은이들에게 성공 신화의 주역으로 주목받고 있는

이명박!
과연 그 이유를 어디서 찾을 것인가.
그것은 기도하는 삶이었다!

이명박 기도하는 리더십 | 이채윤 지음 280쪽 | 9,900원

기도하는 삶이
지금의 이명박을 만들었다!

leadership

『이명박 기도하는 리더십』은 이명박의 탄생과 신앙, 그리고 그간의 업적을 한눈에 볼 수 있는 책이다. 한편으로는 신앙 간증서라고 말할 수도 있겠지만, 이명박의 삶은 신앙과 떨어뜨려 놓고는 생각할 수 없는 관계에 있다.
이 책, 『이명박 기도하는 리더십』은 대한민국 성장의 역사, 그 주역이었던 이의 삶을 통하여 이 시대의 젊은이들에게 부족한 정신들을 일깨워 줄 수 있을 것이며, 앞으로 더욱 큰 신화를 만들고 추진해 갈 이명박의 비전을 알고자 하는 이들에게 적합한 서적일 것이다.